शिवानी

प्रख्यात कथाकार शिवानी का जन्म 17 अक्तूबर, 1923 को विजयादशमी के दिन राजकोट, गुजरात में हुआ।

शिवानी की पहली रचना अल्मोड़ा से निकलनेवाली 'नटखट' नामक एक बाल-पत्रिका में छपी थी। तब वे मात्र बारह वर्ष की थीं। इसके बाद वे मालवीय जी की सलाह पर पढ़ने के लिए अपनी बड़ी बहन जयंती तथा भाई त्रिभुवन के साथ शान्तिनिकेतन भेजी गईं, जहाँ स्कूल तथा कॉलेज की पत्रिकाओं में बांग्ला में उनकी रचनाएँ नियमित रूप से छपती रहीं। गुरुदेव रवीन्द्रनाथ टैगोर उन्हें 'गोरा' पुकारते थे। उनकी ही सलाह कि हर लेखक को मातृभाषा में ही लेखन करना चाहिए, शिरोधार्य कर उन्होंने हिन्दी में लिखना प्रारम्भ किया। शिवानी की पहली लघु रचना 'मैं मुर्गा हूँ' 1951 में 'धर्मयुग' में छपी थी। इसके बाद आई उनकी कहानी 'लाल हवेली' और तब से जो लेखन-क्रम शुरू हुआ, उनके जीवन के अन्तिम दिनों तक अनवरत चलता रहा। उनकी अन्तिम दो रचनाएँ 'सुनहुँ तात यह अकथ कहानी' तथा 'सोने दे' उनके विलक्षण जीवन पर आधारित आत्मवृत्तात्मक आख्यान हैं।

1979 में शिवानी को 'पद्मश्री' से अलंकृत किया गया। उपन्यास, कहानी, व्यक्ति-चित्र, बाल उपन्यास और संस्मरणों के अतिरिक्त, लखनऊ से निकलनेवाले पत्र 'स्वतंत्र भारत' के लिए शिवानी ने वर्षों तक एक चर्चित स्तम्भ 'वातायन' भी लिखा। उनके लखनऊ स्थित आवास-66, गुलिस्ताँ कालोनी के द्वार लेखकों, कलाकारों, साहित्य-प्रेमियों के साथ समाज के हर वर्ग से जुड़े उनके पाठकों के लिए सदैव खुले रहे।

21 मार्च, 2003 को दिल्ली में उनका निधन हुआ।

रतिविलाप

शिवानी

राधाकृष्ण पेपरबैक्स

राधाकृष्ण पेपरबैक्स में
पहला संस्करण : 2006
दसवाँ संस्करण : 2023

राधाकृष्ण पेपरबैक्स : उत्कृष्ट साहित्य के जनसुलभ संस्करण

राधाकृष्ण प्रकाशन प्राइवेट लिमिटेड
जी-17, जगतपुरी, दिल्ली-110 051
द्वारा प्रकाशित

शाखाएँ : अशोक राजपथ, साइंस कॉलेज के सामने, पटना-800 006
पहली मंजिल, दरबारी बिल्डिंग, महात्मा गांधी मार्ग, प्रयागराज-211 001
1, अनमोल सोराबजी संतुक लेन, धोबी तलाव, मरीन लाइंस, मुम्बई-400 002

वेबसाइट : www.radhakrishnaprakashan.com
ई-मेल : info@radhakrishnaprakashan.com

बी.के. ऑफसेट
नवीन शाहदरा, दिल्ली-110 032
द्वारा मुद्रित

मूल्य : ₹250

RATIVILAAP
Novel by Shivani

ISBN : 978-81-8361-066-7

क्रम

रतिविलाप

अनसूया के विवाह और वैधव्य का समाचार मुझे एक साथ ही मिला था। कभी वह मेरी अन्तरंग सहपाठिनी थी। हँसमुख, चंचल, अनसूया पटेल जब गुरुदेव के नृत्य-नाट्य में कामदेव बनकर गाती, 'कटाक्षे रबे मम पंचम शर, ताई आमी दीनू बर' (तेरे कटाक्ष में सदा मेरा पंचम शर रहेगा, यह मैं वर देता हूँ।) तो लगता सचमुच ही गुरुदेव की कविता साकार हो उठी है। न उस भ्रूविलास में अनावश्यक खोंचखाँच करनी पड़ती, न उन अधरों की स्वाभाविक लालिमा को सँवारने का ही प्रश्न उठता, इसी से जब गौरी दी अन्य पात्रों को सँवार, उसके पास आतीं, तो ठिठककर हँसने लगतीं—'तोके आबार साजाबो की रे, सबई तो भगवान सेरे दियेछेन।' (तुझे अब क्या सजाऊँ री, भगवान ने सब सज्जा पूरी कर ही तुझे भेजा है।)

लड़की में सचमुच ही किसी शापभ्रष्ट गन्धर्व-कन्या की ही देवदत्त प्रतिभा थी। फिर एक दिन वह अचानक ही पिता की बीमारी का तार पाकर अहमदाबाद गई और नहीं लौटी। बहुत दिनों बाद उसका एक लम्बा पत्र आया था, पिता की मृत्यु के पश्चात् अब उसका आश्रम आना असम्भव था। मातृहीन छोटे भाई का भार उसके कन्धों पर जिस आकस्मिक वेग से आ गिरा था, उसके लिए वह प्रस्तुत नहीं थी, किन्तु पिता का विस्तृत व्यापार अब उसे ही सँभालना था। 'अब गुरुदेव को अपनी नृत्य-नाटिका के लिए दूसरा कामदेव ढूँढ़ना होगा, मैं अब शायद कभी तुम लोगों को देख भी नहीं पाऊँगी।' उसने लिखा, तो हमारी मित्रमंडली ने कई दिनों तक अपनी उस रसप्रिया सखी का मातम मनाया था फिर वर्षों तक मुझे उसका कोई समाचार नहीं मिला। वह शायद अपने पिता के कारोबार में डूब गई थी और मैं अपनी गृहस्थी में।

सहसा, पच्चीस वर्ष बाद मेरी वह खोई सखी मुझे कैसरबाग में दशहरी और लंगड़ा आमों की ढेरियों के बीच खड़ी मिल गई। पहले कुछ क्षणों तक

मैं उसे अविश्वास से देखती रह गई थी। एक हाथ में पुष्ट स्वस्थ लंगड़ा आम लिए वह एक उतने ही पुष्ट बदशकल कुंजड़े से उसका मोल-तोल कर रही थी। न खरीदनेवाला दब रहा था, न बेचनेवाला। साँप-नेवले-से, आमने-सामने तने दोनों ही शायद समझ गए थे कि सौदे के क्रय-विक्रय में कोई किसी को ठग नहीं सकता था। 'अजी, हम क्या कैसरबाग आज पहली बार आई हैं? ठीक दाम बोलो।'

वह परिचित होने पर भी अपरिचित लग रहा कंठस्वर मेरे विस्मृति के नासूर को कुरेद गया। रवीन्द्र-संगीत में अपने कंठ का मधु घोलनेवाली कोकिला को क्या क्रूर काल ने गला मरोड़कर ऐसी निर्ममता से मार दिया था? उधर हरदिलअजीज शाही लंगड़े के मालिक ने लपककर उसके हाथ से आम छीन, बड़े लाड़-दुलार से पोंछ, फिर डाली में ऐसे सजा दिया, जैसे अबोध शिशु को किसी सिरफिरे के हाथ से छीन माँ की गोद में रख रहा हो। भुनभुनाती अनसूया पटेल दूसरे फलवाले की ओर मुड़ी, तो मुझे दूसरा धक्का लगा। कहाँ गई वह नागिन-सी भुंइ लोटती कबरी! किसी टूटी-फूटी कब्र पर उग आई छितरी दूब-सी विरल केशराशि एक रबर बैंड में बँधी थी। इससे पहले कि वह दूसरे आमवाले से उलझ एकदम ही बदल गए अपने कंठ-स्वर का भाला मुझे मारती, मैंने उसके कन्धे पर हाथ धर दिया और उसके हाथ के बैग सहित उसे एक कोने में खींच ले गई।

''कितनी बदल गई हो तुम अनसूया पटेल!'' मैंने उसका हाथ सहलाया और विस्मृति के गहन अन्धकार में उन अराल अँगुलियों को टटोलने लगी, जिनसे मेरा परिचय था।

''अनसूया पटेल नहीं, अब अनसूया कापड़िया हूँ मैं।'' उसने हँसकर कहा, तो मैं चौंकी। फिर मेरी हतप्रभ दृष्टि को देखकर उसने स्थिति स्पष्ट की, ''वैसे अब इस नाम का भी कोई महत्त्व नहीं रहा, चाहने पर भी अपने मेडेन नाम की टहनी पर फिर फुदक सकती हूँ, पर अब इन टूटे डैनों में दम नहीं है, बहन!''

''मतलब?'' मैंने पूछा, ''तेरी शादी कब हुई? और खबर भी नहीं दी, क्यों?''

''तूने ही कौन-सी खबर दी!'' इस बार स्वयं मेरा ही उपालम्भ बूमरैंग के वेग से मुझे धराशायी कर गया। बात तो ठीक ही कह रही थी। दोनों के ही पास तो एक-दूसरे का पता-ठिकाना धरा था। यह भी संसार का कैसा

विचित्र नियम है कि जिन मित्र-प्रतिवेशियों का नैकट्य उन्हें हमारे लिए, कभी आत्मीयों से भी अधिक आत्मीय बना देता है, बिछुड़ जाने पर हम फिर उन्हें तेजी से भुला ही बैठते हैं। नया परिवेश, नई मैत्री पाकर मानव का स्वार्थी स्वभाव उसके अतीत की सुखद-से-सुखद स्मृतियों को भी बड़ी निर्मम हृदयहीनता से धो-पोंछकर बहा देता है। कभी इसी अनसूया पटेल के ग्रीष्मावकाश का विछोह भी मुझे असह्य लगता था और फिर पच्चीस वर्षों के लम्बे अन्तराल के बीच कभी भूलकर भी मैंने उसे याद नहीं किया। मैं एक पल को उसके उपालम्भ का कोई उत्तर दिए बिना ही सिर झुकाए खड़ी रह गई। फिर वही हँसकर मेरे प्रश्न का उत्तर देने लगी, "नये नाम का कोई महत्त्व नहीं रहा, यह इसलिए कह रही हूँ कि जिसने वह नया नाम दिया था, वह नहीं रहा। अब न मायका ही बचा है, न ससुराल। इसी से तो आजाद घूम रही हूँ।"

"क्यों, तेरा भाई मगन?" मैंने पूछा।

"ओह, मगन! वह तो बहुत पहले ही जर्मनी चला गया था। एक जर्मन लड़की से विवाह कर, वहीं बस गया है। सुना मेरी जर्मन भाभी दहेज में रेडीमेड तीन-तीन भतीजियाँ भी लाई है मेरे लिए।" वह फिर हँसी।

"तू यहाँ कब से है?" मैं अपना कौतूहल रोक ही नहीं पा रही थी।

"अरी, मैं यहाँ क्यों होने लगी! मैं तो बम्बई में हूँ। वहाँ साड़ियों का बिजनेस करती हूँ। लखनऊ से चिकन, बनारस से बनारसी, दक्षिण से टेंपल साड़ियाँ लेने प्रायः ही देश-भ्रमण करती रहती हूँ। बम्बई पहुँच, उद्योगपतियों की विराटकाय सेठानियों को इन्हीं साड़ियों को चौगुने दाम में बेच साल-भर चैन की बंसी बजाती हूँ—समझी? वह तो आज सोचा, क्यों न चलते-चलते एक झौआ लंगड़ा आम लेती चलूँ। चलो, अच्छा ही हुआ, आज यहाँ न आती, तो तू कहाँ मिलती मुझे! सामान स्टेशन पर ही छोड़ आई हूँ।"

"तब चल, तेरा सामान ले आएँ। अब आज नहीं जाने दूँगी तुझे।" मैंने उसका हाथ पकड़ लिया।

"कैसी बातें करती है, पगली!" उसका स्वर अचानक ही बुझ-सा गया, "मुझे आज जाना ही होगा। कुछ साड़ियाँ परसों अमरीकन इम्बेसी भेजनी हैं। उधर रूस में रामलीला हो रही है, सीता स्वयंवर के लिए एक भारी साड़ी का आर्डर मिला है। उसे भी परसों भेजना है। चल, कहीं एकान्त में बैठकर चाय पी जाए।"

अचानक उसके क्लान्त स्वर में पच्चीस वर्ष पूर्व का वही कैशोर्य-सुलभ उत्साह गूँज उठा, जब वह मुझे आश्रम के कालू की प्रसिद्ध दुकान पर चाय पीने को आमन्त्रित करती थी।

मैं उसे जहाँ ले गई, वहाँ चाय तो खूब अच्छी मिली, पर एकान्त नहीं जुटा। फिर हम दोनों अमीनाबाद के शिवमन्दिर के शीतल ओसारे में बैठ गई थीं। बारह बजे मन्दिर के पट बन्द हो जाते थे, इसी से वहाँ तब दर्शनार्थियों की भीड़ नहीं थी। आसपास खड़े लूले-लंगड़े, अन्धे भिखारियों को भी असह्य तपती दुपहरी ने दूर झाड़ी-झुरमुटों की छाया में खदेड़ दिया था। वहीं अनसूया पटेल ने मुझे अपनी विचित्र कहानी सुनाई थी।

पिता की मृत्यु के पश्चात्, उसने मामा की सहायता से अपना कारोबार सँभाल लिया, किन्तु व्यवहारकुशल संसारी मामा ने भानजी की समृद्धि से नहर काट अपनी बगिया सींचने में भी कम तत्परता नहीं दिखाई। अनसूया कुछ-कुछ समझने लगी थी कि मामा ने उसका विवाह अपने एक समृद्ध मित्र के अकर्मण्य पुत्र से कर दिया। कुटिल मामा ने विवाह से पूर्व उसे उसके भावी पति की एक झलक दिखाकर ही मुग्ध कर दिया था। तब वह क्या जानती थी कि देखने में किसी ग्रीक देवता-सा ही वह सुदर्शन तरुण विवाह की पहली रात्रि को ही अपने उन्मत्त अट्टहास और उससे भी अधिक उन्मत्त व्यवहार से उसे सहमाकर जीवनभर के लिए पुरुषमात्र के लिए पत्थर बनाकर छोड़ जाएगा। दूसरे दिन श्वसुर ने ही उसे एकान्त में बुलाकर उससे सारी स्थिति स्पष्ट कर दी थी, "बेटी, तुमने इसे जैसा कल देखा, ऐसा यह नहीं था। मिरगी के दौरे इसे बचपन से ही पड़ते थे, पर इधर दो वर्षों से वह भी बन्द थे। मैंने सोचा था, सुन्दरी सुशील लड़की को वधू-रूप में पाकर यह मानसिक रूप से स्वस्थ हो उठेगा। मैंने तुम्हारे मामा को सबकुछ बता दिया था और यह भी कह दिया था कि वे तुम्हें भी सबकुछ बता दें। तुम्हें यदि ज़रा भी आपत्ति हुई, तो यह सम्बन्ध मुझे मान्य नहीं होगा...! उन्होंने निश्चय ही तुम्हें बतलाया होगा, क्यों बेटी?"

उत्तर में अनसूया पटेल की बड़ी-बड़ी आँखों से टपाटप आँसू की बूँदें भी गिरी थीं। बार-बार पूछे जाने पर उसने नकारात्मक मुद्रा में केवल माथा हिला दिया।

"ओह, यह तो भयानक अन्याय है हरसुख का। उसने तो कहा—मेरी भानजी को कोई आपत्ति नहीं है, कहती है, स्वयं मेरे कुल में भी तो दोष है, कौन करेगा मुझसे विवाह? बड़ी समझदार है मेरी अनसूया।"

"दोष?" अनसूया चोट खाई सर्पिणी-सी ही फूत्कार उठी थी।

"हाँ बेटी, दोष तो मैं स्वयं अपनी आँखों से ही देख चुका था," करसनदास भोगीदास कापड़िया का स्वर अनसूया के कानों में जलती सलाखें घुसा गया था, "तुम्हारी दादी को तुम्हारे दादा ने सीधे मुजरे से खींचकर अपने गृह में प्रतिष्ठित किया था। कहते हैं, मेरे अन्नप्राशन में भी उन्हें पाँच हजार बयाना देकर नाचने बुलाया गया था।"

अनसूया के लिए यह एक ऐसी चोट थी, जो जीवन-भर के लिए उसे पंगु बना गई।

"तुम चिन्ता मत करो, बेटी," करसनदास का स्वर और भी धीमा पड़ गया था, "अपराधी मैं हूँ, तुम्हारी सास की मृत्यु ने मुझे विक्षिप्त बना दिया था। सोचता था, संसार-त्यागी बनकर निकल जाऊँगा, पर इसी पुत्र की माया ने मुझे जकड़ लिया था। अपना सारा साधनामय जीवन मैंने गृहस्थ रहकर ही बिताया। कर्म, ज्ञान और भक्तियोग के गूढ़ तत्त्वों को मैंने इसी गृहस्थाश्रम में आयत्त किया। अब सोचता हूँ, मुझसे निकृष्टतम पाप हो गया है। तुम्हारे मामा ने तुम्हें जान-बूझकर ही अन्धे कुएँ में धकेला और एक धक्का मैंने भी दे दिया। चाहने पर तो मैं तुम्हें गिरने से बचा सकता था। पर जो हो गया है, उसके लिए अब रो-पीटकर क्या लाभ? मैं तुम्हें विश्वास दिलाता हूँ, जब तक मैं हूँ बेटी, तुम्हारा कोई भी बाल बाँका नहीं कर सकेगा। मेरी इस अटूट सम्पत्ति की एकमात्र उत्तराधिकारिणी आज से तुम हो। जहाँ चाहो घूमो, जैसे चाहो रहो, तुमसे कभी कुछ नहीं कहूँगा।"

"मेरे पति को निचली मंजिल के एक कमरे में रात-दिन बाँधकर रखा जाता था। मैं अपनी खिड़की से देखती, वह अपने गोरे-गोरे हाथ जंगले से निकाल लोहे की छड़ों से जूझ रहा है। उसकी दिल दहलानेवाली चीख कभी-कभी मुझे पागल बना देती। 'खोल दो मुझे, जाने दो मुझे—कहाँ गई वह? अरे कसाइयो, कहाँ छिपा दिया मेरी सुन्दरी बहू को? अरे मैंने तो उसका अँगूठा पकड़ा है पापा, मैं क्या उसे भगाकर लाया हूँ?' फिर वह थककर, घंटों चुप्पी साधे मुर्दा बन जाता और मुझे न जाने कैसी दहशत होने लगती! कहीं कुछ हो तो नहीं गया अभागे को! कभी ठीक आधी रात को उसके

सुरीले कंठ की तड़पभरी टीस मुझे गाकर फिर अपनी खिड़की के पास खड़ा कर देती। मैं बता नहीं सकती बहन, उस कंठ में उसका उन्माद न जाने कौन-सी मोहिनी घोल गया था :

ऐ ऐने हैया ना कोर माँ राख जो
ऐने हाथ नी हथेली माँ राख जो
जोबनियूँ चाल्यूँ जशे

(अरे इसे हैया की कोर में सँजोकर रखना, इसे हाथ की हथेली में रखना, यह यौवन चला जाएगा।)

"मेरी आँखों से आँसू बहने लगते। जी में आता, भागकर उसके सुन्दर शरीर से बँधी लौह-शृंखला तोड़ उसके गले में बाँहें डाल दूँ। विवाह की प्रथम रात्रि की किसी सद्योदृष्ट दुःस्वप्न की-सी वह स्मृति भी मेरे मानस-पटल से विलुप्त हो जाती और मैं घंटों अपनी खिड़की की छड़ थामे उस मीठे कंठ की तड़पभरी टीस सुनती रहती। नित्य घर के दो पुराने नौकर उसे पकड़कर जबरदस्ती नहलाते, तो मैं छिप-छिपकर उसी खिड़की की ओट से उसे देखती रहती। कभी पानी छपछपाता वह, किसी दुधमुँहे बालक की-सी किलकारियाँ मारता और कभी मुँह में पानी की पिचकारी भर दोनों नौकरों को भिगो, बचकानी ठिठोली से मुझे भी हँसा देता। सहसा मेरा यत्न से छिपाया गया स्मित भी उसकी पैनी दृष्टि की पकड़ में आ जाता और वह एक बार फिर सौराष्ट्र के उस मधुर लोकगीत से मुझे व्याकुल कर देता—'जोबनियूँ चाल्यूँ जशे।' मुझे लगता, जैसे वह बार-बार मुझे झकझोरकर चेतावनी दे रहा है—'देर मत कर अनु, तेरा यह यौवन फिर चला जाएगा।'

"एक दिन पिताजी के बहुत आग्रह करने पर उनके साथ उनकी वृद्धा बहन से मिलने उनके गाँव चली गई। फुफिया सास ने मुझे स्वयं अपने हाथों से उपहार रूप में दिया गया लाल पाणेतर का गोटा-किनारी लगा साडला पहनाया। विवाह के बाद मैं अपनी साज-सज्जा के प्रति एकदम ही उदासीन हो गई थी। सजती भी किसके लिए? कौन था, जो मेरे शृंगार को सराहता? उस दिन भी मैंने टीका नहीं लगाया था। फुफिया सास ने मुझे बहुत फटकारा। फिर कंकु का बड़ा-सा ठेठ गुजराती चाँदला लगा, बड़ी देर तक मेरा चिबुक थाम, मुझे निहारती रहीं। एक लम्बी साँस खींचकर उन्होंने पिताजी से कहा, 'करसनिया, हवे तू प्रायश्चित कर मारा पाटया!' (करसनिया, अब तू प्रायश्चित कर अभागे!) न जाने कैसी उदासी में डूबे हम दोनों लौटे, तो दुर्भाग्य मुँह

बाए हमारी प्रतीक्षा कर रहा था। बरामदे में पहुँचते ही मेरा रक्त जम गया। पानी के बड़े से बाल्टे से पानी निकालता, नौकरों को भिगोता मेरा उन्मत्त पति नहा रहा था। अब सोचती हूँ, कितनी मूर्ख थी मैं! तब तक उसने मुझे नहीं देखा था। यदि मैं उसी क्षण भाग जाती, तो क्या मेरा उतना बड़ा सर्वनाश हो पाता? किन्तु विधि का लिखा तो मुझे कठपुतली-सा ही नचा रहा था। मैं उसे एकटक देख रही थी। दूर से जिस गौरांग की देह-छटा ने मुझे आकृष्ट किया था, वह निकट से मुझे उस दिन तन-मन की सुधि भी बिसरा गई। मेरे दोनों पैर जैसे किसी ने कील ठोंककर पृथ्वी पर गाड़ दिए थे। कितना गोरा था वह, और कैसी तीखी नाक थी! भीगे बालों का गुच्छा उसके शुभ्र ललाट पर कैसे चिपककर रह गया था! अचानक उसकी दृष्टि मुझ पर पड़ी और पल-भर के लिए उन रसभरी शरबती आँखों का उन्माद विलुप्त हो गया। मत्त गयंद की ही भाँति वह चीत्कार मारकर उठा, दोनों तगड़े अनुचरों को उसने धक्का मारकर गिरा दिया और मेरी ओर भागा। इससे पहले कि मेरे हक्का-बक्का रह गए ससुरजी मुझे बचाते, वह फूल की भाँति मुझे गोद में उठाकर छत की ओर भागा। उस स्पर्श में कहीं भी कठोरता नहीं थी बहन, कहीं नहीं। कितना सोहाग, कितना लाड़-दुलार था उस स्पर्श में! होंठों-ही-होंठों में वह न जाने क्या बड़बड़ाता, सीढ़ियाँ फाँदता चला जा रहा था। छत के एकान्त में उसने मेरे भय से थरथराते अधरों पर अपने अधर रखे ही थे कि पिताजी गरजे, 'छोड़ उसे, रख नीचे।' क्रोध और भय से उनकी देह थरथरा रही थी, क्योंकि अब उनका पुत्र मुझे गोद ही में लिए, छत की ऊँची मुँडेर पर चढ़ गया था। 'सुना नहीं तूने, विक्रम!' पहली बार मैंने श्वसुर के उग्र तेज स्वभाव को देखा, 'उतार उसे नीचे!'

" 'और अगर इसे लिए ही नीचे कूद जाऊँ तब?' एक पल को मैंने उसके उस विवेकहीन विक्षिप्त स्मित को कनखियों से देखा और भय से आँखें मूँद लीं। किसी शाखामृग की ही भाँति वह अब मुझे छाती से चिपटाए छत की सबसे तीखी मुँडेर पर खड़ा, अपने पिता को चिढ़ा रहा था। उनके पीछे खड़ी थी विवश नौकरों की लम्बी कतार। एक पल को मेरी आँखें फिर खुलीं। मुँडेर से नीचे की घातक गहराई को देखते ही मैंने आसन्नमृत्यु को निश्चित मानकर स्वीकार कर लिया। मेरी आँखें बन्द थीं। बीच-बीच में हाँफते उत्तेजित पति की नग्न लोमश छाती का स्पर्श मेरे कपोलों को सहलाता मुझे भयजनित मूर्च्छा में क्रमशः डूबता चला जा रहा था। 'अच्छा तो पिताजी, मैं यह कूदा!'

मैंने उसे एक क्षण को जकड़ लिया। फिर सब स्वप्न की भाँति घटित हो गया। पिताजी ने लपककर मुझे छीना और नौकरों की सम्मिलित चीख मुझे जिबह करती चली गई, बहन। पिताजी ने बहू को तो बचा लिया, किन्तु बेटे को खो दिया। मुझे छीनने में अनजान में उनसे लग गया धक्का ही उनके पुत्र की एक-एक हड्डी को चूरा बना गया। मृत्यु तत्काल हो गई थी, किन्तु शहर-भर के डाक्टरों ने निर्जीव देह को खटखटाने में कोई भी कसर नहीं छोड़ी। पुत्र की बलि देकर ही जो मुझे बचा पाया था, उससे मैं अब कह ही क्या सकती थी? कई दिनों तक आत्मीय स्वजनों का ताँता-सा लगा रहा, फिर हमारी विशाल अट्टालिका में वैसी ही मनहूस निस्तब्धता छा गई, जैसी किसी भयानक तूफान के बाद समुद्र-तट पर छा जाती है। मामा-मामी, खबर पाते ही, हवाई जहाज से उड़कर मेरे घायल चित्त की मरहमपट्टी करने पहुँच गए थे। पिताजी की उपस्थिति में ही, मामा बार-बार अपने साथ सूरत ले चलने की जिद करने लगे तो मैं क्रोध से उबल पड़ी थी। न जाने क्या-क्या कह बैठी थी उनसे, फिर पिताजी ने ही मुझे शान्त कर दिया था।

'' 'तुम निश्चय ही अनु को अपने साथ ले जा सकते हो हरसुख, मेरा अब इस पर कोई अधिकार नहीं रहा।' उनका संयत कंठ एक क्षण को रुँध गया था, 'अनु बेटी, तुम अपने मामाजी के साथ जाना चाहो, तो आज ही जा सकती हो। तुम्हारा हाथ-खर्च नियमित रूप से तुम्हारे पास पहुँच जाएगा।'

''उत्तर में मैंने मामा को जिस आग्नेय दृष्टि से घूरा था, उसके पश्चात् कुछ कहने न कहने का प्रश्न ही नहीं उठता था। बेचारे सकपकाकर उसी दिन बोरिया-बिस्तरा लपेट चले गए थे। कुछ दिन फिर उसी नीरस दिनचर्या में बीत गए।

एक दिन पिताजी ने मुझे अपने कमरे में बुलवा भेजा।

'अनु बेटी, मैंने तुम्हें एक विशेष प्रयोजन से बुलाया है। बैठो अनु!' मैं उनके पैरों के पास धरे मोढ़े पर बैठ गई।

'जैसे-जैसे दिन बीत रहे हैं अनु, मेरा शोक मेरे कलेजे पर एक गुरुतम शिला बनता मेरा दम घोंटता जा रहा है। इस कमरे को देख रही हो न? जहाँ तुम बैठी हो, वहीं यह मोढ़ा डालकर कभी तुम्हारी सास बैठा करती थी। इसी वायव्य कोने में तुम्हारे पति ने जन्म लिया था। उस सामनेवाले

कमरे में उसका चूड़ाकर्म हुआ था। जनेऊ के लिए हम उसे विंध्यवासिनी ले गए थे। उस शो-केस में आज भी उसके बाल्यकाल के निर्जीव खिलौने उसी तरह सजे हैं। उस काँच की शीशी में तुम्हारी सास जो उसके पहली बार उतरे रेशमी केश के गुच्छों को सहेज गई थी, उन्हें लाख चेष्टा करने पर भी मैं उसके फूल के साथ गंगा में प्रवाहित नहीं कर पाया। ऊपर धरे सूटकेस में अभी उसके स्कूल के ब्लेज़र, कलम, दर्जनों कमीज़ें, उसी सलीके से धरी हैं, जैसे उसकी माँ सँवार गई थी। कहीं पढ़ा था कि मनुष्य कभी किसी बीमारी से नहीं मरता, मरता है अतीत की स्मृतियों के बोझ से। रात को उसकी स्मृति के यही निर्जीव अवशेष अतृप्त प्रेतात्माओं की ही निष्ठुरता से मेरा कलेजा रौंदने लगते हैं। यदि मैं अब और यहाँ रहा, तो पुत्र की ही भाँति शायद उसकी लौह शृंखलाएँ एक दिन मुझे भी जकड़ लेंगी। इसी से मैंने निश्चय किया है बेटी, हम इस स्मृतियों के मुर्दा अजायबघर को बेच-बाच कहीं दूर चल देंगे।'

'कैसी बात करते हैं आप पिताजी!' मैं उनके उस अप्रत्याशित प्रस्ताव से बुरी तरह काँप उठी थी। कुछ ही महीनों की परिचिता उस मनहूस हवेली के प्रति मेरा मोह आज भी वैसा ही बना रह गया है। उसके एक-एक जंगले, एक-एक सोपान, द्वार, कपाटों की एक-एक चिटखनी की खट-खट सुनते ही मैं जान जाती थी कि कौन-सा द्वार खुला और कौन पट मुँदा। आधी रात को हवा के मदिर झोंके के साथ कभी कमरे में किसी दुःसाहसी दस्यु-सा ही घुस आया मैग्नोलिया का खुशबूदार भभका मुझे जगा देता और एक पल को, मैं सच कहती हूँ बहन,'' अनसूया अपने ठंडे काँपते हाथों से मेरे दोनों हाथ जकड़कर कहने लगी, ''मुझे लगता, वह पानी छपछपाता फिर गा रहा है :

ऐ ऐने हैया ना कोर माँ राख जो
जोबनियूँ चाल्यूँ जशे

पसीना-पसीना होकर मैं अँधेरे कमरे में थरथराती काँपती आँखें बन्द कर लेती, उस लोमश चौड़ी नग्न छाती का विस्तृत स्पर्श एक बार फिर मेरे अश्रुसिक्त कपोलों को सहलाने लगता। घर की बुढ़िया नौकरानी रणियत बाई मेरे कमरे ही में सोती थी, फिर भी मैं सारी रात नहीं सो पाती। अनियमित निद्रा और आहार मुझे शरीर और मन से बुरी तरह तोड़ता चला जा रहा था। यह शायद मेरे स्नेहालु पिताजी ताड़ गए थे।

'पिताजी, आप क्या मेरी बात ध्यान में रख यह प्रस्ताव कर रहे हैं? मुझे यहाँ कोई कष्ट नहीं है।' मैंने दृढ़ स्वर में कहा।

'नहीं बेटी,' पिताजी का स्वर मुझसे भी अधिक दृढ़ था, 'मैं झूठ नहीं बोल सकता। इसमें मेरा ही स्वार्थ अधिक है। तुम्हें अभी हमारे कुटिल समाज की घृणात्मक मनोवृत्ति का अनुभव नहीं है। मेरा वैभव, तुम्हारी कच्ची उम्र का वैधव्य, तुम्हारा सौन्दर्य कभी भी हम दोनों पर घातक हथगोला फेंक सकता है। ऐसा गोला मनुष्य को एक बार ही जलाकर उसके प्राण नहीं लेता, जीवन-भर के लिए उसे विकृत कर तड़पने को छोड़ जाता है, अनु बेटी! समाज तो सगे भाई-बहन के एकान्तवास को भी कभी अच्छी दृष्टि से नहीं देख सकता। फिर दुर्भाग्य से मैं विधुर हूँ, और तुम विधवा, एक दिन...' मैं क्रोध से काँपती बीच ही में टोक उठी थी, 'पिताजी, कोई भी ऐसी नीचता नहीं कर सकता। यह सब आपके मन का वहम है।'

'काश, ऐसा ही होता, अनु बेटी!' उनकी करुण हँसी में वर्षास्नात हवा के झोंके-सी ही करुण आर्द्रता थी। 'कल बड़ी रात तक बाग में घूमता रहा। लौटा तो सोचा, सागरपेशे का चक्कर लगाता चलूँ। मैंने अपने कानों से सुना, मेरे नमकहराम भृत्य मेरे ही गले पर छुरी फेर रहे थे। कह रहे थे—जान-बूझकर ही तो रंडुए बुड्ढे ने पागल लड़के को छत से ढकेल दिया, जिससे उम्रभर सुन्दरी जवान बहू के साथ गुलछर्रे उड़ा सके। पूरी जायदाद भी तो लिख दी है पाटन की पटरानी के नाम!...'

'मैं घुटनों में सिर डालकर सुबकने लगी थी। ओफ! कभी कितनी नीचता कर उठता है समाज! मरे साँप की आँखें कोंचने में भी तो मनुष्य को कभी कैसा अनिर्वचनीय आनन्द आने लगता है। पिताजी ने ही मेरी सिसकियों से काँपती पीठ को एक बार फिर सहलाया था, 'मत रो अनु, तेरे आँसू मैं देख नहीं पाता। मुझे और अपराधी मत बना, बेटी! मैं जितनी जल्दी हो सकेगा, तुझे इस घुटनभरे दूषित वातावरण से बाहर ले चलूँगा। मेरा विश्वास है कि नये आकाश के तले मनुष्य सदा एक नए जीवन का आरम्भ कर सकता है।'

''फिर पिताजी आठ ही दिन के भीतर कभी प्राणों से प्रिय अपनी उस हवेली को उसके एक-एक स्मृति-चिह्नों के साथ बेच-बाच, बिना किसी से कुछ कहे,

मुझे लेकर बम्बई आ गए। वहीं उन्होंने मेरे लिए यह बुटीक खोल दी थी—'इन्द्रधनुष।' अपने नाम को सार्थक करती मेरी वह दुकान बीस-बीस सेर की भारी टेम्पल साड़ियों, औरंगाबादी, बनारसी, चन्देरी साड़ियों की मौलिक आभा से महीने-भर में ही पूरे शहर में प्रसिद्ध हो गई। बड़ौदा और सूरत की असली ज़री, लखनऊ की कारचोबी-बादला की सुनहली बूटियाँ, एक से एक समृद्ध ग्राहिकाओं को वहाँ खींच लातीं, और कभी-कभार फिल्मी लगन खुलते, तो मेरी तिजोरी को दुल्हन बनी चित्र-तारिकाएँ नोटों की गड्डियों से भर देतीं। अपने सद्यः वैधव्यदग्ध चित्त की जलन मैं अपने नये व्यवसाय की ख्याति के बीच प्रायः भूलने लगी थी।

''दुकान का सारा काम मैं ही सँभालती थी। उधर घर का मोर्चा सँभालते थे पिताजी। जो आज तक एकान्तसेवा और योग्य-साधना में निरत थे, उनके लिए यह एक नया अनुभव था। मुझे कभी-कभी बड़ा दुख भी होता और मैं कहती—'पिताजी, अपने रहते आपको यह सब करते देखती हूँ तो बड़ी ग्लानि होती है।' 'पागल कहीं की,' वे मुझे ही डपटकर रख देते, 'मेरे गुरुदेव ने कहा था, बेटा, निःस्वार्थ रूप से जनसेवा को ही अपने जीवन का लक्ष्य बनाए रखना। जनसेवा ही तो है यह।'

''मैं दुकान जाने लगती, तो वे नाश्ते के डिब्बे में अचार की फाँक से लेकर हरी मिर्च, नमक रखना भी नहीं भूलते। शाम को थकी-माँदी लौटती, तो देखती कि मेरे वार्धक्य जर्जर श्वसुर गैस जला मेरे लिए चाय बना रहे हैं। ओफ! कैसा कठोर प्रायश्चित कर रहे थे पिताजी! न कहीं जाना, न कहीं आना। न कोई मित्र, न कोई आत्मीय। मैं कई बार नौकर रखने के लिए कह चुकी थी, पर पिताजी डपट देते, 'नहीं, क्या जरूरत है नौकर रखने की! पढ़ती तो हो अखबारों में, आए दिन कभी कोई मालिक का गला घोंटकर भागता है, कोई मालकिन का! काम तो चल ही रहा है। फिर सच कहता हूँ अनु बेटी, नौकरों की भीड़-भड़ाक के बाद, मुझे अब अपना यह स्वावलम्बी जीवन बहुत अच्छा लगने लगा है।'

''पर एक दिन मैं दुकान से लौटी, तो मेरे साथ उस साँवली-सलोनी किशोरी को देखकर पिताजी चौंक पड़े थे।

'' 'पिताजी के पैर छू, हीरा,' मैंने ऐसे स्नेहपूर्ण अधिकार से कहा, जैसे वह मेरी सगी छोटी बहन हो। 'आज से ये मेरे ही नहीं, तेरे भी पिताजी हैं, समझी? खूब मन लगाकर सेवा करना इनकी।' हीरा लजाकर पैर छूने लपकी,

तो पिताजी ने झिझककर पैर समेट लिए।

“ ‘आ चल, तुझे अपना कमरा दिखा दूँ। आज से तू वहीं सोएगी।’ फिर उसे भीतर ही अपने कमरे की सफाई के जाल में उलझा मैं पिताजी के पास लौट आई और हँस-हँसकर, अपने दुःसाहसी कदम की भूमिका बाँधने लगी। जेल की डाक्टरनी नीला नागर मेरी पुरानी ग्राहिका थीं, उन्हीं से मैं हीरा को माँग लाई थी।

“ ‘दुकान का काम बहुत बढ़ गया है, पिताजी, भारी-भारी साड़ियाँ दिखाते-दिखाते मेरे पखौरे दुखने लगते हैं। बड़ी दुखियारी लड़की है बेचारी, कल ही छूटी है।’ ‘कहाँ से छूटी है?’ पिताजी ने जैसे बिजली का नंगा तार छू लिया था। ‘जेल से, और कहाँ से छूटेगी पिताजी!’ मैंने बड़े यत्न से अपने स्नेहपूर्ण स्मित का जाल फैलाया, पर पिताजी के तने तेवर देखकर स्वयं ही सहम गई थी। मेरे प्रज्ञाचक्षु ससुर क्या स्वयं ही योगबल से उस अभागी का अतीत जान गए थे?

“ ‘चौदह वर्ष की अबोध बालिका थी’, मैं फिर आँखें नीचे झुकाए ही उसका कलुषित अतीत ऐसे दुहराने लगी, जैसे कोई सहमा बालक अपने कठोर शिक्षक की बेंत से सहमता कंठस्थ किया पाठ सुना रहा हो, ‘विवाह हुआ था एक वृद्ध पागल से, दिन-रात उसे पीटता था, नोचता था, खसोटता था।’ मेरी वाणी अब दुःसाहसी बनती, वृद्ध पिताजी को पल-पल पर आतंकित करती जा रही थी। यह तो मैं हीरा का नहीं जैसे स्वयं अपना अभिशप्त अतीत दुहराती, उनसे दया की भीख माँग रही थी। ‘कई रातों से बेचारी सो भी नहीं पाई थी। एक दिन भूखी-प्यासी ओसारे में ही पसर गई। सहसा पति के विकट उन्मत्त अट्टहास ने इसे चौंकाकर जगा दिया। दोनों हाथों को साधता, वह इसका गला घोंटने बढ़ा आ रहा था। इस अभागी को बचाने न वहाँ इसकी सास थी, न ससुर, न देवर, न जेठ। सब मेला देखने गए थे। पगला धीरे-धीरे, दाँत किटकिटाता, अपने पुष्ट हाथों का फन्दा इसके गले में डालने बढ़ा, और इसने वहीं पर धरी नई दराँती खींचकर मार दी। ठीक गर्दन पर ही लगी और नस कट गई। तीन घंटे में ही इसे अपने उन्मत्त सहचर से सदा के लिए मुक्ति मिल गई, पर मूल्य चुकाना पड़ा आजन्म कारावास का दंड स्वीकार कर। पहले भेजी गई नासिक जेल, फिर नागपुर। अपने सौम्य आचरण से, स्वयं ही कठिन दंड का घेरा काटती, वह गाँधी शताब्दी में, एक बार फिर बन्धन की चारदीवारी से बाहर निकल आई, इसके मायके, ससुराल

को चिट्ठियाँ भेजी गईं, पर कोई भी लेने नहीं आया। और अन्त में, मैं ही कल रुक्का लिखकर इसे यहाँ ले आई। कैसा आश्चर्य है कि ठीक मेरे ही से जीवन की पुनरावृत्ति विधाता ने इस अभागिनी के जीवन में भी कर दी।'

" 'तुमने यह क्या किया अनु, एक पतिहन्ता को मैं कभी भी अपने घर में रखने की अनुमति नहीं दे सकता।' पिताजी के ललाट की झुर्रियाँ पसीने की बूँदों से और भी टेढ़ी-मेढ़ी लग रही थीं। 'ईमानदारी से देखा जाए पिताजी, तो मैं भी पतिहन्ता हूँ। क्या मेरे ही कारण आपके पुत्र की मृत्यु नहीं हुई?' किसी वाचाल चतुर वकील की भाँति अपने दुर्बल पक्ष को भी अपनी मुखर दलील से पुष्ट बनाती मैं पग-पग पर अपने दुर्बल श्वसुर को पराजित करती चली जा रही थी।

" 'तुम्हारी इच्छा, बेटी,' पिताजी ने फिर एकदम ही हथियार डाल दिए थे, 'पर जान-बूझकर भी मक्खी निगलना क्या तुम-सी बुद्धिमती को शोभा देता है? मैंने तुमसे बहुत पहले ही कहा था अनु, तुम्हारे किसी निर्णय पर मुझे कभी आपत्ति नहीं होगी। तुम आज भी उतनी ही स्वतन्त्र हो, पर मुझे तुम्हारा इस अनजानी अपराधिनी को ऐसे घर ले आना अच्छा नहीं लगा, बेटी!'

" 'फिर भी मैं उसे जीवन-भर अपना आश्रय देने का निर्णय ले चुकी थी। कुछ दिनों तक पिताजी और मेरे बीच एक अजीब तनाव की दीवार-सी खिंच गई। पिताजी का अध्ययन हीरा के अनधिकार प्रवेश के साथ गहन से गहनतर होता चला गया। लौटती तो देखती पिताजी जान-बूझकर ही शाल से चेहरा ढाँप-ढूँपकर लेट गए हैं। हीरा बेचारी भी सहमी-सहमी काम में लगी रहती। उसकी फुर्ती, सुघड़ सलीका देखकर मैं कभी-कभी दंग रह जाती। मैंने उसे जेल में भी देखा था। ऊँची बँधी एक अंगुल कन्नी की मोटी धोती, आकारहीन चोली में उसका यौवन, जैसे अब तक किसी मदारी की जीर्ण कतरी में छिपे नये-नये पकड़े गए नाग-सा ही, घातक कुंडली में मुंडी दुबकाए बैठा था। मुक्त होते ही वह अब फन उठाए किसी भी दुःसाहसी दर्शक को सहमा सकता था।

" 'फिर तो उस बित्ते-भर की छोकरी ने नये परिवेश के नये लटकों को ग्रहण करने में जैसी तत्परता दिखाई वह शायद कोई सीखी-पढ़ी मॉडल भी नहीं दिखा सकती थी। मेरी बुटीक, आधुनिका शृंगारिकाओं की प्रिय क्रीड़ास्थली थी। आए दिन वहाँ बम्बई की उर्वशियों का मेला-सा जुटता

रहता। उनकी नई से नई वेशभूषा, चाल-ढाल, हँसी, कटाक्ष, हीरा देखते ही देखते अपनी विलक्षण स्मृति के कीलक से गाड़कर रख देती और उसकी सुरुचि की आश्चर्यजनक प्रगति मुझे स्तब्ध कर उठती। कभी-कभी वह मेरे साथ दुकान चलने को तैयार होकर आती, तो मैं सच कह रही हूँ बहन, एक विचित्र-सी हीनभावना मुझे पल-भर को खिन्न कर जाती। न सूरत, न शकल, पर फिर भी लापरवाही से उसकी आँचल की स्मरध्वजा-सी फहराने की भंगिमा, परिपाटी से बाँधा गया जूड़ा, जूड़े पर लगा बेले का दक्षिणी गजरा, सुडौल मराल ग्रीवा में काले डोर से बँधी सोने की तबिजिया, छन्दमयी गति और बंकिम स्मित देख कोई भी नहीं कह सकता था कि चार महीने पूर्व वह समाज-परित्यक्ता किसी भयानक बिरादरी की सदस्या रही होगी। मेरी ग्राहिकाओं में से कोई उसके सुडौल चिबुक पर गुदे गोदने पर मुग्ध थी, तो कोई उसके उजले दाँतों की चमक पर। बातों के छल्ले सजाने में वह चतुरा चिलबिली किसी भी प्रसिद्ध डिपार्टमेंट स्टोर के सीखे-पढ़े सेल्समैन को चूख चटा सकती थी। मेरी ग्राहिकाओं में सब सुन्दरी षोडशियाँ ही आती थीं, ऐसी बात नहीं थी। कभी-कभी धनकुबेर सेठों की ऐसी-ऐसी कदर्य विराटकाया सेठानियाँ धमकती थीं कि मेरी बुटीक की सर्वश्रेष्ठ साड़ी भी उनके अंग से लगते ही म्लान हो जाती। बार-बार, जब उन्हें दर्पण दिखा उन्हें रिझाने की मेरी चेष्टा व्यर्थ हो जाती और दुःशासन के खींचे गए चीर की भाँति साड़ियों का अशेष अम्बार लगा मैं पूरी तरह हाँफने लगती, तो हीरा लपककर पलभर में विषम स्थिति सँभाल लेती। 'देखिए बाई साहब,' वह हँस-हँसकर कहती, 'क्या गजब का कंट्रास्ट है और क्या बढ़िया आँचल।' फिर वह चपला श्यामा एक शोख साड़ी के पल्लू से अपनी सुराहीदार ग्रीवा लपेट अपने उजले दाँतों की विद्युत छटा से खरीदनेवाले को मोह लेती। मेरी बुद्धि में तो यह सूझ आई ही नहीं थी। उन भीमोदरा सेठानियों की बयालीस इंची कटियों में साड़ी लपेटती, तो यही लगता कि किसी मर्सिडीज ट्रक को साड़ी लपेट रही हूँ।

'' 'मैं तो साँवली हूँ,' फिर वह दुष्टा, काउंटर से अपना तुरुप का अन्तिम पत्ता फेंक, सौदा पटा लेती, आप तो इतनी गोरी हैं मेम सा'ब, आप पर तो यह रंग और फबेगा।'

'' 'जब सन्तुष्ट ग्राहिका दामी पैकेट सहित विदा होती, तो वह मेरी ओर देख गर्वोल्लास से मुस्कुराती, 'आपको अभी सौदा करना नहीं आता, अनु बेन, ऐसी-ऐसी भैंसें साड़ी खरीदने आएँ तो उन्हें ही साड़ी लपेट दर्पण मत

दिखाइए। इसी से तो साड़ी के लाल रंग से भैंस बिदकी जा रही थी। अरे, अपने ही को उस साड़ी से लपेट उसके सामने खड़ी हो जातीं, तो अब तक साड़ी यों चुटकियों में बिक जाती।' उसने हँसकर चुटकी बजाई और फिर मशीनी गति से उलझी साड़ियों की गट्‌ठी को बड़े धैर्य से सुलझा-सुलझाकर तहाने लगी।

''हीरा धीरे-धीरे मेरे नीरस जीवन का एक सरस अंग बनती जा रही थी। पहले मेरे नाश्तेदान के आयोजन में एक नीरस औपचारिकता का ही अस्तित्व रहता था, कभी सैंडविच, कभी पराँठे-सब्जी और एकादशी के दिन तो केवल फलाहार, पर जब से मेरी नवीन सेविका आई, वह उसी नाश्तेदान में ऐसे-ऐसे स्वादिष्ट व्यंजन भरकर लाने लगी कि वर्षों बाद मेरी अब तक अवश पड़ी सात्त्विकी उदासीना जिह्वा भी चटखारे लेने लगी।

''ईरानी होटल के पीछे एक भैया चाट का खोमचा लगाता है, अनु बेन! क्या बढ़िया पानी के बताशे बनाता है! कहिए तो भागकर ले आऊँ?' प्रस्ताव के साथ ही उसकी शरबती आँखें पानी के बताशों-सी ही चटपटे रस की छलक से छलकने लगतीं।

''मैंने उसे सन्देह से घूरा, 'क्यों री हीरा, तू इस चाटवाले को कहाँ से जानने लगी? जब से मेरे साथ आई है, मैंने तो तुझे आँखों की पलकों में मूँदकर ही रखा है, फिर ये भैया तुझे कहाँ मिल गया?'

'' 'ओह, अनु बेन!' वह गर्दन पीछे फेंक खिलखिलाकर हँस उठी। हँसने की उसकी यह सर्वथा मौलिक, मोहक भंगिमा थी। 'इसकी बहन जो हमारे साथ थी।'

'' 'कहाँ?' मैंने अब और भी कठोर स्वर में पूछा।

'' 'अरे वहीं जेल में, और कहाँ! उसको भी मेरी ही-सी सजा थी, अनु बेन! कतल की—अपने आदमी को उसने भी मारा था, पर गँडासे से नहीं, अचार के तेल में अफीम चटा दी थी।'

'' 'फिर हीरा ने ऐसी दूधिया हँसी में अपने नन्हे अधर फैला दिए कि मैं चाहने पर भी उसे नहीं डपट सकी। पति को गँडासे से मारने और विषपान से मारने में हीरा की दृष्टि में अन्तर उतना ही था, जितना बकरे को झटके से मारने या हलाल से मारने में होता है।

" 'देख हीरा,' मेरा स्वर फिर क्रोध की तरंगों में काँपने लगा, 'तुझे मैंने लाख बार समझाया है कि तू अब अपनी पिछली जिन्दगी की किसी भी घटना को न याद करेगी, न मुझे कराएगी। उस छूटी बदनाम बस्ती से अब तेरा क्या रिश्ता? खबरदार, जो तू कभी उसकी दुकान पर गई।'

" 'हाय दैया!' हीरा ने अपनी तर्जनी अन्दाज से ठोड़ी के गोदने पर टिका दी, जैसे किसी फिल्मी शूटिंग का पूर्वाभ्यास कर रही हो। 'हम कब गईं उसकी दुकान पर, जो जाएँगी। वह तो खुद ही छुट्टीवाले दिन अपनी बहन से मिलने खोमचा लेकर जेल आता और हम सबको एक-एक दोना थमा जाता था।'

" 'तेरी नीयत चाट पर ऐसी ही फिसली है,' मैं अब थोड़ी नरम पड़ गई, 'तो चल, तुझे कल ही चौपाटी ले जाकर गले तक चाट ठुँसा दूँगी।'

"उसने लज्जित होकर गर्दन झुका दी और अपनी डबडबाई आँखों के आँसू गुटकने की व्यर्थ चेष्टा करने लगी।

"मुझे उस पर तरस भी आने लगा। उम्र ही क्या थी अभागी की! जीवन के अठारह वर्षों ही में तो स्वर्ग-नरक सब भुगत चुकी थी। उस दिन तो वह उदास रही, न नित्य की भाँति रात तक चहकी, न हँसी, पर दूसरे ही दिन फिर अपनी स्वाभाविक चपलता में लौट आई। मैं उसे मनाने ही फिर दुकान से सीधी चौपाटी लेती गई। पानी सहित, पानी-बताशों से अपने गाल फुलाती, वह बार-बार मेरी ओर ऐसी निरीह कृतज्ञता से देखने लगी कि मेरी आँखें छलछला उठी थीं।

" 'जानती हैं, अनु बेन, जब मैं फैजाबाद पहली बार गई,'—फिर वह सहसा स्वयं ही मेरे पिछले दिन की दी गई चेतावनी स्मरण कर चुप हो गई। फैजाबाद में उसकी ससुराल थी, वहीं उसने वह जघन्य हत्या भी की थी।

" 'हाँ-हाँ, कहती क्यों नहीं', मैंने हँसकर बड़े लाड़-दुलार से उसे उकसाया, 'इस बार कुछ नहीं कहूँगी। क्या हुआ था फैजाबाद में?'

"हाथ का छटा दोना फेंक, उसने महातृप्ति से अपने रसीले अधर पोंछे।

" 'उस बार नई-नई गौना होकर आई, तो छोटी ननद हमें गुड़िया का मेला दिखाने ले गईं। उस बार हम दोनों में पानी के बताशे खाने की बाजी लगी थी।'

" 'और तूने ननद को हरा दिया था, क्यों?' मैंने हँसकर कहा।

" 'हाय दैया, आपसे किसने कहा?' उसके चिबुकांकित त्रिकोणी गोदने

में अटकी बताशे की एक बूर कमलपत्र पर टलटल हिलते जलबिन्दु की ही भाँति मुझे मुग्ध कर उठी। आरम्भ से अन्त तक वह अभिनय-कुशला नटिनी क्या अपने बहुरूपी व्यक्तित्व से मुझे छलती ही रही? क्यों उसके हृदय की मलिनता की एक भी कुटिल रेखा उसके चिकने-चुपड़े चेहरे पर नहीं उभरी? जाने के दिन तक शरबती मस्त आँखों में माँ की गोद में किलकते शिशु की-सी ही निर्दोष चावनी मुझे निरन्तर मूर्ख बनाती रही, बहन!

"फिर एक दिन एक विकट समस्या मेरे सम्मुख आ गई। मेरी एक समृद्ध पुरानी ग्राहिका अचानक एक व्यवसायी के प्रेम में पड़ परिपक्व वयस में अपना विवाह रचा रही थी। अपने भावी ट्रूसो सँवारने का काम उसने मुझे ही सौंपा था। वह स्वयं एक ख्यातिप्राप्त फिल्म तारिका थी। उधर नौशा भी उसी की टक्कर का सुख्यात व्यवसायी था। इसी से ट्रूसो के लिए जैसी-जैसी भंारी साड़ियों का मुझे ऑर्डर मिला था, उसे जुटाने के लिए मेरी दक्षिण-यात्रा एकदम अनिवार्य हो उठी थी। वैसे भी प्रत्येक वर्ष मैं दक्षिण-यात्रा पर निकल, सीधे लूम से उठाकर साड़ियाँ ला, अपनी बुटीक सँवारती थी। इसी से मेरी साड़ियों में सीधे तन्दूर से निकली तन्दूरी रोटियों की-सी ही सोंधी मिठास रहती। पर इस बार फरजाना बेग ने एक साथ पाँच टेम्पल साड़ियाँ माँगी थीं। चिन्ता एक ही थी, पिताजी को किसके पास छोड़ूँ। आज तक, जब कभी जाती, मेरी प्रातिवेशिनी रबिया बेन पिताजी की ऐसी देखभाल करती कि मैं निश्चिन्त होकर घूमधाम, यत्न से साड़ियों का मोल-भाव करती रही। मेरी उस खोजा मुस्लिम सखी पर पिताजी का भी अनन्य स्नेह था। दिन-रात इबादत में डूबी, सुमिरिनी फेरती, उस संस्कारपरायणा युवती विधवा के वैधव्य ने उसके गम्भीर चेहरे को एक अनोखी पवित्र आभा से मंडित कर दिया था। मेरे दुर्भाग्य से एक वर्ष पूर्व वह भी अपने राजदूत भाई के पास विदेश चली गई थी। हमारे आसपास के पड़ोसी हमारे लिए होकर भी नहीं के बराबर थे। फिर पिताजी को एक बार दिल का भयानक दौरा भी पड़ चुका था। डाक्टर ने मुझे एकान्त में बुलाकर बार-बार चेतावनी दी थी कि मैं उन्हें कभी अकेला न छोड़ूँ। कुछ ही दिन बाहर रहने की बात होती तो शायद मैं इतनी चिन्तित न होती, पर जैसे आँचल, रंग और कारचोबी की माँग मेरी ग्राहिका ने की थी, उसके लिए मुझे पूरे दक्षिण का परिभ्रमण करना होगा, यह भी

मैं जान गई थी। एक दिन बड़े साहस से मैं पिताजी के कमरे में गई। जैसे भी होगा, उन्हें अपनी अनिवार्य यात्रा की सूचना से अवगत करा, मैं उनसे हीरा की सेवा स्वीकार करने का वचन लेकर ही रहूँगी। अब तक मेरे लाख कहने पर भी पिताजी ने उसका स्पर्श किया भोजन ग्रहण नहीं किया था। मैं पहुँची और सहसा देहरी पर ही ठिठककर खड़ी रह गई। कम्बल से ढँकी, उनकी अचल देह देख, मेरे हाथ-पैर ठंडे पड़ गए थे। डेंचर उतारकर उन्होंने सिरहाने की मेज पर काँच के गिलास में धर दिया था। चश्मा उतारने से उनका सिकुड़ा सहस्र झुर्रियों से भरा चिपका चेहरा, धँसी आँखें और चिड़िया का-सा खुला पोपला मुँह देख, मुझे अजीब दहशत-सी हो गई थी। हे भगवान, कहीं कुछ हो तो नहीं गया इन्हें! पहली बार मुझे उन पर अपनी निरीह निर्भरता का बोध हुआ। इतने वर्षों से मैं किसी उदार वटवृक्ष के विराट तने से लिपटी लता की ही भाँति, स्वयं अपना अस्तित्व भूल-बिसर गई थी। ठीक भी तो था, मेरे लिए तो माता-पिता, सास-ससुर, सन्तान, आत्मीयों के सारे रिश्ते केवल पिताजी तक ही सीमित रह गए थे। 'पिताजी!' मैं एक प्रकार से चीख ही पड़ी थी। 'क्या हुआ, अनु बेटी?' वे हड़बड़ाकर उठ बैठे और मैं भागकर उनके पैरों में सिर रखकर सुबकने लगी थी।

" 'क्या हुआ अनु, क्यों रो रही है ऐसे?' वे जितनी ही बार मेरी पीठ पर हाथ फेरते, उतनी ही बार उनका स्नेहविगलित कंठस्वर मुझे और विवश बना, सिसकियों से मेरी देह तोड़कर रख देता। बड़ी देर बाद मैं तटस्थ हुई। मैंने रूमाल से आँखें पोंछीं और हँसने की चेष्टा की; 'पिताजी, आप नींद में ऐसे लग रहे थे, जैसे...जैसे' मैं सहसा सहमकर रुक गई। जो कहना चाह रही थी वह कहती भी कैसे! पर पिताजी, सब समझ गए, 'जैसे मैं मर गया हूँ, क्यों?' अब वे ठठाकर हँस पड़े, 'ओह, डरा दिया मैंने तुझे, अनु...'

" 'पिताजी,' अब मैंने दृढ़ स्वर में कहा, 'मुझे इस बार साड़ियाँ लेने कुछ जल्दी ही जाना होगा। फरजाना बेग का विवाह है ना, बड़ा तगड़ा ऑर्डर हाथ लगा है। सोचती हूँ, कल चल दूँ।'

" 'तो चली जा न, अनु, मैंने क्या कभी तुझे आज तक कहीं जाने से रोका है!' पिताजी आश्चर्य से मेरी ओर देखकर कहने लगे, 'क्यों, क्या तबीयत ठीक नहीं है तेरी?'

" 'कैसी बात करते हैं, पिताजी?' मैंने कुछ झुँझलाकर ही कहा था, 'अपनी तबीयत की नहीं, आपकी तबीयत की चिन्ता मुझे सता रही है।

आपको इस बार अकेले कैसे छोड़ूँगी! पिछले साल तो रबिया बेन थी।'

" 'क्यों? मैं क्या कोई बच्चा हूँ? चिन्ता तो मुझे तेरी होनी चाहिए। इतनी दूर, हर साल इधर-उधर भटकती है। ओह, समझा, मेरे दिल के दौरों से घबरा रही है क्या? पर निश्चिन्त होकर जा, अनु बेटी! इतनी बात मेरी गाँठ बाँध ले, जो मरीज एक बार दिल के जबरदस्त दौरे को झेल लेता है, उसे फिर कोई चिन्ता नहीं करनी चाहिए। ऐसा दौरा दिल को और मजबूत बना जाता है। मैं जब भी मरूँगा, दिल का दौरा मेरे प्राण नहीं लेगा, अनु!'

"कैसी अद्‌भुत भविष्यवाणी की थी पिताजी ने! फिर मैंने, उन्हें अन्त तक मना ही लिया। जैसे भी हो, उन्हें हीरा की सेवा स्वीकारनी ही होगी। 'आपका दृष्टिकोण, मेरे लिए हमेशा ऐसा उदार रहा, पिताजी,' मैं उनके सम्मुख तनकर खड़ी पटापट मुँह लगी बुढ़ापे की इकलौती सन्तान की ही भाँति बहस करने लगी, 'एक बार का अपराधी जीवन-भर का अपराधी बना रहा है, यह मैं नही मानती। हीरा ने जो भी किया, हृदय की कुटिलता से प्रेरित होकर नहीं किया, परिस्थितियाँ ही उसे अपराधिनी बना गईं। आप कहते हैं न कि अनु, तू मेरे पूर्वजन्म की बेटी है? तो समझ लीजिए, आपके पूर्वजन्म की एक नहीं दो बेटियाँ हैं—अनु और हीरा।'

"मेरी इस अन्तिम लाड़-दुलारभरी दलील ने उन्हें जीत लिया और इस तरह अनेक तर्क-वितर्कों से उन्हें पराजित कर मैं हीरा को अपने सन्त ससुर की काँपती अँगुलियाँ थमाकर दौरे पर निकल गई।

"इधर-उधर भटकते मुझे पूरा महीना बीत गया। लौटने लगी तो बहुमूल्य साड़ियों के साथ हीरा के लिए भी एक गहरे लाल रंग की भड़कीली साड़ी ले ली। मैं जानती थी कि उसे यह शोख रंग बेहद पसन्द है। पिताजी के लिए भी मैंने उस बार एक बहुमूल्य उपहार खरीद लिया। उस चौकोर नीलम की अँगूठी की मुझे तगड़ी कीमत ही चुकानी पड़ी थी, पर किसी ज्योतिषी ने पिताजी को एक बार चेतावनी दी थी कि उनकी कुंडली की मारक दशा को खदेड़ने के लिए उनके लिए नीलम पहनना अनिवार्य था। मैं अपने पहुँचने का तार पहले ही दे चुकी थी। प्रत्येक बार की भाँति पिताजी इस बार भी मुझे लेने स्टेशन आए थे और उनके साथ हीरा भी आई है, यह देख मैं खिल गई।

" 'ओह, तो पिताजी, आपने अपने पूर्वजन्म की इस दूसरी कुलच्छनी बेटी को भी आखिर स्वीकार कर ही लिया!' मैंने हँसकर उनके पैर छुए, फिर

हीरा को खींचकर छाती से लगा लिया।

" 'शाब्बाश हीरा!' मैंने उसकी पीठ ठोंकी, 'लगता है, पिताजी की सेवा में, तूने मुझे भी हरा दिया। इतना अच्छा स्वास्थ्य तो मैंने आपका कभी नहीं देखा, पिताजी!' सचमुच ही पिताजी की वयस के जैसे दस वर्ष एक साथ पीछे सरक गए थे। वह बन्द गले का सफेद लम्बा कोट, सफेद धोती, वही काली टोपी और चाँदी की मूठ की छड़ी। चेहरे की एक-एक झुर्री पर जैसे किसी ने पानी के छींटे मार, भारी लोहा फेर दिया था। पिताजी की इकहरी देह को जो छड़ी आज तक संग-संग सहारा देती चलती थी, वह आज स्वयं उस इकहरी देह का सहारा लिए चली जा रही थी। किसी अवलम्ब के लिए आज उस छड़ी का अस्तित्व नहीं था। वह साथ चल रही थी केवल आभरण बनकर। घर पहुँचते ही मैंने अपने उपहार निकाल उन दोनों को थमा दिए, तो जहाँ हीरा महानन्द से उछलती-कूदती, और उसी क्षण साड़ी पहनने भाग गई। पिताजी मखमली डिबिया हाथ ही में थामे, न जाने किस सोच में डूबकर रह गए।

" 'देख क्या रहे हैं, पिताजी! खोलकर पहनिए ना! आपकी ग्रह दशा इसी क्षण करवट बदल लेगी।' मैंने लपककर डिबिया का ढकना खोल दिया। उन्होंने फिर शायद मेरा मन रखने को ही अँगूठी निकालकर पहन ली।

" 'बहुत बढ़िया नीलम है, अनु!' उन्होंने अपनी अनुभवी पारखी दृष्टि की कसौटी में उसे कसकर परख लिया था।

" 'जानते हैं, जौहरी क्या कह रहा था, पिताजी?' मैं तो उत्साह से नीलम की प्रशंसा करने लगी, 'कह रहा था, सन्तान, वैभव, सुख सब देनेवाला नीलम है, एकदम कामधेनु—'

"पिताजी एकाएक गम्भीर हो गए, 'तू कितनी भोली है, अनु, मेरी उम्र क्या अब सन्तान, वैभव और सुख की उम्र है? नीलम बड़ा उग्र पत्थर होता है, बेटी, देने लगा तो सबकुछ दे देगा और लेने पर उतर आया तो पथ का भिखारी बनाकर रख देगा।'

"उधर लाल साड़ी की आँचल फैला, दर्पण के सम्मुख खड़ी हीरा स्वयं अपने ही प्रतिबिम्ब की लाख-लाख बलैयाँ ले रही थी। लेती भी क्यों नहीं? यह तो उसके जीवन की पहली रेशमी साड़ी थी।

"मैंने जब उसे फरजानी बेग की दामी साड़ियाँ दिखाईं तो उसकी आँखें फटी ही रह गईं—'हाय दैया, कितने की है, अनु बेन? पन्द्रह सौ की एक

साड़ी! हाय, इतने में तो आजकल भी चार तोला सोना तुल जाता!'

''दूसरे दिन, जब मैं साड़ियाँ लेकर दुकान जाने लगी तो उसने टोक दिया, 'इन्हें वहाँ मत ले जाना, अनु बेन, मैं तो आपको बताना ही भूल गई थी, आप जब नहा रही थीं, तो फरजाना बीबी का फोन आया था। वह शूटिंग पर बाहर जा रही हैं, शाम को लौटेंगी तो घर ही से साड़ियाँ ले लेंगी।'

''मैंने सेफ में ही साड़ियाँ रख दीं और हीरा को लेकर काम पर निकल गई। उस दिन महीने-भर से बन्द दुकान की सफाई में हम दोनों घंटों जुटी रहीं। अचानक हीरा बोली, 'अनु बेन, मेरे सिर में आज बहुत दर्द हो रहा है। अगर आप कहें, तो घर चली जाऊँ, बदन टूट रहा है। लगता है, जूड़ी चढ़ेगी।'

'' 'अरे, पहले क्यों नहीं कहा? जा पिताजी से कहना, फरजाना बीबी आएँ तो सेफ में धरी साड़ियाँ देकर रसीद लेना न भूलें। मुझे आज इनकम टैक्स के कागज बनवाने बर्वे साहब के पास जाना है। लौटने में देर होगी।'

'' 'मुझे उस दिन देर ही नहीं, बड़ी अबेर हो गई थी। घर पहुँची तो नीलम अपनी असलियत का प्रमाण दे चुका था। फ्लैट पर पड़ा बड़ा ताला देखकर ही मैं चौंक उठी। वैसे मेरे पर्स में हमेशा फ्लैट की एक डुप्लीकेट चाबी रहती थी, पर आज तक कभी उसे व्यवहार में लाने की आवश्यकता नहीं पड़ी थी। ताला खोलकर भीतर गई और न जाने किस आशंका से प्रेरित होकर सीधी सेफ की ओर भागी। सेफ की चाबी उसी में झूल रही थी, किन्तु वह उतना ही रिक्त था, जितना तब था, जब मैं उसे खरीदकर फ्लैट में लाई थी। पहले मैंने फरजाना को फोन किया, 'आपको अपनी साड़ियाँ कैसी लगीं, मिस बेग?' मैंने अपने काँपते कलेजे और चक्कर खाते मस्तिष्क को यथासाध्य संयत कर, हँस-हँसकर पूछा।

'' 'साड़ियाँ? ह्वाट डू यू मीन? मैं तो आपकी बुटीक पर समय से ही पहुँची थी, मिसेज कापड़िया, पर आप तो आज चार ही बजे दुकान बन्द कर चली गई थीं। मैंने कहा था न कि मैं ठीक पाँच बजे दुकान से साड़ियाँ लूँगी।' स्वर की तीखी झुँझलाहट फोन के आले को भी खनखना गई।

'' 'पर आपने तो हीरा से कहा था कि आप मेरे फ्लैट से ही साड़ियाँ कलेक्ट कर लेंगी...' मैं अब बुरी तरह हकला रही थी।

" 'ओह मिसेज कापड़िया, तब तो आप ही का दिमाग फिर गया है या मेरा। मैं भला दुबारा फोन क्यों करने लगी! कल रात ही तो आपसे बात हुई थी।'

" 'आई एम सॉरी मिस बेग, आई थिंक आई हैव बीन ड्यूप्ड।' मैंने काँपते हाथों से फोन नीचे रख दिया।

"न जाने कब तक मैं हाथ पर हाथ धरे बुत-सी बैठी रही, फिर साहस कर उठी। पिताजी के कमरे की ओर जाने लगी, तो न जाने किस आशंका से दोनों पैर काँपने लगे, क्या पता घाघ छोकरी एक बार फिर सधे हाथ की सफाई दिखा गई हो! क्या पता, बिस्तर पर उनकी खून से लथपथ लाश ही मुझे मिले!

" 'नहीं-नहीं, वह ऐसा कभी नहीं कर सकती,' मैं पागलों की भाँति, स्वयं ही बड़बड़ाती, पिताजी के कमरे की ओर लपकी और भागकर बत्ती जला दी।

"पलंग खाली था।

"मेज पर धरे काँच के गिलास में न डेंचर था, न नियत स्थान पर चश्मा। मैं रहस्य में उलझी खड़ी ही थी कि सहसा अपने नाम लिखे लिफाफे पर मेरी दृष्टि पड़ी। पिताजी की काँपती लिखावट ही तो थी।

" 'बेटी अनु,

केवल दो शब्द लिखकर ही तुमसे क्षमा माँगता हूँ। इस वयस में मुझे इस निर्दोष किशोरी का पावन प्रेम मिला, यह मेरे प्रभु का प्रभूत दान है, अनु! यह कहती है, मेरे बिना अब इसके जीवन का एक पल भी सार्थक नहीं है। ऐसी स्थिति में, इसे लेकर अब तेरी छत के नीचे हम दोनों का रहना न उचित है, न वांछनीय। ईश्वर तुझे सुखी रखे। तेरा सबकुछ तुझे ही दे गया हूँ, अपना सामान कुछ साथ ले गया हूँ, वह भी अपने लिए नहीं, इसके लिए। तेरे शेयर, पासबुक सब तुझे पहले ही सौंप चुका था।

तेरा

—पिता'

"मैं क्रोध में बौरा गई। क्या हो गया था पिताजी को! कहाँ वह अठारह वर्ष की कंजरिन छोकरी, कहाँ गुजरात के प्रसिद्ध उद्योगपति करसनदास भोगीदास कापड़िया, आसन्न मृत्यु वर्षों से जिनके साथ कदम-से-कदम मिलाकर चल रही थी, मोतियाबिन्द से लगभग अन्धी हो चली आँखें, पोपला

मुँह और चेहरे पर वयस की झुर्रियों का जाल! कैसे विश्वास कर सके वे इस छोकरी का? विवेकशील पुरुष को कभी-कभी नारी अपनी नन्ही तर्जनी पर कैसे नचा सकती है, इसका अनुभव जीवन में पहली बार मुझे हुआ, बहन! जो छोकरी मुझे ही छल गई, जिसने उसके कारागार की कालिमा को रगड़-रगड़कर अमानवीय धैर्य से रगड़, उसकी मलिन त्वचा को भी निखारकर रख दिया था, वह क्या पिताजी को छोड़ देगी? पिताजी जो अपना सामान्य-सा ले जाने की बात लिख गए थे, वह निश्चय ही सामान्य नहीं था। पर मैं कर क्या सकती थी? पिताजी ने न अपना पता-ठिकाना दिया था, न मेरा कुछ लेकर ही गए थे। ले गए थे मेरी प्रतिष्ठा, मेरा सुख-चैन, मेरे चित्त की सुख-शान्ति और मेरे नीरस जीवन का एकमात्र अवलम्ब—स्वयं अपना स्नेहमय संरक्षण! किन्तु इनमें एक भी वस्तु ऐसी नहीं थी, जिसकी रपट लिखने में संसार का कोई भी थाना तत्परता दिखाता। यदि ऐसा सम्भव होता, तो आज क्या फिर संसार के समस्त बहीखाते भी ऐसे असंख्य रपटें लिख पाने में समर्थ हो पाते? तीन-चार दिन तक मैं चुपचाप घर ही में पड़ी रही। जीवन में पहली बार मुझे लगा कि मनुष्य का एकान्त ही उसका सबसे बड़ा मित्र है। यदि मेरी प्रतिवेशी या मेरे मित्रों की संख्या विस्तृत होती, तो क्या उस दिन अपनी उतनी बड़ी लज्जा, अपना उतना बड़ा दुर्भाग्य, मैं समाज से छिपा सकती?

"चौथे दिन मैं नित्य की भाँति काम पर निकल गई। स्वयं मेरी कर्तव्यपरायणता ही ने मेरा हाथ थाम लिया। फरजाना बेग की साड़ियाँ फिर से जुटाने, मैं फिर हवाई यात्रा पर निकल गई। जिस अनजाने आकाश में मैं उड़ती चली जा रही थी, वह न हीरा को पहचानता था, न करसनदास कापड़िया को, न अभागिनी अनसूया को। इसी तरह दो महीने निकल गए। लौटते ही मैंने अपना फ्लैट बदल लिया। पुराने फ्लैट की हर दीवार के चूने-गारे में बसी अतीत की स्मृतियाँ मेरे लिए असह्य हो उठी थीं। एक बार सोचा, डाक्टर नागर के पास जाकर सबकुछ उगल आऊँ, पर फिर उन्हीं की चेतावनी ने मेरे पैरों में बेड़ियाँ डाल दीं। जब उस छोकरी को जिद कर साथ लाने गई थी तो उन्होंने मुझे एकान्त में स्नेहपगी सीख दी थी, 'आठ वर्षों से इस जेल की नब्जों को देख रही हूँ, अनु! मेरा कहना मान, इसे मत ले जा। इस कोयले की कोठरी की कालिख बड़ी पक्की होती है, समझी?' पर कहाँ समझी थी मैं! समझी तो तब, जब चिड़िया खेत चुगकर ही नहीं, उजाड़कर पंख

पसार चुकी थी।

"घोर अशान्ति में मेरे तीन महीने कट गए। डाकवाला आता, तो काँप जाती, तारवाला दिखता, तो हाथ-पैर थरथराने लगते। क्या पता, पिताजी का ही कोई दुःसंवाद हो! मेरी अन्तर्चेतना व्यर्थ ही मन के द्वार नहीं खटखटा रही थी, बहन! एक दिन उत्तर प्रदेश के गुप्तचर विभाग के कुछ वरिष्ठ अधिकारी मुझे ढूँढ़ते-ढूँढ़ते मेरी बुटीक में ही आ गए। 'मिसेज अनसूया कापड़िया आप ही हैं?'

" 'जी हाँ, कहिए।' मैंने काँपते हाथों से काउंटर की सतह थाम ली।

" 'करसनदास कापड़िया आपके कोई आत्मीय थे क्या?'

" 'मतलब? थे क्यों—क्या वे...' मैं लगभग चीख ही पड़ी थी।

" 'आई एम सॉरी, मिसेज कापड़िया, पर कल बनारस में रहस्यमय ढंग से उनकी हत्या कर दी गई। पिछले बुधवार को एक होटल में एक युवती के साथ डबल सीटेड रूम लेकर रहने आए थे। परसों बड़ी रात को दोनों सारनाथ घूमकर लौटे। कल सुबह द्वार खटखटाने पर भी जब किसी ने नहीं खोला, तो तोड़ दिया गया। उनके साथ की युवती लापता थी और खून से लथपथ उनकी लाश पलंग पर पड़ी थी। लगता था, हत्या में किसी दूसरे व्यक्ति का भी हाथ था। उनकी एक डायरी में आपका पता मिला। इसी से हम आपको लेने आए हैं। आपको ही अब हमारे साथ चल उस लाश की शिनाख्त करनी होगी।'

" 'मैं फिर उसी दिन की फ्लाइट से उनके साथ बनारस गई। बर्फ की विराट सिल्ली में धरी उनकी निर्जीव देह को देख मैं एकदम ही विह्वल होकर टूट पड़ी थी, बहन! जिसने इतने वर्षों तक मुझे अपने स्नेह की छाया से ढाँक, मुझे माँ का वात्सल्य और पिता का संरक्षण दिया, वह आज ऐसा असहाय पड़ा था। ठीक उसी दिन की भाँति डेंचरहीन पोपला मुँह मृत पक्षी के चंचु-सा आज भी खुला था। तब मैं 'पिताजी' कहकर चीखी थी तो वे हड़बड़ाकर उठ बैठे थे, 'क्या हुआ, अनु बेटी? क्यों रो रही है ऐसे?' पर आज जब मैं 'पिताजी' कहकर चीखी, तो मुझे पीठ पर हाथ फेरकर ढाँढ़स बँधानेवाला कोई भी नहीं था।"

अनसूया उसी शिवालय में बैठी, शायद सहसा मिली मेरी मैत्री का अवलम्ब

पा, उसी विवशता से विचलित हो उठी। उसके कपोलों पर आँसुओं की धारा बहती, उसका आँचल भिगोने लगी। मन्दिर के पट खुल गए थे, कुछ दर्शनार्थी महिलाएँ हम दोनों को घूर-घूरकर देख रही थीं। विक्षिप्त-सी अनसूया किसी शून्य क्षितिज को निहारती, बिना आँसू ही, बोलती चली जा रही थी। आसपास की घूरती भीड़ की कौतूहली दृष्टि जैसे उसका स्पर्श भी नहीं कर रही थी। मैंने ही उसे फिर हाथ पकड़ पिछवाड़े की ओट में खींच लिया था। मन्दिर का घंटा बजा और उसने सहसा चैतन्य होकर पर्स से रूमाल निकाला, आँखें पोंछीं और फिर कहने लगी :

" 'हाँ, मैंने कहा, यही करसनदास भोगीदास कापड़िया हैं, मेरे श्वसुर, इनके साथ की युवती का नाम हीरा है। वह एक बार पहले भी हत्या कर चुकी है।'

" 'दिन-भर बयान लिखवाने ही में बीत गया। उनकी अन्त्येष्टि का दुरूह भार भी फिर मेरे ही दुर्बल कन्धों पर आ गिरा। बहू होकर भी मैंने बेटे का कर्तव्य-भार निभाया, बहन! मैंने ही उन्हें मुखाग्नि दी। चटखती चिता के अधजले अंगारों को मैं न जाने कब तक देखती रही। कभी पिताजी कहा करते थे, 'अनु बेटी, गुजराती की कहावत सुनी है तूने? सूरत नूँ जमण ने काशी नूँ मरण। सूरत का खाना और काशी की मृत्यु, यह सौभाग्य बिरले को ही मिलता है। सूरत में तो मेरी ननिहाल थी अनु, वह भी प्रख्यात पटेल वंश में। छत्तीस व्यंजनों का स्वाद अब तक चटोरी जिह्वा में रिसमिसकर बस गया है। पर काशी की मृत्यु भी क्या मिल सकेगी मुझे?'

" 'मणिकर्णिका घाट में उस चिता की मिलन धूम्ररेखा को देख न जाने कैसी विचलित-सी हो गई थी मैं। घुटनों में सिर डालकर सुबकने लगी और तब ही पीठ पर उस वरिष्ठ पुलिस अधिकारी के हाथ का स्पर्श पा चैतन्य हुई।

" 'धैर्य रखिए, मिसेज कापड़िया, कब तक यहाँ बैठी रहेंगी। चलिए, आपको होटल तक छोड़ दूँ।'

"उस अनजान मित्र की कार में ही मैं फिर होटल चली आई।

"मैं बम्बई लौट आई, पर लगता था, गुप्तचर विभाग उस छोकरी को अपने सतर्क घेरे में अन्त तक बाँध नहीं पाया। वन्यहरिणी की-सी सधी कुलाँचें भरती वह किसी गहन अरण्य में खो गई। पर फिर मैंने ही उसे एक दिन ढूँढ़ लिया। पिताजी की मृत्यु को दो वर्ष हो चुके थे, मैंने अपनी बुटीक से लगा एक छोटा-सा रेस्टोरेंट भी खरीद लिया था। दिन-भर न जाने कब

बीत जाता, रात को थककर चूर लौटती और चुपचाप आकर सो जाती।

''पिछले महीने किसी काम से दिल्ली जाना था। एक प्रख्यात होटल में खाना खा रही थी कि सामने की मेज पर एक जोड़ा दिखा। गोरा-लम्बा युवक, चमचमाता सस्ती रुचि का सूट पहने, बड़े मनोयोग से मेनू पढ़ रहा था। उसकी सहचरी की पीठ ही मुझे दिख पाई, किन्तु उस पीठ पर फैले आँचल को पहचानने में मुझे कोई कष्ट नहीं हुआ। यह उसी साड़ी का आँचल था, जिसे विवाह के दिन फरजाना बेग की पीठ पर फैलना था। उस साड़ी को तो मैंने सीधे लूम से उतारकर उसकी सुनहरी जरी की एक-एक जामदानी बुनावट सूँघी-परखी थी। मैंने फिर घूरकर देखा। मेरा अनुमान ठीक ही था, वही थी। शरीर दो वर्षों में और भर गया था, किन्तु ठोड़ी के त्रिकोणी गोदने से लेकर उस विलासी अधरों की कामातुर ढलान में कोई भी अन्तर नहीं आया था। दोनों बड़े ही चाव से रोस्ट मुर्ग की टाँग चिंचोड़ रहे थे कि उनके साथ का बालक हाथ में एक विशबोन लिए मेरी मेज पर लपक आया। मुझे जैसे किसी ने कील ठोंककर, गुदगुदी कुर्सी पर गाड़ दिया था। वह गुलगोथना गोरा-चिट्टा बालक अब एकदम ही मेरे पास आकर, मुझे देखने लगा, जैसे मुझे पहचान रहा हो। मेरी पुतलियाँ एक पल को स्थिर हो गईं। इन आँखों को तो मैं भी पहचानती थी। पिताजी की ही-सी स्नेह-विगलित दृष्टि, वैसे ही वात्सल्य और वही गम्भीर मुखमुद्रा। एक पल भी वह और खड़ा रहता, तो मैं निश्चय ही पिताजी कहकर चीख पड़ती।

''अचानक, उसकी माँ उसे अपने पास न देखकर इधर-उधर देखने लगी, फिर हमारी आँखें परस्पर टकराईं। ओफ्! कैसा घातक टकराव था वह! लगता था, हम दोनों को ही एक-दूसरे की उपस्थिति सहसा सुन्न कर गई है। फिर उसके रक्त-शून्य चेहरे की कुटिलता उभरी, चील की भाँति झपट्टा मारकर उसने बच्चे को उठाया और साथ के युवक को लगभग खींचती, तेजी से बाहर निकल गई।''

''और मूर्ख, तू बैठी ही रह गई, चीखकर पकड़ क्यों नहीं लिया उसे?'' मैं उत्तेजित होकर अनसूया को ऐसे झकझोरने लगी, जैसे जघन्य अपराध कर अपराधिनी ताजे खून से रंगा गँडासा लिए, उस क्षण भी मृत करसनदास के सिरहाने खड़ी हो।

''मैं चीखती कैसे पगली!'' अनसूया की करुण भीगी हँसी ने मेरा मुँह फिर बन्द कर दिया था, ''क्षण-भर पहले मेरा नन्हा देवर मुझसे अपनी उन

परिचित आँखों के भिक्षापात्र से दया की भीख जो माँग रहा था।''

वह हँसकर उठ गई, ''बाप रे बाप, कितनी देर हो गई। छह बज गए हैं, सात बजे मेरी गाड़ी छूटती है!'' मुझे एक बार अपने आलिंगन में बाँध मेरी वह रहस्यमयी सखी फिर त्वरित विदा का रूमाल हिलाती तेजी से चली गई। कितनी मूर्ख थीं हम दोनों, न उसने मेरा पता लिया, न मैंने। हम दोनों ही एक बार फिर इस विराट विश्व की अन्धी भूल-भुलैया में भटकने को बिछुड़ गई थीं। एक लम्बी साँस खींचकर मैं उसके भागते रिक्शा के घूमते पहिए को देखती रही। फिर वह भी ओझल हो गया। आश्रम के महाकाल के त्रिनेत्र ने सचमुच ही उस सुदर्शन कन्दर्प को भस्म कर दिया था। अब तो रह गई थी रतिविलाप की करुण गूँज, जो शायद जीवन-भर रह-रहकर मेरे कानों में गूँजती रहेगी।

किशनुली

अपने पाठकों के चिरन्तन उपालम्भ से मैं इस बार भी मुक्त नहीं हो पाऊँगी। उनका एक प्रश्न मुझे हमेशा बींधता है—'मेरी प्रत्येक नायिका अपरूप सुन्दरी ही क्यों होती है?'

किन्तु चाहने पर भी मैं क्या आज उसके नुकीले चिबुक को भौंथरा बना सकती हूँ? उन कर्णायित आँखों की सुदीर्घ पलकों की चिलमन को किस कैंची से कतर दूँ? उन पृथुल रसीले लाल अधरों, कपोलों की उस पहाड़ी आड़ू-सी मोहक ललछौंही आभा को किस रबर से मिटा दूँ? इतने वर्षों में भी पानी की टंकी के पास खड़ी तन्वी सुन्दरी किशनुली की अर्धखुली देह की चमक, मुझे किसी दिवास्वप्न के बीच, सहसा चौंधिया जाती है।

'अरी ओ बौड़म, घड़ा मत छू लेना कहीं, क्या कर रही है यहाँ खड़ी-खड़ी, भाग जा!' पानी भरने आई तिवारिन कहती, तो वह खिलखिलाकर उनके भरे घड़े को, पैर की ठोकर से उलट, भन्नाकर भाग जाती और देखते-ही-देखते नन्हे काले बिन्दु-सा बन गया उसका काला फटा लहँगा, सड़क के मोड़ से विलीन हो जाता। किसी मैरेथन रेस के धावक की भाँति नन्हा सीना फुलाए भागती, वेगवती किशनुली को पकड़ भी कौन सकता था?

अचानक ही वह पगली न जाने किस गाँव से अल्मोड़ा आ गई थी, उस पर उस उन्मादिनी का उन्माद भी विचित्र था—कभी झील-सा शीतल, कभी पहाड़ी वन अरण्य को झुलसानेवाली अग्निज्वाला-सा उग्र। लोगों का कहना था कि शुक्ल पक्ष में पूर्णिमा की चतुर्दशी और पंचदशी को ही वह अधिक बौरा उठती थी। पहले-पहले वह पानी की टंकी के पास आकर खड़ी हुई तो कौतूहली भीड़ ने उसे घेर लिया था। मैंने भी उसकी वह दिव्य सौन्दर्य-छटा अपने घर की खिड़की से ही देखी थी। काला लहँगा, नीली क्रेप की कुर्ती, कुर्ती पर कसी काली वास्कट, जिसके प्रत्येक बटन विधुर काज के औदार्य से उसका नन्हा-मोहक उभार, उन्मुक्त होकर, पहाड़ी सफेद डाँसी पत्थर की

अबरकी चमक से हमें चौंधिया गया था।

'हाय-हाय, ये बेशरम छोकरी किस गाँव का मुँह काला करने यहाँ आ गई? कौन है री तू? कहाँ से आई है?' किन्तु प्रत्येक प्रश्न को उसकी दूधिया हँसी ने झाड़-बुहारकर दूर फेंक दिया था। तूँणी के उस पुष्ट तने से अपनी नग्न कनक-निकष स्निग्धा पीठ को साधे वह अपनी दोनों पतली गोरी टाँगें फैलाकर बैठी और उसका चिथड़ा बन गया लहँगा जीर्ण-विवर्ण छतरी के से घेरे में फैल गया था।

उसकी चुप्पी देख, भीड़ के एकाध उद्धत छोकरों ने कंकड़ मार दिए। और वह किसी दृप्त निशाचर-सी दाँत पीसती एक बड़ा-सा पत्थर उठा, भीड़ को मारने दौड़ी, फिर भीड़ के घेरे को चीरती अमानवीय वेग से सड़क के मोड़ से अदृश्य हो गई।

फिर तो यह पगली का नित्य का नियम बन गया। दिन-भर न जाने कहाँ-कहाँ घूमती, सड़कों से फटे कागज, टूटे टीन के डिब्बे, चिथड़े बटोरती और जहाँ गिरजे की घड़ी ने सात का घंटा बजाया कि वह ठीक टंकी के पास खड़ी हो जाती। इतवार के दिन तो कभी-कभी किशनुली झुरमुटे अँधेरे में ही टंकी का नल खोल, नहाने बैठ जाती।

उस दिन गिरजे की घड़ी में घंटे बड़ी सुबह से ही बजने लगते और उसी भ्रम में शायद पगली समय से पहले ही वहाँ आ जाती थी। मुझे उसे देखने में बड़ा आनन्द आता था। शायद इसलिए कि वह नहाते-नहाते अपने सुन्दर चेहरे को नाना हास्यास्पद मुद्राओं में बिचकाती, स्वयं ही खिलखिलाने लगती थी। कभी अपनी लाल-लाल जीभ को सर्पिणी की चिरी जिह्वा की तीव्रता से लपलपाकर अपनी पतली नाक छू लेती, कभी अपनी चोटी को दोनों कपोलों पर लपेट, दाढ़ी-सी बना लेती और कभी खुले नल के नीचे लामतूम होकर पसर जाती।

कभी-कभी निःसंकोच अपने सारे कपड़े उतार वह टंकी पर रख देती, तो मैं लज्जा से मुँह फेर लेती। कुछ क्षणों के लिए उसकी लज्जा जैसे स्वयं मेरी ही लज्जा बन जाती। हाय, कैसे निर्मोही, निर्दयी माँ-बाप होंगे इसके, जो इस पागल किशोरी को यहाँ भटकने बहा दिया! कोई देख ले तो?

किन्तु किशनुली को किसी ऐसी सम्भावना की चिन्ता नहीं रहती। वह बड़े आराम से अपना स्फटिक-सा उजला एक-एक अंग रगड़-रगड़कर चमकाती, बाल धोती, कभी-कभी अपनी विलवित स्नान-प्रक्रिया के बीच, मेरी

उपस्थिति का आभास पा, अपने दिव्यस्मित का आह्वान भी मुझे दे देती। अपनी शंखग्रीवा के झटके से मुझे वह कई बार बुला चुकी थी।

एक दिन, अपने मौन स्नेही आमन्त्रण का उचित प्रत्युत्तर न पा, उसने खीझकर एक ढेला मेरी ओर फेंका और मुझे भद्दी-भद्दी गालियाँ दे ही रही थी कि मेरे गुरु, शास्त्रीजी, लोटा-बाल्टी लेकर वहाँ नहाने आ गए। उनको देखते ही मैंने हटने की चेष्टा की, पर उनकी दृष्टि मुझ पर पड़ चुकी थी, 'तू क्या कर रही है यहाँ? तभी तो मैं कहता हूँ, यह साली हरामजादी शहर भर के छोकरे-छोकरियों को मारने, महामारी-सी ही यहाँ आई है। आज ही पुलिस में खबर कर, इसे थाने में बन्द न करवाया तो मेरा नाम परमानन्द पांडे नहीं...जा, भाग बदजात, हड़ि...हड़ि...'

मुझे उनका वह 'हड़ि-हड़ि' कहना उस दिन बेहद अखरा था। 'हड़ि-हड़ि' कहकर तो पहाड़ में कुत्ते को दुरदुराया जाता है। बेचारी पगली क्या कुत्ता थी? पर वह जितना ही 'हड़ि-हड़ि' कर रहे थे, किशनुली उतनी ही अबाध्य धृष्टता से खिलखिनाती, नल के नीचे करपुट साध, पानी भरकर उनकी ओर उछालती जा रही थी।

अन्त में शास्त्रीजी ने उसे हाथ पकड़ घसीट, दूर झटक नल के नीचे अपनी बाल्टी लगा दी और 'विष्णु-विष्णु' कह नहाने लगे।

मैं सोच रही थी, पगली अब निश्चय ही उन्हें पत्थर मारेगी; पर वह पेड़ के नीचे वैसी ही अचल मुद्रा में खड़ी थी, जिसमें झटकी गई थी। एकटक वह ऐसे क्या देख रही थी शास्त्रीजी को? उसका विवेकहीन उन्माद सहसा प्रौढ़ गाम्भीर्य में कैसे बदल गया? क्या शास्त्रीजी का गोरे, फिरंगी जैसा गौरवपूर्ण उसे बाँध रहा था या दीर्घ देही व्यक्तित्व-सम्पन्न शास्त्रीजी की सुदीर्घ शिखा? उसकी उपस्थिति से एकदम ही उदासीन निर्भीक शास्त्रीजी बार-बार अपनी यज्ञोपवीत की डोरी रगड़ते और जितनी ही अधिक ठंड लगती, उतनी ही जोर से 'विष्णु-विष्णु' जपने लगते।

नहा-धोकर उन्होंने बाल्टी भरी, लोटा लिया और खड़ाऊँ खटखटाते चले गए। एक बार भी उन्होंने किशनुली की ओर नहीं देखा। पगली को तो जैसे साँप सूँघ गया था।

उन दिनों मैं शास्त्रीजी से संस्कृत पढ़ने उनके घर जाया करती थी। कुछ उनके छोटे-से सुघड़ गृह का शान्त परिवेश और कुछ गुरुपत्नी का स्नेहपगा आतिथ्य, मुझे नित्य समय से कुछ पूर्व ही वहाँ खींच ले जाता।

जिस कमरे में मैं पढ़ती थी, वही शास्त्रीजी की बैठक थी, और वही था उनका अध्ययन-कक्ष। एक बड़ा-सा पहाड़ी फीणा कमरे में बिछा रहता, पूरी दीवार पर देवी-देवताओं के चित्रों से भरे, दस-दस साल पुराने कैलेंडर टँगे रहते, बीचोबीच मेनका-विश्वामित्र का बड़ा-सा काँच मढ़ा चित्र था। तब रवि वर्मा का यह चित्र पहाड़ के प्रायः प्रत्येक घर की दीवार पर लटका मिलता था—एक बाँह आँखों पर धरे मुनि विश्वामित्र और पुत्री को गोद में लिए अपूर्ण लावण्यमयी मेनका।

मैं कुछ देर काखी के साथ, चौके में गप मारती, उनके बनाए स्वादिष्ट पहाड़ी व्यंजन चखती, 'ले ले, खा ले जल्दी, अभी तेरे कक्का पूजा में बैठे हैं।' काखी पत्थर की रकाबी में कुरकुरे गाबे मेरी ओर बढ़ा देती, 'ताजी जरगे की पत्तियाँ दे गया था आज नागमल, सोचा, गाबे बना दूँ, तेरे कक्का को बहुत पसन्द हैं।'

चावल की पिट्ठी में उन खस्ता गाबों को मुँह में धरते ही तब लगता था, इनसे स्वादिष्ट और कोई व्यंजन हो ही नहीं सकता। ठीक आठ बजे खड़ाऊँ खटखटाते शास्त्रीजी आते, वनौषधिपर्व के पाँच श्लोक सुनते, मजाल है, जो एक बार भी श्लोक सुनाने में जिह्वा अनुशासन शैथिल्य से अटक जाए। परस्मैपद, आत्मनैपद के रूप, सुस्वादु गाबों का सारा स्वाद बिगाड़कर रख देते। इस बीच काखी उनके लिए दूध का गिलास और बादाम-मुनक्कों की तश्तरी रख जाती।

काखी के स्निग्ध चेहरे को उसके चिरन्तन घूँघट की यवनिका और भी स्निग्ध बना देती थी। गोरा रंग, लम्बे पहाड़ी पिठया का तिलक, जो उनके प्रशस्त ललाट के बीचोबीच विभक्त करता, उनकी माँग के सिन्दूर संगम से मन मोह लेता था। पिठया पर चिपके अक्षत के दाने, जिन्हें मैंने अन्य पहाड़ी स्त्रियों के तिलक दानों की भाँति कभी बिखरते नहीं देखा। धीमी आवाज में वह पति को नित्य एक ही मृदु आदेश दे जाती, 'दूध थोड़ी देर में पीना, चुडकन्त (बेहद गर्म) है।'

मेरी समझ में नहीं आता कि ऐसा 'चुडकन्त' दूध काखी लाती ही क्यों है, जिसे पीने के लिए शास्त्रीजी को सुदीर्घ प्रतीक्षा करनी पड़ती है? मैं नित्य ही देखती थी कि दूध पीने को शिशु-से आतुर बने कक्का, कई बार पीतल

का भारी गिलास उठा-उठाकर होंठों से लगाते और फिर झुँझलाकर गिलास नीचे रख बड़ी देर तक दग्ध होंठों को जीभ से चाट-चाटकर सहलाते रहते। कई बार बड़ी चेष्टा से मुझे अपनी हँसी रोकनी पड़ती थी। मेरी समझ में नहीं आता कि जब बेचारे शास्त्रीजी दूध पीने को इतने अधीर रहते हैं तो काखी इसे ठंडा कर क्यों नहीं लाती? वह तो बहुत बाद में एक दिन काखी ने ही बतलाया कि स्वयं शास्त्रीजी का ही आदेश था कि 'चुडकन्त' दूध लाया जाए, जिससे ऊपर डली मलाई की गहरी तह के नीचे नवीन मलाई की तह पर तह जमती चली जाए।

मैं प्रायः ही सोचती थी कि शास्त्रीजी ऐसे सुदर्शन व्यक्ति हैं और काखी का ऐसा रूप-रंग, यदि उनकी कोई पुत्री होती, तो निःसन्देह अपरूप सुन्दरी होती। किन्तु निःसन्तान दम्पति को अपने सन्तान न होने का कोई दुख नहीं था। पूरे शहर में काखी अपने उदार-स्नेही स्वभाव के लिए प्रख्यात थी और शास्त्री कक्का की अपनी धर्मार्थवृत्ति और विद्वत्ता के लिए वैसी ही धाक थी। उनकी यजमानी में शहर का लगभग सम्पूर्ण समृद्ध वर्ग बँधा था। पूजा-पाठ, श्राद्ध-तर्पण, उपनयन-विवाह अर्थात् जन्म से लेकर मृत्यु तक के एक-एक अनुष्ठान में उनकी उपस्थिति अनिवार्य रहती। पितृपक्ष में तो उनके यजमानों को समय से पूर्व ही उनकी 'बुकिंग' करनी पड़ती, वह भी अग्रिम दक्षिणा चुकाकर।

इसी से शास्त्रीजी के गृह की समृद्धि काखी के मृगचर्म मढ़े पिटारों से छलकती रहती। कितनी ही लक्षवर्त्तिकाओं को शास्त्रीजी अब तक सम्पन्न करा चुके थे और प्रत्येक बार काखी नये-नये आभूषणों से जगमगाती, पास-पड़ोस की आँखें चौंधिया देती। कितने शाल-दुशाले, तिब्बती आसन, नम्दे, चुटके मृगचर्म, प्रायः ही उनकी पथरीली छत पर, पहाड़ी क्षणिक धूप में सूखने फैलाए जाते, पर काखी के औदार्य ही के कारण कभी किसी को उनसे ईर्ष्या नहीं हुई। न जाने कितने बवासीर के रोगी, उनसे आ-आकर मृगचर्म माँग ले जाते। 'बवासीर की एक ही रामबाण औषधि है यह पन्याणीज्यू, वैदजी ने कहा है, इसे बिछाकर बैठो, तो शत्रु-सम अर्श चुटकियों में दूर।'

चटपट काखी याचक को मृगचर्म का टुकड़ा निकालकर थमा देती। उस पर अतिथियों की तो वह प्रिय विश्रामस्थली थी। मितभाषिणी, हँसमुख काखी का सबसे बड़ा गुण था, उसका वही आतिथ्य-प्रेम। यहाँ तक कि उसके

औदार्य का अनुचित लाभ उठा, अधिक भीड़भाड़ होने पर, प्रतिवेशी कभी-कभी अपने अतिथियों का 'सरप्लस' कोटा भी उसके मत्थे मढ़ आते और मजाल थी कि काखी के सुन्दर चेहरे पर एक शिकन तो खिंच जाए। आज कहते भी लज्जा होती है कि एक-दो बार हमने भी ऐसा ही किया था और मुझे ही प्रायः उस अप्रिय प्रस्ताव की सन्देशवाहिका बना, गुरु-गृह भेजा जाता। बड़ी अनिच्छा से ही मैं गुनगुनाकर पूछती, 'काखी फलाँ आए हैं, हमारे यहाँ बड़ी भीड़ है, अम्मा ने पूछा है, आपके यहाँ जगह होगी? सिर्फ सोने यहाँ आएँगे, खाना वहीं खा लेंगे।'

'वाह, यह भी भला कोई बात है पूछने की! जा-जा, अभी भेज दे, 'तुमार पौण हमार पौण (तुम्हारे मेहमान, हमारे भी मेहमान हैं) और खाना वहाँ क्यों खाएँगे री? दो जनों की रोटी बनाने में क्या तेरी काखी के हाथ छिल जाएँगे?'

असल में काखी के उदार आतिथ्य का दूसरा प्रस्ताव पहले से ही अपेक्षित रहता। आज तक भला किसके अतिथि को काखी ने खाना नहीं खिलाया? फिर एक बात और थी, हमारे सनातनी गृह में भी प्रगति की लहर समय से कुछ पूर्व ही, पहाड़ी चौके के कठोर नियमों को विकृत कर चुकी थी। चौके में न प्याज का प्रवेश निषिद्ध था न लहसुन का। पिछवाड़े के कमरे को सुदृढ़ दुर्ग की मोर्चाबन्दी से सुरक्षित कर, यदा-कदा भारी 'भड्डू' में पहाड़ी पुष्ट बकरे की सुस्वादु बोटियाँ भी भदकती हमारे नथुनों और हृतपिंडों को समान रूप से आलोड़ित करने लगी थीं। उधर काखी का चौका था कट्टर बामणी चौका, दही में गुधा आटा, सात्त्विकी मसालों से बनी सब्जियाँ और मन्दी आँच में औटाए गए दूध के खीर-खाजे, जिनमें चावल के एक-एक दाने को पहले शुद्ध घृत में मल-मलकर चोखाया जाता। स्वाभाविक था कि हमारे अतिथि, जो शायद हमारे यहाँ दो दिन ही टिकते, ऐसे अलभ्य आतिथ्य का चुग्गा पाकर, चार दिन और पैर पसारकर पड़े रहते। कक्का की वैदूर्यमणि-सी चिकनी देह का गौरवर्ण भले ही देवदत्त रहा हो, उनके कपोलों की लालिमा में काखी के ही निपुण उदार. हस्तों का प्रचुर योगदान था।

शायद ही कोई ऐसा पहाड़ी गहना होगा, जो काखी के पास न हो। टीप, काले मखमल की पट्टी में गुँथा गुलुबन्द, लड़ीवाले झूमके, सतलड़, पचलड़, चूहादंती पहुँची, झाँवर, लच्छे, अनोखे और छागल, फिर भी वह कभी-कभार सब गहने पहनती थी, हाथ-भर काँच की चूड़ियाँ, बड़ा-सा सिन्दूर का टीका और माँग-भर सिन्दूर। बचपन में प्रायः ही मैं उनसे कहानी सुनने जाती।

असल में कहानी का लोभ मुझे वहाँ नहीं ले जाता क्योंकि जितनी ही सुन्दर काखी थी, उतनी ही नीरस उसकी कहानी हुआ करती थीं। एक तो उस बेचारी के पास एक ही कथानक था—शेर और लोमड़ी का उबाऊ प्रसंग। आरम्भ से ही बेचारी पहले मोड़ पर लंगड़ाने लगती और दूसरे ही मोड़ पर हाँफकर पसर जाती। शेर ने कहा—भाग री लोमड़ी! खबरदार जो अब इधर आई—और आज्ञाकारिणी लोमड़ी दुब दबाकर भाग जाती।

मुझे हमेशा यही लगता था कि काखी है—लोमड़ी और कक्का हैं—शेर। बेचारी अपनी ही कहानी सुना रही है। कहानी सुनता ही कौन था! मैं तो उसके सुवासित आँचल की एक अनोखी सुगन्ध सूँघने जाती थी। बार-बार उसकी मखमली बेल लगी मदीने की साड़ी के आँचल में मुँह छिपाकर मैं निरर्थक, कृत्रिम जिज्ञासा का जाल फैलाकर पूछती, 'फिर क्या हुआ काखी?'

पढ़ा है कि नायिका-भेद के अनुसार, शंखिनी या पद्मिनी की देह-परिमल की भी ऐसी ही महिमा होती है, सुगन्ध काखी के आँचल तक ही सीमित नहीं है। उसका एक-एक अंग उस अनामा सुगन्ध से सुवासित है, यह मैं धीरे-धीरे जान गई।

अभी, कुछ दिन पूर्व, मेरी प्रवासिनी पुत्री ने मुझे विदेश से एक बहुमूल्य परफ्यूम की शीशी भेजकर लिखा था : 'मुझे पता है, तुम्हें परफ्यूम के लिए विशेष दुर्बलता रही है। लिखना यह कैसी लगी? आजकल यह यहाँ की बहुचर्चित परफ्यूम है।'

मैं उसे कैसे लिखूँ कि वर्षों पूर्व, एक महीने की आँचल की दुर्लभ सुगन्ध को मेरी स्मृति के नथुने अब भी बिसरा नहीं पाए हैं और उसे आँखें बन्द कर सूँघती हूँ, तो विदेश की यह बहुचर्चित सुगन्ध भी नगण्य लगती है।

तब, मैंने एक दिन काखी से पूछ भी लिया था, 'काखी, तेरे सारे शरीर से यह सुगन्ध आती है?'

और उसके उत्तर ने मुझे स्तब्ध कर दिया था, क्या सचमुच ऐसा भी सम्भव है? 'मेरे बाबूजी, कस्तूरी मृग का शिकार करते थे।' काखी ने हँसकर कहा था, 'मेरी माँ कहा करती थी, जब मैं पैदा हुई, तो मेरी माँ ने दो काम किए। एक तो चट से नाल कटते ही ताजा रक्त मेरे होंठों पर लगा दिया, जिससे दाड़िम के फूल-से लाल-लाल बने रहें। और फिर मेरी कटी नाल को

कस्तूरी के बीड़े में लपेट, चूल्हे के नीचे गाड़ दिया। बाबूजी के मारे कस्तूरी मृगों के बीसियों बीड़े तो हमारे यहाँ पड़े रहते थे।'

नवजात शिशु के अधरों पर कटी नाल के ताजे रक्त-प्रलेपन का पहाड़ी टोटका मैं पहले भी सुन चुकी थी। लड़के की नाल कचहरी में गाड़ी जाती है, जिससे वह डिप्टी बने और लड़की की चूल्हे के नीचे, जिससे वह दक्ष गृहिणी बने। पहाड़ के इन दोनों नियमों से भी मैं अनभिज्ञ नहीं थी, किन्तु कस्तूरी के सुवासित बीड़े में नाल का लपेटा जाना तो निश्चय ही काखी की जननी का निजी अभिनव प्रयोग रहा होगा। काश, मेरी माँ ने भी ऐसा ही किया होता। मैं सोचती, और फिर-फिर उसकी अँगुलियाँ पकड़कर सूँघती।

अपनी उस घातक बीमारी में भी तो शायद तभी काखी, अन्त तक कस्तूरी के बीड़े-सा ही, महमह महकती रही थी।

काखी की चर्चा करते-करते पगली को तो मैं भूल गई हूँ। वैसे, आज यदि काखी जीवित होती और मेरी इस कहानी को पढ़ती, क्योंकि मेरी हर कहानी को वह पढ़ती अवश्य थी। 'अखबारवाले से मैं पूछती रहती हूँ री, अरे अखबरिया, शिवानी की कोई कहानी छपी है क्या?' उसने मुझे हँसकर जब यह अभिज्ञता थमाई थी, उसके बाद फिर मुझे तब आधी लिखी गई इस अधूरी कहानी को पूरा करने का दुःसाहस नहीं हुआ था।

आज यदि वह इसे पढ़ती, तो शायद सबसे बड़ी आपत्ति उसे इस सम्बोधन पर ही होती। वह क्या उसे कभी पगली कहने देती थी? उसी ने इस बदनाम नाम से उसे मुक्ति दिलवाने, उसका नाम धरा–'किसना'। यही नाम कालान्तर में काखी के अनन्त लाड़-दुलार से छलकता बन गया था–किशनुली।

एक दिन, जब वह उग्र रणचंडी बनी, भीड़ के पीछे भारी गल्डोण पत्थर लिए भाग रही थी और द्रुतवेग से भागती उन्मादिनी की बटन-विधुरा नीली कुर्ती से, उसकी अनावृत संगमरमरी काया का औदार्यपूर्ण प्रदर्शन भीड़ के मनचलों से अश्लील सीटियाँ बजवा रहा था, तभी कभी गाली न देनेवाली काखी के मुँह से पहली बार उस अशोभन सम्बोधन का उच्चारण सुना था, 'अरे हरामी के जनो, क्या तुम्हारे घर में माँ-बहनें नहीं हैं? अगर कल तुम्हारी जवान बहनें ऐसे पगलाकर नंगी-उघाड़ी सड़कों पर भागने लगीं, तो नामर्दो, क्या तुम ऐसे ही सीटियाँ बजाओगे? अरे, कुछ तो शर्म करो! ये

पन्त-पांडे-जोशियों का मुहल्ला है। यहाँ झिजाड़ के दीवान और कसून के पांडे के घरों में शंख-घंट बजते हैं, सीटियाँ नहीं।'

सबको जैसे साँप सूँघ गया, घूँघट की यवनिका में अवतरित और उसी में अन्तर्हित हो गया वह रोबदार चेहरा, तो उन्हें झाड़ पिलाकर अदृश्य हो गया; किन्तु फिर दिन-भर तूणी के पेड़ के नीचे आकर बैठ गई पगली को किसी ने नहीं छेड़ा। शायद, पगली के उन्मादग्रस्त दृश्य के किसी कक्ष में, काखी की उसी फटकार से, कृतज्ञता का प्रथम अंकुर उग आया था, न जाने कैसे उनका घर पहचान पगली, उसी सन्ध्या को उनके यहाँ पहुँच गई और उनके पथरीले आँगन में टाँग पसारकर अपने फटे कागज, टीन, चीथड़ों की पोटली छाती से चिपकाए पसर गई। काखी ने तो कभी खाज से गले किसी लावारिस कुत्ते को भी अपने आँगन से नहीं दुरदुराया था।

शास्त्रीजी किसी विवाह का पौरोहित्य निभाने लखनऊ गए थे। काखी ही गृह की एकच्छत्र निरंकुश सम्राज्ञी थी। बस, उसी दिन उसे शरण ही नहीं दी, नया नाम भी दे दिया—'किसना।'

मुझे छत पर चढ़कर काखी ने पुकारा, 'अरी, देख जा कौन आया है आज मेरे यहाँ!' गई तो देखा, पगली काखी के तखत पर लम्बपसार लेटी है।

'हाय राम, कैसा बदल दिया है तूने इसे काखी! आज तो पगली पहचान ही में नहीं आ रही है!' मैंने हँसकर कहा, तो काखी ने आँखें तरेरकर मुझे चीर दिया, 'खबरदार, जो अब इसे पगली कहा। आज से इसका नाम है—किसना। क्यों, है ना री किसना? और किसना खुक-खुक कर हँसने लगी थी।

'हाय काखी, कैसे मोती के-से दाँत हैं इसके!'

'अरी पूरे दो कोयले घिसे हैं। अँगुली भी काट खाई कटखन्नी ने, देख!' सचमुच काखी की अँगुली पर पट्टी बँधी थी, पगली को नहला-धुला साड़ी पहना, माँग-पट्टी कर काखी ने उसका चोला ही बदल दिया था।

'अरी तेरा कोई पुराना ब्लाउज हो, तो दे जाना। मेरा सलूका तो बहुत बड़ा पड़ रहा है इसे।'

मैं महाउत्साह से अपना एक लगभग नया ब्लाउज ले आई थी।

'वैसे है बदजात बड़ी कमीनी।' काखी की आँखों में नवार्जित वात्सल्य की सहस्र तरंगें उठ-उठकर गिर रही थीं, 'जैसे ही कुर्ती के बटन लगाए, तड़ातड़ खोलने लगी, मैंने मारा एक चिमटा, तब जाकर समझी। मैंने कहा, अब बटन खोलेगी, तो ऐसे ही चिमटा धरूँगी।'

'हाय काखी, क्या तू इसे अब हमेशा यहीं रखेगी?' मैं मन ही मन अपने उग्र तेजी गुरु की काल्पनिक क्रुद्ध लपटों में झुलसी जा रही थी। अचानक ही काखी मुझे झाँसी की रानी से भी अधिक महिमामयी लगने लगी थी।

'और क्या, क्या इसका सर्वनाश कराने, राह के चौराहे पर छोड़ दूँगी? खुद ही जब आकर मेरे आँगन में पसर गई है, तो साफ जाहिर है भगवान ने ही इसे यहाँ भेज दिया है। आज तक जिसने सन्तान-सुख नहीं दिया, उसने आज स्वयं ही मेरी रीती कोख भर दी।' काखी की आँखें छलछला उठी थीं।

'पर काखी, कक्का? देख लेना, कभी नहीं रहने देंगे। आते ही तूफान खड़ा कर देंगे। कहेंगे, पता नहीं कौन जात है—हमारे घर की चाय तक तो पीते नहीं। कहते हैं, तेरा बाप, तेरा मामा सब ही तो विलायत में पढ़कर जात गँवा आए हैं। वही कक्का क्या इसे यहाँ रहने देंगे?'

'तेरे कक्का की ऐसी की तैसी।' पहली बार मैं काखी के संस्कारी मुख से पति के लिए ऐसे वचन सुन रही थी।

दो दिन तक पगली टंकी पर नहाने नहीं आई, और तीसरे दिन कक्का आ गए। फिर वही हुआ, जिसकी मुझे आशंका थी।

कक्का पहाड़ी मेघ-सा गरजे, पर काखी भी निरन्तर विद्युत-सी चमकती रही, अपने निश्चय पर अडिग, दृढ़।

'पगला गई है क्या? एक तो बद्ध उन्मादिनी, उस पर न जात का पता, न कुल-गोत्र का ठिकाना...'

'ऐसा रंग क्या ब्राह्मण को छोड़ किसी और गृह में हो सकता है?'

'अरी मूरख!' कक्का ने गरजकर कहा था, 'पहाड़ की शाहनियों के लपट मारते रंग के सामने बामणियों का रंग कभी टिक पाया है? मुझे तो यह रंग-रूप, कद-काठी में एकदम शाहनी लगती है।'

किन्तु धीरे-धीरे अनामा कुल-गोत्र की किसना का अतीत स्वयं ही प्रकट हो गया। उसी के गाँव के एक मनिहार ने उसे पहचान लिया। वह रयूँणी

ग्राम के पुजारी देवदत्त भट्ट की पुत्री थी। जन्म से ही बद्ध पगली। माँ बहुत पहले ही मर-खप गई थी। एक साल हुआ, बाप भी पेड़ से गिरकर मर गया। ननिहाल में दो मामा बचे थे, दोनों पागल। अनाथा पगली के उत्पात से त्रस्त हो, स्वयं ग्राम-प्रधान ही उसे एक दिन मोटर में बिठा अल्मोड़ा पहुँचा गए थे। और जैसे बिल्ली को बोरे में बाँध, कोई दयालु हितचिन्तक उसे किसी हलवाई की दुकान के आगे छोड़ आता है, ऐसे ही उसे शायद जान-बूझकर ही निःसन्तान उदार काखी के द्वार पर छोड़ दिया गया था। शास्त्री कक्का को परम असन्तुष्ट कर ही उसे अपने गृह में शरण दी थी।

किन्तु किस गृह का अनुशासन पगली पर को बाँध सकता? बरामदे से लगा एक छोटा कमरा था, वहीं उसके लिए एक तखत बिछा दिया गया। द्वार पर निरन्तर एक बड़ा ताला लटका दिया, जिससे जंगली बिल्ली भाग न जाए। एक तो काखी के प्रथम दिन का अनुभव बड़ा विकट रहा था। अपनी लगभग एकदम नई साड़ी ही काखी ने उसे पहना, बड़े यत्न से उसके उलझे जटाजूट को सुलझा, नन्ही-नन्ही अनेक गढ़वाली लटियाँ गूँथ दी थीं। थाली में खाना परसकर भी रख आई थी। थोड़ी देर में छिपकर देखने गई कि पगली ने खाया या नहीं। मैंने भी दबे पैरों काखी के पीछे खड़ी होकर झाँका और सहमकर पीछे हट गई। पूरे चावल के छोटे-छोटे गोले बना, पगली खिड़की से बाहर फेंक रही थी। अन्तिम गोला फेंक, फिर उसने दाल का कटोरा सिर पर उलट लिया और ऐसे छपकाने लगी, जैसे तेल छपका रही हो।

कक्का की अनुपस्थिति में, मैं प्रायः ही काखी के पास सोती थी, उस दिन तो काखी ने मुझे विशेष आग्रह से ही बुलाया था, 'अरी, आज सोने जरूर आ जाना। मुझे उसे देख न जाने कैसा डर लग रहा है।'

रात को हम दोनों सोने लगीं, तो मैंने कहा, 'काखी, बेचारी किसना अकेली सो रही है। यहाँ डाल दूँ, उसका तखत?'

'नहीं-नहीं।' काखी जैसे घबरा गई थी, 'आज पहला दिन है, वहीं सोने दे, फिर तो मेरे ही पास सोएगी। अभी एकदम अनजान घर में आई है, बिल्ली का छौना भी पालने लाओ, तो पहले-पहले पंजा मारती है। चल देख आएँ, सोई है या मरी कुछ उपद्रव करने में लगी है।' धीरे-धीरे जाकर, हमने एक साथ खिड़की से झाँका।

''आहा, कैसा गुलाब का-सा फूल लग रही है नींद में—देख-देख। रयूँणी की है ना, सुना नहीं तूने?—बांजै की लाकड़ि टेढ़ी भली रयूँणी की बानी सेणी भली (बाँज की लकड़ी टेढ़ी भी हो, तब भी भली है, क्योंकि दप से सुलग जाती है, और रयूँण गाँव की लड़कियाँ भेंगी हों, तब भी अपरूपी सुन्दरी होती हैं।)'

सचमुच ही नींद में पगली किसना परियों-सी ही सुन्दर लग रही थी। चपटी पाटी में विभक्त घने काले केशों को काखी ने खूब कस-कसकर गूँथ दिया था जिससे पगली उस दुरूह बुनावट को सहज में खोल न पाए। काले छापे की साड़ी का पल्लू, स्वयं ही नन्हे-से घूँघट में सिमट, शुभ्र ललाट पर कृष्ण मेघखंड-सा तिरने लगा था। मृणाल दंड-सी सुचिक्कन बाँहों में से एक सिरहाने दबी थी। दूसरे से दबा नन्हा उभार, रह-रहकर उठ-गिर रहा था।

रात बड़ी देर तक हम दोनों बातें करती रहीं। वयस का पर्याप्त व्यवधान होने पर भी काखी मुझे अपनी समवयस्का सखियों से भी अधिक प्रिय थी।

सुबह कुछ देर तक ही मैं सोती रही, अचानक काखी ने जोर-जोर से झकझोर दिया। 'अरी, उठ-उठ जल्दी देख, देख तो पगलिया ने कैसा अंधेर कर दिया है।' मैं हड़बड़ाकर उठी और समझ गई कि पगली का उत्पात निश्चय ही असाधारण रहा होगा। नहीं तो काखी उसके लिए पगलिया शब्द का प्रयोग कभी नहीं करती। पैरों में चप्पल डाल मैं गिरती-पड़ती भागी। पिंजरे में बन्द क्रुद्ध शेरनी-सी किसनी पूरे कमरे में चक्कर लगा रही थी।

'क्यों बन्द किया है मुझे? खोलो-खोलो।' वह रह-रहकर दोनों मुट्ठियों से द्वार पीटने लगी थी।

काखी की यत्न से बँधी असंख्य लटियों के तोरण को उसने नोंच-नोंचकर खोल पूरे चेहरे पर बिखेर लिया था। मेरे दिए गए ब्लाउज की उघड़ी दोनों बाँहें, ब्लाउज से बेच्छिन्न कर खिड़की के जंगलों में बाँध दी थीं और काखी की काली छपी साड़ी की नन्हीं-नन्हीं पताकाओं की झालर, पूरे कमरे में लटकी थी। स्टूल पर चढ़-चढ़कर ही शायद किसना ने दीवार पर लगी कीलों पर पताकाएँ फहराई थीं, क्योंकि स्टूल तीन विवश टाँगें फैलाए कमरे के बीचोंबीच उल्टा पड़ा था। 'क्या करूँ री, अब?' काखी बेचारी अपने गोल-गोल हाथों को विवश मुट्ठियों में मसलती रुआँसी खड़ी हो गई।

'करोगी क्या, दरवाजा खोल दो और भगाओ इसे।'

'मारेगी तब?'

'कभी नहीं, देख लेना तीर-सी छिटकेगी।' मेरा अनुमान ठीक ही था। पिंजरे में बन्द पंछी पिंजरा खुलते ही क्या किसी पर झपटता है, उसे तो बस भागकर मुक्त होने की ही चिन्ता रहती है।

द्वार खोल, हम दोनों दुबककर द्वार की आड़ में छिप गईं। पगली निकली और पेटीकोट घुटनों तक उठा, उसे पैंट-सा बनाए तीर-सी भाग गई।

उसके जाते ही हम दोनों ने मिलकर जल्दी-जल्दी कमरा झाड़ा-पोंछा, पगली के उत्पात का एक-एक चिह्न मिटाया, कीलों पर लटकी उसकी दुष्कीर्ति की पताकाएँ उतारीं। अच्छा था, जो कक्का घर पर नहीं थे। यह सब देख लेते, तो फिर क्या पगली उस घर में रह पाती?

दिन-भर पगली नहीं लौटी, तो सन्ध्या होते ही काखी अनमनी हो गई। मैं गई, तो द्वार थामे उदास खड़ी थी।

'नहीं आई ना?' मैंने फुसफुसाकर पूछा, क्योंकि भीतर के कमरे में कक्का को किसी की जन्मकुंडली बनाते मैंने देख लिया था।

'नहीं।' काखी का गला भर आया, 'दिन-भर की भूखी-प्यासी छोकरी न जाने किस-किसके द्वार से दुरदुराई जा रही होगी!' अँधेरा हो गया था। मुझे माँ के साथ एक विवाह के रतजगे में जाना था। असल में काखी को बुलाने ही मुझे भेजा गया था।

'तू नहीं चलेगी काखी?' मैंने पूछा।

'नहीं।' उसने कहा और आँखें पोंछ लीं। 'अपनी माँ से कह देना, मेरे सिर में दर्द है।' जाती भी कैसे, वह बेचारी तो किसना का मातम मना रही थी। मैं बाहर निकली ही थी कि देखा, पगली बीच आँगन में ठीक उसी जगह आकर टाँगें पसारकर बैठी है, जहाँ पहली बार आकर बैठी थी। खुली पोटली के असंख्य नये बटोरे गए रत्न पूरे आँगन में बिखरे थे। फटे कागज दाड़िम के फूल, रंग-बिरंगे कपड़ों के चीर और उन्हीं को फिर-फिर बटोरती वह होंठों ही होंठों में कुछ बुदबुदा रही थी। 'कहाँ भाग गई थी तू? काखी कितनी परेशान रही तेरे लिए, जानती है मूर्ख? आने दे कक्का को, देख तेरी क्या गत बनती है आज!' मैंने कहा।

एकाएक उसकी अलमस्त मुद्रा में खिले चेहरे पर भय की झुरियाँ उभर आईं। कक्का का नाम सुनते ही वह सहम गई। इतने ही में मेरी आवाज

सुन, काखी भी भागकर बाहर आ गई। 'मैं जानती थी, यह लौट आएगी। मैंने भैरवनाथ का 'उचैणा' (मनौती) माना था। हाय-हाय, यह क्या गत बना ली है तूने! अरी, किस पापी ने यह पत्थर मार दिया तुझे; नास हो उसका, ठठरी उठे अभागे की!' काखी उसे ऐसे चूमती-चाटती सहला रही थी, जैसे मृत वत्सा गाय को उसकी बछिया मिल गई हो। सचमुच ही किसी ने बड़ी बेरहमी से उसे पत्थर मार, पूरे घुटने की खाल निकाल दी थी। 'हो सकता है, यह खुद ही गिर पड़ी हो काखी! भागती भी तो है, 'ख्योंतार' की तरह (लोहे का बड़ा-सा छल्ला)।

'नहीं, मैं नहीं गिरी, मुझे मारा।' पगली की कैफियत में उन्माद का स्पर्श भी नहीं था।

'हाय, किसने मारा मेरी दुलारी बच्ची को?' काखी ने उसका धूल-धूसरित चिबुक स्पर्श कर बड़े दुलार से पूछा।

'तेरे बाप ने।' कहकर वह बेहया फिर ठी-ठी कर हँसने लगी।

काखी ने उसके उस निर्मम परिहास को भी बड़े ममत्व से ग्रहण कर, हँसकर उसे हाथ पकड़कर उठाया—और एक दिन पहले पहनाए गए नये पेटीकोट की दुर्गत देख, मुँह पर आँचल धर, फिर हँसने लगी।

तीक्ष्णनखा किसनी ने नोंच-नोंचकर पेटीकोट की लम्बाई को अत्यन्त मोहक ह्स्वता में परिवर्तित कर, घुटनों तक झूलता स्कर्ट बना लिया था। निरभ्र आकाश की धौत चन्द्रिका में उसके दोनों घुटने बड़े बताशों-से चमक रहे थे। 'अरी, तुझे तो नंगी ही घूमने दिया जाए, वही ठीक है।' काखी के स्नेह-पगे उपालम्भ में फटकार से अधिक स्नेह की ही छलकन छलक रही थी।

अपने भोले मासूम चेहरे को काखी की ओर उठा, पगली ने पूछा, 'मुझे मारोगी तो नहीं इजा?'

उसके उस निर्दोष करुण प्रश्न के साथ-साथ, स्वतः स्फूर्त वह माँ का सम्बोधन, काखी को वहीं ढेर कर गया, 'देख रही है, बिना किसी के सिखाए, मुझे इजा कहा है इसने, इजा...!' काखी ने उसे जोर से छाती से चिपटा लिया, 'अरी, मारूँ तेरे दुश्मनों को, चल जल्दी तेरे कपड़े बदल दूँ।' चोट पगली को लगी थी और रो रही थी काखी।

उसके बाद किसनी एकदम शान्त बन गई। वैसे भी कृष्णपक्ष में वह एकदम बदल जाती थी। जहाँ-जहाँ काखी जाती, वह पालतू बिल्ली-सी उसके

शरीर से सटी-सटी, चाल घिसती, उसके दाएँ-बाएँ घूमती रहती। यही नहीं, काखी ने इसे इसी बीच बिनने की सलाई थमा, उल्टा-सीधा बुनना भी सिखा दिया था।

जब कभी मैं पढ़ने जाती, देखती, अंगारों से लहकती बड़ी-सी सग्गड़ के आमने-सामने गुरुआनी-शिष्या की जोड़ी बैठी बिन रही है। काखी उन दिनों पूरी बीस लाइन की एक दुरूह सकरपारी बिनाई डालकर कक्का का स्वेटर बिन रही थी। वर्षों बाद मैं उसे नये ऊन से कुछ बिनते देख रही थी, क्योंकि आज तक जब भी मैंने उसे देखा, वह पुराने स्वेटर-मफलर उधेड़, मोजे-दस्ताने-कनटोप बिनती रहती। इस वर्ष का स्वेटर दूसरे जाड़ों में दस्ताने-मोजों की सृष्टि करता, फिर उन्हें उधेड़ कनटोप, और जब ऊन एकदम ही तार-तार हो जाता, तो पुनः उसे रँग वह टाट पर अनोखी दस्तकारी का जाल बिछा देती।

इस बार उसने यह नई बिनाई बड़े परिश्रम से लाला बाजार की किसी शाहनी से सीखी थी एक तो पहाड़ की शाहनियों का जैसा अपूर्व रंगरूप होता है, वैसी ही बिनाई की दक्षता में परिपक्व होती हैं उनकी अँगुलियाँ। राह-चलते राहगीर पर्यटकों के स्वेटर के नमूने भी वे चट-पट उतार लेती हैं। यह बहुचर्चित नमूना भी परीशाह की संवाणी ज्यू ने घोड़ा भगाते किसी अंग्रेज की पीठ पर पड़े स्वेटर से उतारा था। अनेक मोहक गाँठों में टेढ़ी-मेढ़ी होकर लतापत्र-सी घूमती उस बेल का नमूना सीखने में, मुझे भी पूरे दो दिन लगे थे।

पर नौसिखिया किसनी ने उसे देखते ही अपने उधड़े ऊन की रंग-बिरंगी पट्टी में ज्यों का त्यों उतार दिया था। 'हे भगवान, बरम-राक्षस का दिमाग है छोकरी का!' काखी ने कहा और चट उसे अपनी बिनाई का दूसरा पेश थमा दिया था, 'कैसी सफाई है देख, सधा हाथ है इसका तो!' वैसे काखी उसे एक पल भी अकेली नहीं छोड़ती थी।

पर उस दिन कक्का सामने बैठे मुझे पढ़ा रहे थे और किसनी बड़े मनोयोग से स्वेटर बिन रही थी। उसके इसी अनुकरणीय आदर्श व्यवहार ने शायद काखी को आवश्यकता से अधिक उदार बना दिया था। वह कक्का का 'चूडकन्त' दूध लाने उठकर भीतर गई और कक्का के अधूरे स्वेटर का पल्ला

भी वहीं रख गई। जलते पश्म की दुर्गन्ध को पहले कक्का ने ही पकड़ा था, 'अरी, यह हन्तरैन' (कपड़ा जले की दुर्गन्ध) कैसी आ रही है जी...' उधर काखी ने भी शायद वह दुर्गन्ध पा ली थी। वह भागती आई तो देखा, कक्का के दोनों अधूरे पल्लों का उधड़ा ऊन स्तूपाकार गट्ठर में पड़ा है और उसी से ऊन के टुकड़े तोड़-तोड़ मुस्कुराती किसनी हवन-सा कर रही है। मशीनी तीव्रता से ही पगलिया ने पूरा स्वेटर, न जाने कब उधेड़ दिया था।

पूरे कमरे में अवसन्न चिता की-सी दुर्गन्ध का भभाका भर गया और फिर जब हम सब स्तब्ध बैठे थे, तब ही न जाने कब, उस अनुपम हस्त-कौशल का परिचय देनेवाली स्वयं कमरे से गायब हो गई थी।

'अजी सुनते हो, देखो तो आकर पगलिया कैसा अंधेर कर गई है। हाय, इस बिनाई को सीखने में ही मुझे दस दिन लगे थे!'

बेचारी काखी सिसकियाँ भरने लगी थी।

काखी का रोना, चीख-पुकार सुन, मुहल्ले-टोले की भीड़ जम गई। उधर शास्त्रीजी को पत्नी से जरा भी सहानुभूति नहीं थी, 'ठीक किया, एकदम ठीक किया उसने। तुझे सबक सिखा गई। चौराहे से एक-दो और पागल बटोर ला, अल्मोड़े में तो पागलों की कमी नहीं है। टके के दो बिकते रहे हैं हमेशा। जा-जा बटोर ला, रहे-सहे गर्म कपड़े भी फूँक डाले...।'

शायद किसनी समझ गई थी कि अनजाने में ही उससे कोई गुरुतर अपराध हो गया है, इसी से वह उस बार किसी अनन्त पथ की यायावर यात्रिणी बनकर बड़ी दूर निकल गई थी।

काखी तो उसके जाने के बाद एकदम गुमसुम बन ही गई थी। मैं जितनी बार पढ़ने जाती, मुझे लगता, पगली के पागलपन ने अल्पभाषी कक्का को भी कम आहत नहीं किया है। पढ़ाते-पढ़ाते अन्यमनस्क हो, दूर-दूर तक फैली पर्वत-श्रेणियों को शून्य-दृष्टि से देखते रहते। एक दिन काखी को पूर्णिमा का प्रसाद देने गई तो देखा, छत पर बैठी काखी वानड़ी की ऊँची चोटी को एकटक देख रही है।

'क्या देख रही है काखी?' मैंने पूछा।

'वह देख, वह जगमगाते 'टवाले' देख रही है ना? कहते हैं, कुँवारी लड़कियाँ ही मरने पर 'टवाल' बनकर रात-रात भर ऐसे पहाड़ों पर घूमती हैं।'

उस रात को ही नहीं, अनेक-अनेक रात्रियों में मैंने भी उन विचित्र जगमगाते नन्हे सबल ज्योति-पुंजों को देखा है, माँ से एक बार पूछा, तो उसने भी यही व्याख्या थमाई थी।

'मेरी किशनुली भी शायद इन्हीं के साथ घूम रही होगी।' काखी का गला भर आया, 'जीती होती तो अब तक मेरे पास भाग आती।'

'हट काखी, डोल रही होगी कहीं। देखना, एक न एक दिन फिर आकर खड़ी हो जाएगी।

हुआ भी यही।

काखी ने कक्का का उधड़ा स्वेटर भी अधूरा ही छोड़ दिया था, किशनुली की फटे चीथड़ों की पोटली को भी मिट्टी का तेल डाल जला चुकी थी। अब उसका एक भी स्मृति-चिह्न शायद वह घर में नहीं रखना चाह रही थी।

अचानक एक दिन पहाड़ी वर्षा की भाँति बिना किसी पूर्वाभास के पगली पूरे सात माह पश्चात पुनः अवतरित हो गई। उस दिन सतझड़ी वर्षा के बाद सूरज निकला था। काखी ने परात-भर मूँग की दाल पीस, मुझे भी मुँगौड़ी तोड़ने बुलवा भेजा था। छत पर बैठी वह दाल फेंट रही थी और मैं छत के चमकीले अबरकी पत्थर को, कपड़े में तेल लगा चिकना बना रही थी कि हम दोनों की दृष्टि एक साथ उस पर पड़ी।

'हाय, देख तो काखी, किशनुली कैसी मोटी होकर आई है!' सचमुच ही छोकरी के लाल गालों से जैसे खून चू रहा था।

'हे भगवान, हे भगवान, किस कमीने ने किया इसका सर्वनाश!' काखी के पतले नथुने क्रोध से थरथर काँप रहे थे।

'क्या हुआ काखी?' मैंने आश्चर्य से पूछा ही था कि मेरी दृष्टि उसके छरहरे शरीर के परिवर्तित आकार पर पड़ी।

किन्तु जिसका सर्वनाश हम दोनों को आपादमस्तक कम्पित कर गया था, उसके अलमस्त मासूम चेहरे पर वही अल्हड़ हँसी थी। काखी को देखते ही उसने अपनी दोनों पतली बाँहें शून्याकाश में फैला दीं, जैसे कह रही हो, 'आओ, जल्दी उतरकर, तुम्हें गले तो लगा लूँ।'

कुछ ही घंटों में पगली के प्रत्यावर्तन और उसकी लज्जास्पद अवस्था का समाचार पूरे शहर में हवा के झोंके-सा फैल गया। 'अगर अब पन्याणी ज्यू ने उस बेहया को अपने यहाँ आश्रय दिया, तो शास्त्रीजी को अपनी यजमानी से हाथ धोना होगा।' उनके रुष्ट यजमान कहने लगे। उनमें हमारा गृह भी

सम्मिलित था, 'न जाने किसके पाप का ढोल गले में बाँधकर आई है अभागिनी'—उधर स्वयं शास्त्रीजी के गृह में भी दिन-रात का प्रचंड कलरव गूँजने लगा था। नित्य की भाँति, शास्त्री कक्का 'हड़ि-हड़ि' कहते। उसे कई बार बाहर खेद ले गए थे, किन्तु जब हाँफते घर लौटते तो देखते, पगली हाथ-पैर सिकोड़े, मुस्कुराती काखी के घुटनों से सटी बैठी है। उसका निर्लज्ज औद्धत्य और काखी की सशक्त पैरवी कक्का को पराजित कर गई थी।

'भाड़ में जाएँ तुम्हारे यजमान और तुम्हारा समाज!' काखी चिल्ला-चिल्लाकर कहती, 'क्या अपनी इस अवस्था के लिए अकेली किसना ही अपराधिनी है? जिस हरामजादे-कमीने ने इस नाबालिग असहाया, उन्मादग्रस्त छोकरी का सर्वनाश किया है, उसे ढूँढ़कर पकड़ लाए तुम्हारा समाज, तब मैं जानूँ। दोष किसी का और दंड कोई और भोगे, यह कहाँ का न्याय है जी? किशनुली कहीं नहीं जाएगी। मैं पालूँगी उसकी सन्तान को, भले ही तुम्हारी बिरादरी हमारा हुक्का-पानी बन्द कर दे।'

जीत काखी की ही हुई किन्तु समाज ने शास्त्रीजी को तत्काल दूध की मक्खी-सा दूर पटक दिया।

जिस कक्का को देखते ही समृद्ध गृहों के यजमान भी विनम्रता से दोहरे हो जाते थे और 'गुरुचरणनतल' कह नतमस्तक खड़े रहते थे, वे ही अब उन्हें देखते ही बड़ी अवज्ञा से मुँह फेरने लगे। इष्ट मित्रों ने आना छोड़ दिया, यहाँ तक कि उनकी सगी बहन ने भी उन्हें भाईदूज पर नहीं बुलाया। समाज की अवहेलना मनुष्य को शीघ्रता से श्रीहीन बना देती है, उतना श्रीहीन शायद असाध्य विषम रोग का प्रचंड प्रकोप भी नहीं बनाता। देखते ही देखते कक्का का सुदर्शन चेहरा स्याह पड़ गया। कन्धे झुक गए और आँखों में गहन नैराश्य की कालिमा छा गई। एक मैं ही, उनसे तब भी पढ़ने जाया करती थी। पढ़ने ही नहीं, किशनुली के भावी शिशु के लिए, काखी की जरा-जीर्ण सिलाई की मशीन पर, कई झबले, लबादे, कनटोप भी बना-बनाकर रख आई थी।

इसी बीच मेरा कॉलेज खुला और मैं चली गई।

गर्मी की छुट्टियों में घर आई, तो अम्मा ने ही समाचार दिया, 'पगली के बेटा हुआ है, एकदम नार काटकर मुँह में डाल ली है पंडिताइन ने। शहर-भर को नामकन्द का न्यौता देने को भला क्या पड़ी थी उसे।'

'तुम गई थीं अम्मा?' मैंने बड़े उत्साह से पूछा।

'काल जाता वहाँ? (कौन जाएगा वहाँ?) अकेले ही ढोलक पीट-पीटकर

सोहर गा रही थी। कह रही थी, बड़ा सुन्दर बेटा हुआ है। एकदम अपनी माँ को पड़ा है।'

'अजी, क्या बेटा-बेटा कर रही हो बोज्यू!' बुआ ने खीझकर कहा, 'ढाँट कहो, ढाँट!'

और सब जोर से हँसने लगे, पर मुझे बहुत बुरा लगा।

कितना क्रूर है हमारा समाज। इसी अभागे नवजात शिशु का गला घोंट, यदि कपड़े में लपेट, किसी घूरे में फेंक दिया जाता तो शायद समाज को आपत्ति न होती; किन्तु किसी दयालु, सहृदया, सन्तानहीना गृहिणी ने उसे अपनी रीती गोद में समेट लिया, तो समाज ने बन्दूक तान ली।

घर-भर से बैर मोल लेकर और घातक धमकियों की धज्जियाँ उड़ाकर मैं उसी दिन काखी से मिलने गई तो उसकी आँखों में आँसू आ गए, 'मैं जानती हूँ कि अल्मोड़िए इसे 'ढाँट' कहते हैं। ठीक ही तो है, अभागे के बाप का क्या कभी पता लग सकता है? पता नहीं, किस राक्षस ने इसका सर्वनाश किया, पर तू ही बता, कहाँ फेंक देती इसे? तेरे कक्का ने मुझसे बोलना ही छोड़ दिया है, यही क्या कम सजा है? पर इस दुश्मन को देखती हूँ, तो सब दुख भूल जाती हूँ। छातियों में मुँह मारता है, तो सच कहती हूँ चेली! (बेटी) वे कुलबुलाने लगती हैं। लगता है, अभी-अभी दूध उतर आएगा। देख...'

सचमुच ही काखी की शिशु अधर वंचिता छाती से अपने नन्हे, क्षुधातुर अधर सटाए, किशनी का ढाँट चुपचाप सो रहा था। गोरा रंग, एकदम भूरे बाल, लम्बी पलकें और लाल-लाल होंठ।

'एकदम अंग्रेज लगता है काखी। जरा गोद में दे देना।' मैंने कहा ही था कि न जाने कहाँ से आँधी-सी आकर किशनुली काखी के गले में दोनों हाथ डाल, उसकी पीठ पर लद गई थी।

'अरी छोड़ कमबख्त! परे हट, जगा देगी क्या इसे?' पर काखी की फटकार का उस धृष्टा पर कुछ असर नहीं हुआ। वह निरर्थक झूला झूलती रही, फिर गोली-सी छिटककर शायद कक्का के कमरे में घुस गई थी, क्योंकि उनकी प्रताड़ना का चिरपरिचित स्वर 'हड़ि-हड़ि' सुनते ही काखी हड़बड़ाकर शिशु को मेरी गोद में पटक भागी और उसे खींच लाई।

'फिर पहुँच गई वहाँ, लाख बार समझाया है, वहाँ मत जाया कर, पर

आजकल यही सीखी है, बार-बार उन्हें जाकर परेशान करती है। मुझे डर है, किसी दिन एक-आध हाथ न धर दें पानेज्यू।'

'हाय, कितना सुन्दर है यह काखी! क्या कक्का ने कभी इसे गोद में लिया?' मैंने पूछा।

'अरी, लिया क्यों नहीं, आखिर पत्थर तो हैं नहीं। एक दिन मैं चौके में थी, फिर तू तो जानती है, बच्चों पर हमेशा ही जान छिड़कते रहे हैं। यह डलिया में सो रहा था। मैं दबे पैरों देखने आई कि कहीं इसकी पगली माँ तो इसे परेशान नहीं कर रही है। यह अभागी सोने थोड़े देती है इसे चैन से कभी। जबरदस्ती इसकी बन्द आँखें खोल देगी, कभी नाक दबाकर रुला देगी। तब तक, देखती क्या हूँ कि पानेज्यू इसे डलिया से उठा गाल से लगाए, आँखें बन्द किए, चुपचाप दुलरा रहे हैं, और जानती है, टप-टप बड़े-बड़े आँसू गिरा रहे थे तेरे कक्का।' काखी मुँह में आँचल धरकर हँसने लगी।

'तूने क्या किया?'

'करती क्या? उल्टे पैरों लौट गई। उसी दिन मैं जान गई कि लाख हड़काए और हड़ि-हड़ि करें, मेरे इस करन की ममता ने उन्हें भी बाँध लिया है।'

'क्या 'कर्ण' नाम तूने धरा काखी? कैसा ठीक नाम रखा है।' मैंने कहा।

'तेरे कक्का ने ही धरा है री, पर सुन्दर नाम धरने से क्या होता है? बड़ा भी होगा, तब भी इसे सब किशनुली का ढाँट ही कहेंगे।' उसने उदास स्वर से कहा।

'तो क्या हो गया काखी। गुस्सा आने पर पहाड़ के कौन माता-पिता अपने पुत्र को ढाँट नहीं कहते?' पर मैं उस सम्बोधन के दूसरे घातक डंक की तड़पन से भी परिचित थी। ढाँट का शब्दार्थ उतना घातक नहीं है। पहाड़ी में यह शब्द अकर्मण्य पुत्र के लिए ही प्रयुक्त होता है, किन्तु वास्तव में इसका अर्थ है अवैध, और उस अर्थ में इसका विष, अंग्रेजी के 'बैस्टर्ड' से भी कहीं अधिक विषबुझा है।

काखी को समझा-बुझा, कर्ण को खूब दुलराकर मैं एक बार फिर अपनी गुरुपत्नी से बिछुड़ गई। इस बार वर्षों का क्रूर व्यवधान दीर्घ से दीर्घ होता, अतीत की अनेक प्रिय स्मृतियों को, अनेक स्नेही चेहरों को, धूमिल बना मिटाता चला गया।

फिर एक पुरस्कार चयन समिति के औदार्य से ही मुझे अपने विस्मृत गुरु का पता मिला था। मैं उस चयन समिति की सदस्य थी और उनकी लिखी एक पुस्तक वहाँ विचारार्थ आई थी। मैंने उसी दिन उन्हें पत्र लिखा। पहाड़ छोड़ वह काशी चले गए थे। काखी कैसी है? किशनुली और कर्ण की कुशल पूछने का दुःसाहस मैं नहीं कर पाई थी। महीनों बाद उनका उत्तर मुझे तब मिला, जब दो दिन पूर्व ही उनकी मृत्यु का समाचार अखबार में पढ़ चुकी थी।

'आयुष्मती,

तुम्हारा पत्र तब मिला है, जब ऊपर का सुखद आह्वान, स्पष्ट होकर कानों में बजने लगा है। अच्छा हुआ, तुमने पत्र लिखा—गुरु की सार्थकता इसी में है कि शिष्य भी उसकी परीक्षा लेने की योग्यता प्राप्त कर लें। पता नहीं, किसने और कब मेरी पुस्तक विचारार्थ भेज दी। मुझे किसी पुरस्कार की अब कामना नहीं रही, पर तुम्हारा पत्र पाकर सुखी हुआ। अच्छा है, जाने से पहले कंठ में अटका यह कंटक इसी पत्रोत्तर के माध्यम से शायद निकल जाए और सुख से जा सकूँ।

तुमने अपनी काखी के लिए पूछा है—वह वहीं है, जहाँ चार कन्धों पर पहली बार उतरी थी। और उसकी जिद है कि चार कन्धों में जाएगी भी वहीं से। काशी की मृत्यु-कामना ही मुझे यहाँ खींच लाई थी। गंगा तट के एक निभृत अज्ञात कोने में कुटिया बनाकर रहा, लोगों ने वहाँ भी शान्ति से नहीं रहने दिया। पहुँचा हुआ सिद्ध समझकर मुझे पूजने लगे। फिर एक संस्कृत पाठशाला में चला गया। वहीं एक स्नेही मित्र ने उदरपूर्ति का साधन जुटा दिया। पुस्तकें लिखीं, अध्ययन किया, फिर भी मन अशान्त अस्थिर बना रहा।

फिर चला गया ऋषिकेश, दंडी बनकर घूमा।

अन्त में हारकर काशी ही लौट आया। यहाँ भी मुझे शान्ति नहीं मिली। मिलती भी कैसे? मैंने तुम्हारी सती लक्ष्मी काखी को ठगा है और प्रवंचना का अन्त ही हार है, यह अब मैं समझ गया हूँ। तुमसे एक अनुरोध है। तुम्हें कभी पढ़ाया है, गुरुदक्षिणा ही समझकर मेरी यह इच्छा पूरी कर देना।

सुना है, किशनुली नहीं रही। कर्ण बहुत बड़ा आदमी बन गया है। तुम्हारी काखी को उसने अपने साथ ले जाना भी चाहा था, वह नहीं गई। मैं जानता हूँ, वह कभी नहीं जाएगी। उस छोटे-से घर में हम दोनों के यौवन

की स्मृतियों की अशर्फियों से भरा घड़ा जो गड़ा है बेटी! उसे छोड़कर कैसे जाएगी? उसके पैरों पर सिर रखकर स्वयं कहना चाहता था, पर गर्ग गोत्री इस नीच ब्राह्मण का ब्रह्मतेज बहुत पहले की चुक गया है। कैसे कहूँ? न जाने कितनी बार स्टेशन तक जा-जाकर लौट आया हूँ, उससे कह देना किशनी का ढाँट, ढाँट नहीं है, तेरी काखी का यह अधम पति ही उसका जनक है।

इससे बड़े पाप की कल्पना क्या कभी की जा सकती है? कभी-कभी लगता है, मृत्यु की अन्तिम घड़ी में मेरे कान में तारक मन्त्र देने आए भगवान शंकर भी शायद मेरे पापी कर्णस्पर्श से सिहर, मुझे बिना मुक्ति दिए ही लौट जाएँगे। पहली बार शायद काशी की मुक्तिदायिनी महिमा मेरे पाप से ही म्लान होकर व्यर्थ हो जाएगी। किन्तु दोष केवल मुझ दुरात्मा का ही नहीं था। उत्कट उन्माद के क्षणों में ही अभागिनी किशनुली मेनका-सी ही साक्षात रति रूप में आकर मुझे विवेकभ्रष्ट कर गई थी। मैं जितनी ही बार उसे दुरदुराता, उतनी ही बार चतुरा अभिसारिका के कौशल से वह मेरे संयम का दुर्ग ढहाने आ पहुँचती। और वह भी ऐसा सुअवसर ढूँढ़कर, जब तेरी काखी घर पर नहीं रहती।

कभी-कभी तो मुझे लगता था, उसका वह उन्माद, उन्माद नहीं, प्रणयोन्माद है। फिर एक दिन वह अचानक गायब हो गई थी। मैंने सोचा, चलो अच्छा ही हुआ, फोड़ा स्वयं फूट गया। मुझे चीरा नहीं लगाना पड़ा।

पर वह लौटी और उसका प्रत्यावर्तन मेरे लिए तिलमिलाकर घुलानेवाली मौत बन गया। जैसे-जैसे कर्ण बड़ा होता गया, उसकी अद्‌भुत प्रतिभा, विलक्षण व्यक्तित्व, अस्वाभाविक गाम्भीर्य मुझे पागल बनाने लगे। वह स्कूल जाता, लड़के उसे चिढ़ाते तो वह चुपचाप, ताल-सी छलकती आँखें लिए मेरे पास सिर झुकाकर खड़ा हो जाता।

—बाबू, आज लड़कों ने फिर वही कहा।

—क्या?—मैं अनजान बनकर पूछता।

—वही किशनुली का ढाँट! ऐसा क्यों कहते हैं बाबू? किशनुली तो पगली है, मेरी इजा वह थोड़े ही ना है। मेरे बाबू तो तुम हो न?

मेरे जी में आता, मैं उस भोले बच्चे को छाती से लगाकर चीख-चीखकर कहूँ, हाँ-हाँ बेटा, मैं ही तेरा बाप हूँ; पर ऐसा बाप, ऐसा अभागा बाप, जो कभी बेटे को बेटा नहीं कह सकता—मैं उसे समझा-बुझाकर फिर स्कूल भेज

देता।

फिर धीरे-धीरे वह बड़ा हुआ और एक दिन उसने मुझसे स्वयं ही कुछ पूछना छोड़ दिया। मुझसे उसका उदास और समय से पूर्व ही प्रौढ़ बन गया चेहरा देखा नहीं जाता था। संसार ऐसे अभागों को कितनी दक्षता से पल-भर में उनके अभिशप्त अतीत से परिचित करा देता है। उधर, किशनुली ने एक दिन बड़े अधिकार से तेरी काखी के सामने ही मुझे जकड़कर कहा—आज से मैं अलग कमरे में नहीं सोऊँगी, मुझे डर लगता है, सुलाओगे ना अपने पास?

उसी भयावह प्रस्ताव से सहमकर, मैंने उसी दिन गृह त्याग दिया। अपनी काखी से कहना, विधाता के दंड का मुझे अब भय नहीं है। वह तो इसी लोक में मिल गया। पुत्र के रहते आज तर्पण-पिंड की अतृप्त लालसा लिए ही जा रहा हूँ। यही क्या किसी ब्राह्मण के लिए कुछ कम दंड है? किन्तु उस सती लक्ष्मी ने यदि मुझे हृदय से क्षमा नहीं किया, तो कभी मेरी प्रेतमुक्ति नहीं होगी। उसका क्षमादान ही मेरी चितादाह शमनार्थ तिलांजलि बनेगा।

—तुम्हारा अशान्त कक्का'

भारी मन से साहस सँजोकर ही मैं गुरुदक्षिणा थमाने गुरुगृह गई थी। काखी को देखा तो पहचान ही नहीं पाई। वैधव्य भी नारी को आपादमस्तक पल-भर में कैसे बदल देता है। जो मोटे-मोटे सोने के जंजीरवाले कड़े कभी काखी की गोल गोरी कलाइयों में अटकते थे, वही हाथ उठाते ही उसकी दुबली बाँहों के अनन्त बने जा रहे थे। कहाँ गया वह गोरा रंग और स्नेह-स्निग्ध मुस्कान! जिस आँगन को काखी हमेशा जीभ से चाटा-चूट-सा बनाए रखती थी, उसे देखकर लग रहा था, महीनों से वहाँ झाड़ू नहीं लगी है। तुलसी का पेड़ स्थाणुभूत ठूँठ बना ढल गया था।

'काखी!' मैंने डरते-डरते अधखुले द्वार की कुंडी खटखटाई।

'कौन?' वह कुछ-कुछ परिचित कंठस्वर सुनते ही मेरा हृतपिंड एक पल को अचल हो गया। तब क्या काखी बीमार थी?

'कौन है भाई? आ जाओ। दरवाजा खुला है।' क्षीण कंठ का आदेश पाते ही मैं भीतर चली गई।

दो पलंग अभो भी वैसे ही बिछे थे। वही तिब्बती नमदे, चुटके, दीवार

पर वही परिचित रवि वर्मा का चित्र। पश्चिम सन्ध्या के झुटपुटे में अँधेरे कमरे की पलंग से घुलमिल गई काखी की कंकाल-सी देह को मैं पहले देख नहीं पाई। मैं इधर-उधर देख ही रही थी कि पलंग से एक बार फिर वही क्षीण प्रश्न गूँजा, 'कौन?' और मैं ठिठककर वहीं खड़ी रह गई। तब क्या मुझे पहचान भी नहीं पा रही थी काखी? फिर मैं आगे बढ़ी। तनिक-सा उठने की चेष्टा कर, उसने मुझे पहचाना और अपनी छाती पर खींच लिया। इतने वर्षों में भी कस्तूरी मृग की नाभिगन्ध म्लान नहीं हुई थी।

कब तक हम दोनों ने एक-दूसरे के आँसुओं से ही वर्षों की अनकही बातें कह डालीं, पता ही नहीं लगा। फिर गिरजे का घंटा बजा। वही घंटा जिसकी एक-एक गुरु-गम्भीर गर्जना के साथ कभी काखी का नियमित सात्विकी जीवन बँधा था। सुबह चार का घंटा, जब वह उठकर नहा-धो चाय चढ़ाती थी। पाँच का घंटा, जब वह कक्का की पूजन-सामग्री सँजोती थी। छः का घंटा, जब वह अपने भारी भड्डू भगौने को थपाथप उलट, उसमें गीली राख लगा, मुझे अपनी खिड़की से जगाती थी, 'अरी उठी या नहीं?' कितने वर्षों तक काखी ही मेरी अलार्म घड़ी बनी रही थी। सात के घंटे के साथ उसकी दाल की अदहन चढ़ती, ठीक नौ बजे कक्का का लंच 'सर्व' होता और ग्यारह बजे खटखट सिलाइयाँ खटकाती काखी कभी स्वेटर से मोजे और कभी मोजे उधेड़ दस्ताने बिनने छत पर बैठ जाती।

'काखी! तू कब से बीमार है? क्या अकेली रहती है यहाँ?'

'भगवान ने ही अकेली कर दिया री! कौन रहेगा यहाँ? देख रही है घर की हालत?' उसने करुण हँसी हँसकर छत की टूटी बल्लियों की ओर इशारा किया, सात-आठ जीर्ण बल्लियाँ टूटकर बड़ी खतरनाक चेतावनी देती, एकदम नीचे लटक आई थीं। उसी भग्न कोटर से रात को नक्षत्रखचित व्योममंडल की गरिमा निश्चय ही काखी के सिर पर उतर आती होगी। एक बड़ी-सी गहरी परात में वर्षा का जल संचित पड़ा था। मुझे उस ओर देखते देख काखी हँसकर बोली, 'अरी जगह-जगह परात, गगरे रखने पड़ते हैं अब। पूरा घर टपकने लगा है, किसे बुलाऊँ? अब इस करमजले अल्मोड़े में ओड़ मिस्तरी भी नहीं जुटते। सब खद्दर की टोपी पहनकर नेता बन गए हैं।'

'कर्ण क्या कभी नहीं आता?'' मैंने पूछा।

काखी की आँखों से दो बड़ी-बड़ी बूँदें ढुलक गईं, 'आता क्यों नहीं री, भगवान करे, उसके पैर में काँटा न गड़े, कलक्टरी का इम्तहान पास कर

लिया है उसने, तूने सुन ही लिया होगा। खूब बड़ा बँगला है। नौकर-अर्दली सबकुछ है। हर हफ्ते चिट्ठी लिखता है—इजा, तू यहाँ चली आ। बता, कब आऊँ लेने?'

'तू चली क्यों नहीं जाती काखी?'

'कैसे छोड़ दूँ पुरखों की देली (देहरी)? लगता है, उस कमरे में पानेज्यू सन्ध्या कर रहे हैं। अभी कहेंगे, चाय लाओ हो पन्याणी ज्यू। रात को भी सोती हूँ तो लगता है, चुपचाप बगल में आकर लेट गए हैं। अरी! उतनी दूर चली गई, तो कहाँ ढूँढेगी उनकी आत्मा मुझे उस परदेस में?'

उसकी सरल शंकाहीन आयत आँखों की निर्दोष जिज्ञासा का मैं क्या उत्तर दे सकती थी!

'पर फिर भी चेली, अपने गरभ में भी दस मास रखा होता, तब भी मेरे कोख के जाये को शायद ऐसा दर्द, ऐसी पीड़ा नहीं होती। हर महीने मनीऑर्डर भेजता है। चिट्ठी तो हर हफ्ते, बस वही कि इजा, कब आऊँ तुझे लेने?'

'चली जा काखी! ऐसी तबीयत में तेरा यहाँ अकेले रहना ठीक नहीं है।' मैंने कहा।

'जाऊँगी-जाऊँगी, उसी के साथ जाऊँगी और कौन बैठा है मेरा, जाऊँगी क्यों नहीं? पर जाऊँगी उसके कन्धों पर।' वह फिर फिक से हँस दी—'मैंने उसे लिख भी दिया है—देख रे करनिया, तू कहीं भी रहे, तुझे अब आना ही पड़ेगा। भले ही हवाई जहाज में क्यों न आए। मुझे कन्धा तू ही देगा, चाहे मेरी मिट्टी को एक-दो दिन रोकना पड़े। तू तो जानती ही है, पहाड़ में मिट्टी तीन दिन भी पड़ी रहे, तब भी नहीं बिगड़ती। मैं जानती हूँ, वह कहीं भी हो, आएगा जरूर।'

काखी की आँखों में एक अनोखी चमक आ गई, 'जानती है री, उसने मेरा दूध पिया है, आज कौन करेगा विश्वास? पर जब वह अपना नन्हा मुँह मेरी छाती से सटाता, मेरी छातियाँ चड़कने लगतीं और सच कहती हूँ चेली, चप-चप कर वह घूँट घटकता सो जाता था। इसी से तो इतनी माया है उसे!'

'कक्का अचानक घर छोड़कर क्यों चले गए थे काखी?' प्रश्न पूछते ही मुझे लगा, मैंने पूछकर ठीक नहीं किया।

पुत्रमहिमा से दपदप दमकती काखी एकाएक बुझ-सी गई, 'मैं आज तक खुद ही नहीं समझ पाई, क्यों इतना बड़ा दंड दे गए मुझे। एक तो किशनुली की उत्पात बहुत बढ़ गया था। रात को कभी-कभी करमजली हम दोनों के

बीच आकर सो जाती थी। पानेज्यू को तो तू जानती ही थी, देवमूर्ति-से पवित्र, औरतजात से भड़कते थे, उस पर वह नासमझ छोकरी हाथ धोकर उनके पीछे पड़ी रहती थी। उन्हें चिढ़ाने में, 'हड़ि-हड़ि' सुनने में उसे न जाने कैसा आनन्द आता था। मैंने लाख समझाया—देखो, कौन उसके माँ-बाप बैठे हैं, हमी ने प्यार किया है, शरण दी है, इसी से तुम्हें बाप समझकर ही लाड़-दुलार करती है—मेरा यह कहना था कि पानेज्यू ने तन्न से मेरे गाल पर एक झापड़ धर दिया। पहले तो मैं समझ ही नहीं पाई। आज तक जिन्होंने मुझे फूल की छड़ी से भी कभी नहीं छुआ, उन्होंने बिना बात के यह झापड़ कैसे धर दिया। वह भी ऐसा कि दो दिन तक उनकी पाँचों अँगुलियों के निशान मेरे गाल पर उभरे रहे। मैं फिर अपने को रोक नहीं पाई। फूट-फूटकर रो पड़ी। बड़ी देर तक वे सिर झुकाए चुपचाप मेरे पास खड़े रहे। लग रहा था, गहरा पश्चात्ताप ही गूँगा बना गया है। न मुझसे ही कुछ कहा, न करन से, चुपचाप वैसे ही सिर झुकाए निकल गए और फिर कभी नहीं लौटे।'

'किशनुली को क्या हुआ था काखी?' मैंने पूछा।

'मुझे तो लगता है, तेरे कक्का के जाने का दुख ही उसे चाट गया। उन्हें वह कितना प्यार करती थी, मुझे तब पता लगा, जब साँझ होते ही वह द्वार पकड़कर खड़ी हो जाती और एकटक सड़क को देखती रहती। मैं ही खींच-खींचकर जबरदस्ती खाना खिलाती, कपड़े बदलती। एकदम शान्त हो गई थी लड़की। न उत्पात, न घर से भागना, न पास-पड़ोस की छतों पर पत्थर फेंकना। बस, कभी-कभी वैसे ही आँगन में अपने चीथड़ों की पोटली छाती से दबाए जोर-जोर से रोने लगती, कलेजा दहल जाए, ऐसा विलाप!

'किशनुली, बाबू की याद आ रही है क्या?' —मैंने एक दिन उसकी ठुड्डी उठाकर पूछ लिया। और कसम खाकर कहती हूँ री, मुझे लगा, वह अब पगली नहीं रही। जैसे उसके बाबू की तस्वीर उतर आई थी उसकी पुतलियों में!'

'वह बीमार कब पड़ी काखी?'

'धीरे-धीरे उसे बुखार आने लगा, डॉक्टरों को दिखाया, डॉक्टर खजान के पास ले गई। उन्होंने कहा, टी.बी. है, सैनेटोरियम ले जाओ—सब गहने गिरवी रखकर गेठिया ले गई। करन को बोर्डिंग में डाल दिया था, छूतछात की बीमारी का क्या ठिकाना! पन्द्रह दिन तक पल को भी बाहर जाती, तो उठकर मेरे पीछे-पीछे भाग आती। जब मैंने उसकी हालत गिरती देखी, तो

डॉक्टरों से लड़-झगड़कर, उसे फिर यहाँ ले आई। मरना ही है, तो बेटे का मुँह देखकर मरे अभागी। उसके हाथों से गंगाजल तो घुटक लेगी करमजली।'

काखी की आँखों के आँसू पोंछकर मैंने कहा, 'अब बस कर काखी, रहने दे। तेरी तबीयत ठीक हो जाएगी, तब सुनूँगी।'

पर वह बोलती चली गई, 'मैंने करन को बोर्डिंग से बुलवा लिया। उसके हाथों से गंगाजल पिलाने लगी, तो मुँह फेर लिया बदजात ने।–किशनुली! राम-राम कह चेली गंगाजल पी ले। देख, करन खड़ा है, तेरा बेटा, देखेगी नहीं उसे?–पर उसने ना-ना कर ऐसे सिर हिलाया, जैसे सब समझ रही हो। फिर मेरी ओर बाँहें फैला दीं। मैंने लपककर उसे छाती से चिपटा लिया। क्यों ऐसे डर गई थी छोकरी? क्या ले जाने से पहले यमदूत डरा रहे थे उसे?

'थर-थर कर उसकी देहकम्प मुझे भी कँपा रही थी। जब कम्प कुछ कम हुई, तो मैंने उसे अपनी गोदी में लिटा लिया। उधर बीमारी ने उसका रंग जलाकर कोयला कर दिया था, पर जाने के दिन उसका वही पुराना रंग लौट आया था। वैसे ही दूध-सी उजली देह, वैसा ही रूप। बड़ी देर तक मैं उसे गोदी में लिए बैठी रही। थका-माँदा करन कुर्सी पर ही सो गया था। एकाएक किशनी ने मेरे दोनों हाथ कसकर पकड़ लिए–क्या हुआ री किशनुली? मैंने पूछा–कुछ कहेगी क्या?

'पर बिना कुछ कहे उसने मेरे दोनों हाथ अपनी छाती से लगा लिए। मुझसे उसकी हालत देखी नहीं जा रही थी। लाख रोकने पर भी मैं अपने को रोक नहीं पाई। मेरे आँसू उसकी बन्द मुट्ठी पर पड़े, तो उसने फिर मेरी ओर देखा। मुझे आज भी यही लगता है री, जाने से पहले, जब वह मेरी ओर टुकुर-टुकुर देख रही थी, तब वह पागल नहीं थी। उसके मरने से पहले ही उसका पागलपन मर चुका था। वह देखती रही और एकाएक उसकी वह टकटकी जम गई।

'अरे करन! उठ जल्दी, उठकर भटजी को बुला ला।–मैंने करन को उठाया, सब पड़ोसी आए बेटी, सबने बिरादरी का बैर भुला दिया। जमीन पर गोबर से पोतकर, जब उसे खाट से उतारने लगे, तो मुझे होश आया–अरे रुको, रुको, वैतरणी का संकल्प तो थमा दो इसे, कैसे वैतरणी करेगी अभागी।–पाँच रुपये निकाल, मैंने उसकी ठंडी मुट्ठी में थमाए, नाक-मुँह में सोना डाला, फिर मैंने ही नहलाया था उसे, जिसे इतने सालों तक नित्य नहलाया, ओढ़ाया, पहनाया उसे उस दिन जाने की घड़ी में किसी और को

कैसे सौंपती! पहना-ओढ़ाकर सजाया तो लग रहा था, दस-बारह साल की कोई कुँआरी लड़की सो रही है। फिर मैंने माँग-भर सिन्दूर लगाया। बड़ी-सी बिन्दी धरी और घर की सेवा देवी पर चढ़ी जितनी मंगलसूत्र की मालाएँ थीं, सब उसके गले में डाल दीं। भले ही उसे पतिसुख नहीं मिला, स्वामी तो होगा ही कहीं। फिर मैंने उसे छाती से लगाकर खूब प्यार किया चेली! कान में राम-राम फूँककर कहा—जा किशनी, जा, इस संसार में तो तुझे पति-सुख नहीं मिला, परलोक में जी भरकर सुख भोगना किशना—एक मैं हूँ, जो अब तक अपनी बेशरम मिट्टी ढोती फिर रही हूँ। एक वह थी कि बाप के बिछोह में घुल-घुलकर प्राण त्याग दिए। उनके जाने की खबर सुनकर भी तो मैं अब तक नहीं जा पाई।'

मैं काखी की पलंग की पाटी पर बैठी-बैठी ही सिहर उठी। कैसे कहूँगी, इस सरला काखी से! किस साहस से भस्म कर दूँ, इस पतिव्रता के पति की वसीयत!

'गया जाकर मैंने करन के हाथों, उसकी किरिया करवाई। पंडाजी को सबकुछ बता दिया—किशनी का बेटा है यह। माँ तो यही थी, पिता न जाने कौन कसाई था महाराज!—मैंने उनके पैर पकड़ लिए—पर जो भी रहा हो पंडाजी, निश्चय ही कोई शापभ्रष्ट ऋषि-मुनि रहा होगा। साक्षात आज्ञाकारी राम है मेरा करन। इसी के हाथों ऐसी किरिया करा दो महाराज कि अभागिनी को मुक्ति मिल जाए।—पंडाजी बड़े भले मानस थे। बोले—कुछ चिन्ता मत करो जिजमानिन, थोड़ा रुपया और लगेगा। थोड़ी देर के लिए मैं ही इसके पिता का पाप ओढ़ इसे पिंड दिलवा दूँगा।—आहा, अभी भी ऐसे सन्त हैं इस कलयुग में। मैं अपनी बारह तोले की सतलड़ साथ रख लाई थी। वही मैंने उनके पैरों पर रख दी। विधि-विधान से उन्होंने क्रिया-कर्म करवा दिया और बोले—परम सन्तुष्ट हो सीधे स्वर्ग को चली गई है इसकी माँ की प्रेतात्मा।'

'कितनी भोली हो तुम काखी!' मैंने कहा, 'इससे वह रुपया अपनी बीमारी के लिए बचा लेती, अब ऐसे बिना दवा-पानी के पड़ी हो।'

'अरी, तब मैं क्या बीमार थी?' काखी भुनभुना गई—'बीमारी तो अभी छः महीने से लगी है। जिस दिन तेरे कक्का के जाने का तार आया, उसी दिन जो सत्यानाशी बुखार चढ़ा, आज तक नहीं उतरा।'

'मैं तुझे आज से अस्पताल ले जाऊँगी काखी!'

'अरी, अस्पताल जाएँ मेरे दुश्मन। मैं अब जहाँ जा रही हूँ, वहाँ जाने में कोई भय नहीं है मुझे। यहाँ तो मुझे छोड़कर भाग गए, वहाँ से क्या भाग पाएँगे? मेरे पहुँचने तक उनकी पगली बिटिया, उन्हें जकड़कर रोक लेगी। चाहे लाख हड़ि-हड़ि करते रहें पानेज्यू', काखी हँसी और उसका ज्वराक्रान्त चेहरा, जैसे किसी अदृश्य प्रभामंडल से उद्भासित हो उठा।

जो कुछ सुना, उसके बाद अपने गुरु के अन्तिम अनुरोध की रक्षा करना, मेरे लिए सम्भव नहीं था। रात किसी तरह काट, सुबह की पहली बस से ही मैं लखनऊ लौट आई, भले ही मेरे गुरु की अशान्त क्षमादान वंचिता आत्मा, अनन्तकाल तक भटकती रहे, भोली पतिपरायण काखी के, विश्वास मन्दिर में प्रतिष्ठित उनके देवोपम पति की मूर्ति को मैं गजनवी की-सी हृदयहीनता से खंडित नहीं कर पाऊँगी।

आज, जब पता लगा कि काखी को भी इहलोक में मुक्ति मिल गई है, तो अपनी उस दिन की विवेकशीलता पर गहन आत्मसन्तोष ही हुआ। क्षमा देनेवाली, जब स्वयं ही अविलम्ब, अपराधी के पास पहुँच गई है, तब मेरी गुरुदक्षिणा का प्रश्न ही कहाँ उठता है?

कृष्णावेणी

उस विराट [म]न्दिर के चमकते सुवर्ण शीर्ष से लेकर उसकी दीवारों पर खुदी, एक-एक मूर्ति की अचल मुद्रा कंठस्थ हो गई। न जाने मुरुगन की मूर्ति [का] यह [ग]म्भीर भव्य स्मित मुझे वहाँ खींच ले जाता है, या कर्नेगी की सांध्यकालीन आरती, या शिवस्तुति का वह अस्पष्ट गुंजन, जिसे नित्य एक ही मुद्रा में गाता द्वार पर ठीक एक कोने पर खड़ा, शिव का वह अनोखा भक्त, कि[सी] 'ट्रांस' में झूम रहे माध्यम-सा, आरती की तीव्रतर होती शिखा के साथ औ[र] भी प्रखर तीव्रता से झूमता भक्तों की भीड़ पर ढल-ढल पड़ता है। कैसा आश्चर्य है कि कोई भी शिव के उस पवित्र अस्पष्ट आह्वान से नहीं चौंकता। [श]ायद, उसकी सुदीर्घ नियमित उपस्थिति आरती का ही एक अंग बन गई है। मैं भी पहले जिस दिन चौंकी ही नहीं, बेहद भयभीत होकर पीछे खिसक भी गई थी। जिह्वाविहीन उसके मुँह के गह्वर में अधूरी जीभ का टुकड़ा, किसी यन्त्र-सा घूमता न जाने कौन-सा शिवस्तोत्र दोहराता था। मुझे मन्दिर के उस तिमिराच्छन्न गूढ़ मंडप में उसकी उपस्थिति अमानवीय लगी थी। देववाणी का ऐसा विकृत रूप, किन्तु कैसी अनन्य भक्ति!

मैंने दक्षिण के जितने भी मन्दिर देखे, कपालेश्वर के इस मन्दिर की उन सबसे विभिन्न छटा है। स्थापत्य देखकर लगता है, यह सम्भवतः पन्द्रहवीं शताब्दी का है। [दी]र्घाकार काली भुजंग मूर्तियाँ, सँकरे गुहाकक्ष में झकझक चमकता दिव्य शिवलिंग, उतनी ही काली चिकनी पसीना चूती अर्धनग्न देह को नंगी तलवार-सा चमकाते पुजारी। दूसरे एक के हाथ में आरती का थाल, जिसकी प्रकंपित [श]िखा क्रमशः एक के बाद एक शिखाओं को किसी बाजीगरी चमत्कार से जलाती जाती है। एक...दो...तीन...चार और फिर एक साथ तीस-चालीस बत्तियाँ एक साथ जलकर पुजारी के हाथ में जगमगाने लगती

हैं। कम-से-कम ढाई क्विंटल का घंटा, अपनी गम्भीर ध्वनि से पूरा मन्दिर गुँजा देता है। दूसरा पुजारी विभूति का थाल घुमाता है। दर्शनार्थियों की ऐसी भीड़ कि कपूर का धुआँ, वेणियों की सुगन्ध, आरती की जलती शिखाओं की महक, सबसे सम्मिलित एक नशीला धुआँ बन फैलता-फैलता, समुद्र तट पर झुक आए काले बादल-सा ही सीधे भीड़ के ललाट पर उतर आता है, फिर वह विचलित नहीं होती।

इस मन्दिर का एक नियम यह भी है कि आरती का समय होने पर, द्वार पर दो मोटी लौह-शृंखलाएँ तान दी जाती हैं। नियत समय के पश्चात् आनेवाले दर्शनार्थी, फिर बाहर से ही आरती देख सकते हैं। सौभाग्य से मैं आज तक कभी बाहर खड़ी नहीं रही। उस दिन मन्दिर में कुछ अधिक भीड़ थी। मकर के चार शुक्रवारों का इस मन्दिर में विशेष महत्त्व होता है। वह पहला शुक्रवार था।

विदेशी पर्यटकों के एक दल ने अपनी दक्षिणी महिला गाइड के साथ आकर मन्दिर के गर्भगृह का चौथाई हिस्सा घेर लिया था। उनकी नीली-भूरी आँखों में था—अगाध कौतूहल, कैसा भयानक कौतूहल, फिर भी कैसी अद्‌भुत शान्ति! लगता था, पूरे विदेशी पर्यटक-दल को मन्दिर के रहस्यमय परिवेश ने सम्मोहित कर दिया है। अधूरी जिह्वा से शिवस्तोत्र का पाठ कर रहे उस आत्महारा भक्त और लपटें लेती क्रमशः ऊँची उठती आरती की शिखाओं के जादू ने उन्हें मोह लिया था। उनकी विस्फारित दृष्टि में कौतूहल का लवकेश भी अब नहीं रह गया था। था केवल भय और विस्मय।

ठीक उसी समय मैंने उसे देख लिया। वही थी, एकदम वही। सन्देह की कोई गुंजाइश नहीं थी। स्वयं उसी के कहे गए शब्द मेरे कानों में बजने लगे—'संसार में दो ही प्रकार के व्यक्ति तुम्हें मिलेंगे। एक वे, जिनसे मिलते-जुलते बीसियों चेहरे तुम्हें जीवन भर मिलते रहेंगे, जिन्हें विधाता एक ही ठप्पे से, थोक की बिक्री के लिए गढ़ता है। दूसरे वे, जिन्हें गढ़ते ही वह उनका ठप्पा तोड़कर फेंक देता है। मैं उसी भाग्यशाली मौलिक ठप्पे की देन हूँ।'

जी में आया, भीड़ के सिर-ही-सिर पर गेंद-सी उछलकर उसके पास खड़ी हो जाऊँ। पर, भीड़ का चक्रव्यूह अभेद्य था और वह दोनों हाथ नमन की मुद्रा में बाँधे, आँखें मूँदे उन्हीं काली मूर्तियों-सी अडिग-अचल मुद्रा में खड़ी थी, जो उसके पीछे दीवार पर खुदी थी। किन्तु यह नास्तिक आज मन्दिर

में आ कैसे गई? एक बार बनारस के भ्रमण पर गया हमारा पर्यटक-दल, जब विश्वनाथ के दर्शन को गया, तब इसे खींचकर भी मन्दिर के भीतर हम नहीं ले जा पाए थे। 'जाओ मूर्खो, तुम करो दर्शन और अपने-अपने लिए वर माँगो। मैं इन पत्थर के सामने झुकने से किसी कब्र के सामने झुकना पसन्द करूँगी।' मुझे तो हमेशा यही लगता है कि उस दिन शिव की वह अवज्ञा ही उसे इतना बड़ा दंड दे गई। हो सकता है, उसी अपराध का प्रायश्चित करने वह आज यहाँ आई हो।

मैंने फिर उस ध्यानमग्न चेहरे को कनखियों से देखा। स्मृतियों का गह्वर, सहसा मेरे कंठ में अटक गया। यही कृष्णवेणी, कभी मेरे जीवन में प्रेरणा बनकर छा गई थी और बिना कुछ कहे एक दिन उसी तीव्रता से विलीन हो गई, जिस तीव्रता से मेरे जीवन में आई थी। किन्तु, इन अड़तीस वर्षों में, वह क्या शरीर पर कोई संजीवनी लेप लगाकर, तूतमखामन की ममी में सोई थी? मुझसे सात वर्ष बड़ी थी वह। किन्तु, आज भी वही काली सुचिक्कन देहकांति, कटि से नीचे झूल रही मोटी वेणी, वेणी पर लगा नारंगी बैंगनी फूलों का बड़ा-सा गुच्छा, जिसके पुष्पों की गुँथी दो-तीन लटें, आधी चोटी तक उतर आई थीं गहरे पीले रंग की धर्मवरम साड़ी का लाल आँचल, बार-बार आरती की शिखाओं के साथ किसी विज्ञापन पर लगी रंगीन नियॉनबत्ती-सा जल-बुझ रहा था।

'जितना गहरा काला चेहरे का रंग होगा,' वह कहा करती थी, 'उतना ही आसानी से वह गहरे रंगों को पचा लेगा, समझी? लाउड कलर्स आर फॉर अस, नाट फॉर यू सिली। सचमुच ही वह घोर कृष्णवर्णी लड़की, उन लाल-पीले रंगों को बड़ी आसानी से पचा लेती थी। मैंने उसे कभी हल्के रंग की साड़ी में नहीं देखा।

इसी बीच, आरती समाप्त हो गई। भीड़ आरती और विभूति के थाल की ओर लपकी। उसी रेले में तिनके-सी बहती मैं भी विवश होकर, अग्रिम पंक्ति में पहुँच गई। एक क्षण को, दम घुटने-सा लगा। लौह-शृंखला खुलते ही बाहर खड़ी भीड़ का जत्थे-का-जत्था भीतर धँस आया और न जाने कब तक मैं रेशमी साड़ियों, जरीदार अंगवस्त्रों में उलझी, भटकती रही। जब पीछे आई तो देखा, वह नहीं थी, दाएँ-बाएँ कहीं नहीं। इतनी जल्दी वह गई कहाँ? खैर, जाएगी कहाँ, बाहर जहाँ प्रत्येक दर्शनार्थी के लिए चप्पल उतारना अनिवार्य होता है, वहाँ टोकन देकर चप्पल लेने में तो उसे भी समय लगेगा

ही। वहीं ढूँढ़ लूँगी।

मैं आश्वस्त होकर ललाट पर भस्म लगा, जा ही रही थी कि एक वयस्का महिला ने हँसकर बाँह थाम ली। 'माँ, परिक्रमा...परिक्रमा,' उन्होंने मुझे इशारे से समझाया कि पूरी परिक्रमा किए बिना, उस द्वार से मैं बाहर नहीं जा सकती, वह प्रवेशद्वार है। मैं तो भूल ही गई थी। प्रवेशद्वार से कोई नहीं जाता, इतने दिनों में यह तो मैं भी जान गई थी। उस विशद परिक्रमा में घूमती मैं जब चप्पलवाले कक्ष में पहुँची, तो वह वहाँ भी नहीं थी। मैं एक बार लेटी, मुरुगन, मीनाक्षी, नवग्रह सब प्रतिमाओं के आगे-पीछे घूम-घूमकर देखा, वह नहीं मिली। मिलती भी कैसे? हो सकता है, उसने मुझे उस भीड़ में देखा ही न हो और देखकर भी न पहचाना हो, तो उस बेचारी का क्या दोष? पर वह मद्रास में है, यही अभिज्ञता क्या कुछ कम थी? एक-न-एक दिन मैं उसे ढूँढ़ ही लूँगी। पर कैसे? उसके उस विदेशी कैसल-से गृह में जिसमें आज से अड़तीस वर्ष पूर्व दो दिन रही थी, उसे आज ढूँढ़ पाना क्या सम्भव होगा?

1941 में मद्रास में, जिसका पता एक चिरकुट में लिखा होने पर भी मेरी टैक्सी ने सहज ही ढूँढ़ निकाला था; उसे 1980 में क्या बिना चिरकुट के आज की टैक्सी ढूँढ़ पाएगी? केवल स्थान का नाम याद था—ऐडयार और उसके डैडी का नाम देवकीनाथन था, या नटराजन? मैं बार-बार याद करने की चेष्टा कर रही थी और बार-बार स्मृति मुझे उसी तत्परता से अँगूठा दिखा रही थी। केवल इतना ही याद आ रहा था कि उसके डैडी आई.पी.एस. थे और टर्फ क्लब के सेक्रेटरी। कभी उन्होंने गोलकुंडा डर्बी जीती थी और उसके बड़े मामा वायसराय की काउंसिल के सदस्य थे।

क्या इन्हीं क्षीण सूत्रों को पकड़कर, इस महानगरी में उसका पितृगृह ढूँढ़ पाऊँगी और फिर क्या वह अब उस पितृगृह में होगी? यही मद्रास, हवाई खिड़की से जब पहली बार देखा था, तो मेघदूत की पंक्ति का बरबस स्मरण हो आया था। निश्चय ही कवि ने भी इस अद्भुत दृष्टि को विहंगम दृश्य से देखा होगा :

या वः काले वहति सलिलोद्गारमुच्चैर्विमाना।
मुक्ता जाल ग्रथितमलकं कामिनी वाभ्रवृंदम्

अनेक जगमगाते रंग-बिरंगे रत्नाभरणों से सुशोभित, प्रणयी की गोद में कामिनी-सा मदमत्त मद्रास। किन्तु आकाश से इस महानगरी की शोभा आँखों

को विमुग्ध करती है। इसकी धरती पर उतरने पर इसकी भीड़, शोर-शराबा, फिर पथ-भूले पथिक-सा ही विभ्रांत छोड़ जाती है। कैसे ढूँढ़ पाऊँगी उसे, जिसे क्षण-भर की मूर्खता ने मेरी पकड़ से बहुत दूर ठेल दिया था?

सात-आठ दिन ऐसे ही बीत गए, फिर उस दिन न जाने क्या सोचकर मन्दिर से सीधे मरीना बीच की ओर निकल गई।

मद्रास का यह समुद्रतट, शायद संसार का एकमात्र ऐसा समुद्रतट है, जो अपने प्रत्येक पर्यटक के लिए, उसकी रुचि का एक विशिष्ट मुरब्बा सदा सुरक्षित रखता है। यदि आपको रंग-बिरंगी भीड़ का आनन्द लेना है, तो एक कोना है। परिवार के साथ पिकनिक मनानी है, तो एक नहीं, कई ऐसे सुरम्य रेतील टुकड़े हैं, प्रणयविभोर युग्म दृश्यों के लिए बड़ी-सी चट्टानें हैं, जो उनकी धड़कनें को किस कौशल से छिपा लेती हैं, यह भी एक दिन देखकर अपदस्थ हो चुकी हूँ। इसी समुद्रतट का एक कोना ऐसा भी है, जहाँ शायद कभी कोई बेरला ही समुद्र-सैर का आनन्द लेने पहुँचता है। एकदम निःसीम शून्य निस्तब्धतापूर्ण सिकता, मुझे यही एकान्तस्थली पसन्द है। एक प्रकार से यह मेरी मौलिक खोज है। बहुत दूर तक चलते-चलते जब बालू में धँसते पैरों से चप्पल हाथ में लेनी पड़ती है, तब समझ लेती हूँ कि मेरा प्रिय स्थान सन्निकट है। घंटों बैठने पर भी वहाँ कोई नहीं ऊब सकता।

कभी टॉमस मान की एक पंक्ति पढ़ी थी कि 'समुद्रतट के एकान्त से बढ़कर और कोई एकान्त हो नहीं सकता। यहाँ घंटों बैठने पर भी, मैं कभी नहीं ऊबता, न भयावह रूप से उठती तरंगों से, न उसके गम्भीर गर्जन से। लगता है, इस विशाल जलराशि में डूबकर मेरा मन एकाकार हो गया है।'

मुझे भी, कभी-कभी वहाँ बैठकर वही अनुभव हुआ है। इस जनशून्य रेतीले टुकड़े की कुछ दूरी पर, मछुओं की रिक्त विशाल नौकाएँ बँधी रहती हैं। यहीं से उनका आधी रात का दुःसाहसी अभियान आरम्भ होता है, जब वे अपने अर्धनग्न काले शरीरों को दर्पण-सा चमकाते, तूफानी लहरों से निर्भय निःशंक होकर जूझने निकल पड़ते हैं—मछली पकड़ने। कब, समुद्री तूफान आ जाए और उन्हें लपेट ले, इसका कोई ठीक नहीं। इनमें से कितनी नावों का प्रत्यावर्तन होगा, यह भी कोई नहीं जानता। दूर बन्दरगाह की टिमटिमाती रोशनियाँ और तट पर खड़े किसी जंगी जहाज पर पड़ती लाइट हाउस की लहरदार धूमिल रोशनी का घेरा, उस निःस्तब्धता को और भी रहस्यमय बना देता है। समुद्र की फेनोज्ज्वल उद्धत तरंगों का औद्धत्य यहाँ सबसे अधिक

अनुशासनहीन हो जाता है। हर बार, दोगुने वेग से आती लहरें, पैरों तले की रेत को किसी उचक्के की तेजी से छीन, बार-बार पीछे खिसकने को विवश कर देती हैं।

मैं मुग्ध दृष्टि से उन्हीं क्रमशः निकट आती अबाध्य लहरों का वह उत्पात देख रही थी कि सहसा किसी ने कहा, ''वह जहाज 'चदंबरम' है। शनिवार को मलयेशिया जाता है।''

मैं बुरी तरह चौंकी, जैसे किसी द्वार के पीछे दुबके शैतान बच्चे ने 'हाउ' कर चौंका दिया हो। आज तक तो मेरे इस सर्वाधिकार सुरक्षित टुकड़े पर कोई व्याघात डालने नहीं आया, सिवाय इक्के-दुक्के वीभत्स केंकड़ों के, जिनके जटिल कलेवर ने कभी मुझे अवश्य ऐसे ही चौंकाया है।

किन्तु, यह किसकी आवाज थी?

मुझसे कोई बीस कदम की दूरी पर खड़ी वह मुस्कुरा रही थी। साँचे में ढली काली तन्वी देह को वही दैर्ध्य, होंठों पर वही स्निग्ध स्मित, काजल से चिरी आँखों में वही चुहल।

'कृष्णवेणी', मैं दोनों हाथ फैलाकर उसकी ओर बढ़ी।

'नहीं', वह उसी तत्परता से पीछे हट गई। ''आप शायद भूल कर रही हैं, मेरा नाम तो कृष्णवेणी नहीं है।'' उसने कहा, ''मैं तो आपको उस जहाज का नाम बता रही थी, सोचा शायद आपको पता न हो—मद्रास तट से बाहर जानेवाला सबसे बड़ा यात्री जहाज मलयेशिया जा रहा है।'' वह फिर हँसी।

मेरी सहमी, शून्य में फैली खिसियायी बाँहें, स्वयं नीचे ढल गईं।

पर यह कैसे हो सकता है, झूठ बोल रही है यह, ''आई एम सॉरी'', मैंने कहा।

''यू नीड नॉट बी सॉरी।'' वह बड़ी दुष्टता से हँसी, ''मूर्ख, तू हमेशा मूर्ख ही रहेगी, मैंने कहा था ना, मैं विधाता के मौलिक ठप्पे की देन हूँ—हाँ-हाँ क्या करती है, छूना नहीं, छूना नहीं मुझे...''

फिर, मेरी आहत दृष्टि को देखकर वह बोली, ''देख, बुरा मत मानना।'' सहसा वह गम्भीर हो गई और इसी वेणी को मैं नहीं पहचानती थी, ''मैंने गुरु से दीक्षा ली है, जब तक घर जाकर उनके दीक्षामन्त्र का जाप न कर लूँ, तब तक किसी का स्पर्श नहीं कर सकती। आ बैठ जा पगली, इतनी दूर क्यों बैठ रही है। थोड़ा और खिसक आ।''

''कृष्णवेणी, कहाँ थीं तुम इतने वर्ष? कभी एक पत्र भी नहीं लिख

सकती थीं क्या? मैंने तुम्हें न जाने कितनी चिट्ठियाँ लिखीं। एक का भी उत्तर नहीं मिला, तो जवाबी तार भेजा था, वह भी लौट आया, उसका भी उत्तर नहीं मिला,'' मैंने कहा।

''उत्तर तुझे मिलता भी कैसे स्टुपिड।'' वह फिर अपनी लम्बी वेणी को कलाई से गजरे-सा लपेटने लगी थी।

''क्यों? तुम जहाँ भी थीं, वहाँ तुम्हारे डैडी पत्र रिडाइरेक्ट तो कर सकते थे,'' मैंने कहा।

मैं समझ गई, वह जिससे विवाह करना चाहती थी, उसके बाद उसका पितृगृह से कोई रिश्ता रह भी नहीं सकता था।

''तो क्या भास्करन...''

मेरा प्रश्न बीच में ही काटकर उसने कहा, ''हाँ, हम दोनों अब एक साथ हैं, यही पूछना चाह रही थी ना?''

''और वेणी, मेरे बारे में कुछ नहीं पूछोगी क्या? शायद तुम्हें पूछने की जरूरत भी नहीं है। क्यों, है ना? शायद अब तक अपनी उसी अदृश्य क्रिस्टल बॉल में झाँक, तुम मेरे बारे में सबकुछ जान चुकी होगी।''

''हाँ, ठीक कहा तूने।'' उसने एक बार गहन संवेदनापूर्ण मैत्री का हाथ मेरी ओर बढ़ाया, फिर बिना मेरा स्पर्श किए उसी तीव्रता से पीछे खींच लिया।

''भूल हो गई थी, दीक्षिता शिष्या हूँ गुरु की—तुझे छू नहीं सकती।''

मुझे बेहद गुस्सा आया; यह भी कैसा नाटक था उसका। इतने वर्षों में, अतीत की स्मृतियों से भरा कलश मेरे सम्मुख आया और मैं उसे केवल तृषार्त्त आँखों से निहार भर सकती हूँ, उठकर होंठों से नहीं लगा सकती!

''पहले जब मैंने तुझे देखा'', वह समुद्र की ओर देख रही थी मेरी ओर नहीं, ''तो तेरे ललाट पर वही परिचित बड़ा-सा टीका था, जिसकी मैं हँसी उड़ाया करती थी, कि क्या चवन्नी से टीका लगाती है। तेरे हाथों में रंगीन चूड़ियाँ थीं, चेहरे पर परमतृप्ति की विजयी मुस्कान, जैसे तू मुझसे कह रही थी—देख जीवन में विजय ही विजय मिली है मुझे। फिर वर्षों बाद, मैंने एक दिन तेरी यह पराजय भी देख ली। तेरा शून्य ललाट, तेरी रिक्त दृष्टि पर, फिर भी मैंने सोचा, कितनी भाग्यवान है तू; तूने कुछ पाकर तो खोया है। एक मैं हूँ कि इस पृथ्वी पर सबकुछ खोकर भी, कुछ नहीं पा सकी।''

कहानी (?) के इस मोड़ पर पहुँचकर मुझे लगता है, उसके इस अन्तिम

शब्द के आगे एक नन्हा सितारा जड़कर पढ़नेवाले की दृष्टि, पृष्ठ के नीचे लिखी, उस शब्द की स्पष्ट व्याख्या की ओर खींचनी होगी, नहीं तो आगे जो कहने जा रही हूँ, उसका कोई अर्थ नहीं निकल पाएगा!

द्वितीय युद्ध की विभीषिका ने भारत के गगनांगन को भी म्लान कर दिया था। जवान लड़कियाँ—अकेली यात्रा नहीं कर सकती थीं। कब मर्कटमुख गोरे सिपाहियों से भरी ट्रेन उनसे टकरा जाएँ। कलकत्ता में जापानी बम गिरने की अफवाह ने पूरे बंगाल को सहमा दिया था। देखते ही देखते कलकत्ता का अर्द्धांश खाली हो गया था, एक-से-एक दामी ढाकाई साड़ियाँ, दस-दस रुपये में बिक रही थीं, स्टेशन रंगीन गोटी लगी, लाल चूनरों का घूँघट काढ़े अनावृत गौर उदार की झलकें दिखाती मारवाड़ी सेठानियों से भरा रहता। सुनने में आ रहा था कि परीक्षाएँ नहीं होंगी। शीघ्र ही यूनिवर्सिटी बन्द हो जाएगी।

उधर, घर से चिट्ठियाँ आ रही थीं—फौरन घर चली आओ—कलकत्ता में फिर बम गिरने की आशंका है। विभ्रांत चित्त, अनिश्चय ही चकरघिन्नियाँ खा रहा था, क्या करूँ, घर चली जाऊँ! उतनी दूर से माता-पिता की चिन्ता भी स्वाभाविक थी, इधर परीक्षा की सम्भावना फिर अशान्त कर जाती। पूरे एक वर्ष की बर्बादी। आश्रम की हवा का रुख भी बदल गया था। जिस वैशाख में गुरुदेव 'पंची से वैसाख' के नित्य नवीन छन्द लिखा करते थे, उन्होंने इस बार लिखा था वह गीत, जिसे हमें बड़े यत्न से सिखाया जा रहा था :

"हिंसाय उन्मत्त पृथ्वी।
नित्य निठुर द्वन्द्व।"

अन्त में यही स्थिर किया कि कल घर लौट जाऊँगी। एक ओर किताबें पड़ी थीं, दूसरी ओर उथला-पुथला बक्स। कमरे में मैं अकेली रह गई थी। कमला, सरोज, मीरा, तारा सब घर जा चुकी थीं। परीक्षा होगी, तो आश्रम तार देकर उन्हें बुला लेगा। किन्तु समस्या तो हमारी थी। उतनी दूर तो तार पहुँचने पर भी लौटना असम्भव था।

अचानक आँधी के वेग से कृष्णवेणी, मेरे कमरे में आ गई। वह हमेशा ही ऐसे आती थी, 'देख तुझे बताने आई हूँ, परीक्षा भी होगी और बम भी नहीं

गिरेगा...''

मैं खुशी से उछल पड़ी, ''तुम्हें किसने बताया?''

'मूर्ख, उसकी दृष्टि स्थिर होकर मेरे चेहरे पर जम गई—वही दृष्टि, जो तुझे सदा सम्मोहित कर ऐसा अवश कर देती थी, जैसे पीछे से ब्लाउज उठा किसी ने बर्फ का टुक्का डाल दिया हो।

''तू नहीं जानती, मुझे कौन बताता है?'' उसने कहा। फिर बड़े उत्साह से मेरी पीठ पर एक हाथ धर, दूसरे से मेरा कंधा जोर से दबाया, ''तेरी उलझन पिछले दिनों से देख रही थी। फिर सुना, तूने जाने का निश्चय कर लिया है, इसी से तेरे लिए अपनी उस शक्ति का चेक भुनाया। अभी-अभी देखकर आ रही हूँ। विद्यासागर कॉलेज का वही हॉल है, तुम्हारे सब सहपाठी हैं, सब सहपाठिनियाँ हैं, केवल एक नहीं—''

''कौन?'' मेरा कलेजा धड़क रहा था।

''माधू माँझी''—उसने गम्भीर स्वर में कहा।

''क्यों? उस बेचारे के लिए तो एक वर्ष की बर्बादी महँगी पड़ सकती है,'' मैंने कहा। मैं जानती थी कि उसका समाज से बहिष्कृत संथाल पिता, कुछ ही माह पूर्व खून की लम्बी सजा भुगतकर लौटा था और लकड़ियाँ बेचकर अपने मेधावी पुत्र को पढ़ा रहा था।

इसलिए कि तब तक वह संसार की सबसे कठिन परीक्षा पास कर चुका होगा। वह कहने लगी, ''सो सैड, सो वेरी-वेरी सैड। कैसे होगा यह कह नहीं सकती, पर मैंने स्पष्ट देखा—उसकी मृत देह कंधों पर धीरे-धीरे हिलती जा रही है। मुँह खुला है। उसके काले घुँघराले बाल हवा में हिल रहे हैं। पीछे है पूरे आश्रम का जुलूस और बीच में है—उसकी माँ, जो मुँह ढाँपे, ऐसे अद्भुत स्वर में हिल-हिलकर रो रही है, जैसे गाना गा रही हो। ऐसा गाना, जो कलेजा मरोड़कर रख देता है। उसके पीछे उसका बाप—ओफ! भगवान, क्यों देखती हूँ मैं यह सब। क्यों?''

उसने फिर अपना चेहरा ढाँप लिया था—मैं जानती थी। वह जो कह रही थी, वह एकदम सत्य सिद्ध होगा।

यही दिव्यदृष्टि का वरदान तो उसके जीवन का सबसे बड़ा अभिशाप था।

''सुन वेणी,'' मैंने कहा, ''हम साधू को चेतावनी तो दे सकते हैं। हो सकता है, उसके पिता का कोई शत्रु हो, जिसकी उसने हत्या की थी। उसी

का कोई सम्बन्धी, उसके पुत्र से अपना प्रतिशोध लेने की सोच रहा हो। चल-चल, हम उसे बताएँ।''

वेणी ने मेरा हाथ झटक दिया, ''ईडियट, मैंने तुझसे कहा था न, संसार में ऐसी बातों का कोई विश्वास नहीं करता।''

आज, यह सत्य इतने वर्षों में और भी कठिन बनकर, मेरे हृदय को झकझोर रहा है। सच ही कहा था तूने वेणी, संसार में ऐसी बातों का कोई विश्वास नहीं करता।

''यह रहस्य, आज तक मेरी माँ, मेरे डैडी और तुझ तक ही सीमित है।'' वह कहने लगी, ''कभी सोचती हूँ, तुझे भी कैसे बता दिया मैंने, डैडी को वचन दिया था कि किसी से नहीं कहूँगी—पर तुझसे मेरा सम्बन्ध—जैसे इस जन्म का नहीं—जन्म-जन्मांतर का है...'' वह हँसी। और उस भुवनमोहिनी स्मित के आगे मुझे फिर एक सितारा जड़, पृष्ठ के नीचे, उसकी व्याख्या देनी होगी।

काले रंग में ऐसा लावण्य, बहुत कम देखने में आता है। वह चेहरा, उसकी हँसी से ऐसा उद्‌भाषित हो उठता था, जैसे कोई फूल खिल गया हो। सुना है, नित्य नवीन सज्जा के खटकों का आविष्कार करनेवाला अमरीकियों का, नवीनतम खटका है, दाँतों में हीरे की कील ठुकवाना, जैसे कभी सोने की कील ठुकवाई जाती थी। पर, इस खटके से, स्वयं विधाता वेणी की दंतपंक्ति को बहुत पहले सँवार चुका था। उस स्मित में केवल दिव्य द्युति का चमत्कार ही नहीं था, एक तेजोमय दर्प की दमक से, उसकी हँसी उसे आपादमस्तक दमका जाती थी।

मुझे तो हमेशा यही लगता था कि मैं किसी मानवी की उपस्थिति में नहीं हूँ। विशेषकर जब वह अपने अलौकिक क्षणों में डूबती, जिनमें डूबकर उसने अभागे माधू का भविष्य देख था। उन बड़ी-बड़ी आँखों में लालिमा की असंख्य डोरियाँ खिंच जातीं, जैसे गाँजे की गहरी दम खींची हो। पतली नाक के नथुने, हवा में फड़कते किसी नाजुक गुलाब की परतों से फड़कने लगते। उसकी वाणी भी एक रहस्यमयी झंकार से झंकृत हो उठती। डूबा-डूबा फुसफुसाता स्वर, जैसे कहीं दूर से कोई अस्पष्ट फुसफुसाहट कानों में बज रही हो। मेरी धड़कन, स्वयं मुझे ही सहमा उठती थी। थोड़ी ही देर में, वह अपनी स्वाभाविकता में लौट आती। किन्तु, फिर दिनों तक उसका चेहरा बुझा क्लिन्न और ऐसा पीला पड़ जाता, जैसे लम्बी बीमारी से उठी हो।

माधू का दुखद भविष्य, उसने ठीक ही देखा था। आश्रम का सबसे शान्त मेधावी छात्र माधू, जो अपनी कुशल तैराकी से पोखर की मछलियों को भी पछाड़ देता था। एक दिन न जाने किस भँवर में फँसकर, व्यर्थ चीखता ही रह गया—बचाओ—बचाओ। लोगों ने सोचा, बन रहा है। मजाक कर रहा है, तैराकी सिखानेवाला यह पूरे आश्रम का कोच, भला डूब सकता है? किन्तु, उसकी मौत क्या किसी के बचाने पर भी टल सकती थी?

स्वयं वेणी के शब्दों में, उसे अपनी इस दिव्यशक्ति की प्रथम अभिज्ञता हुई थी, जब वह आठ वर्ष की थी। समृद्ध माता-पिता की वह इकलौती सन्तान, उन्हें और भी प्रिय थी, क्योंकि उसके जन्म से पूर्व वे तीन पुत्र खो चुके थे। वह एक कार में स्कूल जाती, दूसरी में लौटती, घर के ताबेदार नौकरों की पूरी टुकड़ी, उसे हाथों ही हाथों में लिए फेरती। एक जूते पर पॉलिश करता, दूसरा फीता बाँधता। एक आया चोटी बाँधती, दूसरी यूनिफॉर्म लिए खड़ी रहती। पिता, रेस के पीछे दीवाने थे, इसी से उनका एक निजी अस्तबल था, जहाँ के घोड़ों की ख्याति पूरे भारत में थी।

''घोड़ों को समझने के लिए स्वयं अपना निजी अस्तबल होना उतना ही जरूरी है जितना अच्छे साहित्य की जानकारी के लिए अपनी निजी, एक अच्छी लायब्रेरी,'' वह कहा करते थे। रेस के किसी भी घोड़े के कान, पैर और पूँछ देखते ही वे जान जाते थे कि किस घोड़े पर 'स्टेक' लगाना हितकर होगा। किन्तु, फिर धीरे-धीरे कृष्णवेणी ही उनकी वह दिव्यदृष्टि बन गई।

हाँ, तो जब वह आठ वर्ष की थी, तब ही अचानक उसकी ननिहाल से पत्र आया, उसके मझले मामा बीमार हैं, कलकत्ता में ही ऑपरेशन होगा, किन्तु चिन्ता की कोई बात नहीं है, सामान्य ऐपेंडिक्स निकाला जाएगा। वेणी को, अपने इस मामा से बहुत लगाव था। जब भी कलकत्ता से आते, उसके लिए बक्सा-भर पुस्तकें अवश्य लाते, क्योंकि वे जानते थे कि उसकी भांजी किताबों के पीछे दीवानी है। उसके वे ऊँचे, सुदर्शन मामा बन्दूक चलाने से लेकर, वीणावादन तक में समान रूप से पारंगत थे। एक ऐपेंडिक्स ऑपरेशन, उस बुलन्द इमारत की दीवार या सामान्य पलस्तर भी नहीं गिरा सकता। यही सोच, उन्हें एक तार भेज दिया गया कि 'शीघ्र स्वास्थ्य लाभ करो।'

किन्तु, आठ वर्ष की वेणी आधी रात को अचानक जाग गई और जोर-जोर से रोने लगी, ''माँ-माँ, मामा को ले जा रहे हैं—बहुत सारे लोग हैं। नानी रो रही हैं, मामी बेहोश हो गई हैं। मामा का मुँह सफेद चादर से ढाँप दिया

गया है–''

''वेणी बेटी, सपना देखा है तूने, मामा एकदम ठीक हैं...''

''नहीं माँ, मैंने सपना नहीं देखा–मैं सोई नहीं थी। खाली आँखें बन्द कर मामा के ही बारे में सोच रही थी।''

अपनी आठ वर्ष की बेटी की वह तेजोमय मुखमुद्रा देख उसकी माँ काँप गई थीं। आँखें लाल-लाल लग रही थीं और कैसी स्थिर दृष्टि।

''मैं जाग रही थी, जो मैंने देखा, वह सच है माँ।''

और उसने सचमुच ही ठीक देखा था। यही थी उसकी इस दिव्यदृष्टि की प्रथम अभिज्ञता। कलकत्ता से लौटकर, उसकी माँ जब रात को उसके पिता को सब बता रही थीं, तो वह नींद का बहाना बनाकर सब सुन रही थी। 'सुनते हो, जैसा इस लड़की ने कहा था, ठीक वैसा ही हुआ था। उसका चेहरा सफेद चादर से ढाँप दिया गया था। माँ रो रही थी और भाभी बेहोश पड़ी थीं। बेहोशी दी गई और वह होश में ही नहीं आया–जब वेणी उस दिन मुझे बता रही थी, तो उसका चेहरा अजीब हो गया था। तुम तो घर पर नहीं थे। आँखें लाल और आवाज जैसे मीलों की दूरी से आ रही थी। मुझे लगा, यह मेरी कृष्णवेणी नहीं कोई देवी है।' माँ फिर रोने लगी थीं।

''पागल मत बनो,'' उसके पिता ने कहा था, ''खबरदार, इस बात का कहीं बाहर जिक्र मत करना। अएनी माँ से भी नहीं। मैं नहीं चाहता कि एक मूर्ख सपने के कारण हमारी बेटी तमाशा बन जाए, चेट्टियार की उस बेटी की तरह, जिसके पूर्वजन्म की कहानी के कारण, उसे बेटी से ही हाथ धोना पड़ा। कहती थी, मैं लुधियाना के किसी सरदार हरभजन सिंह की बीवी हूँ। लुधियाना का वह पचास वर्ष का सरदार, अपनी पन्द्रह वर्ष की पत्नी को लेने यहाँ आ पहुँचा था। मैंने ही बाप-बेटी को शरण देकर यहाँ छिपाया था और पुलिस की मदद से सरदार को वापस भेजा था। पर, क्या हुआ, लड़की ऐसा साइकोलॉजिकल केस बन गई थी कि एक दिन फाँसी लगाकर आत्महत्या कर बैठी। आश्चर्य है, यह सब देखकर भी तुम ऐसी बातें कर रही हो? कौन कहेगा तुम पढ़ी-लिखी हो?''

''पर यह तो पूर्वजन्म की बात नहीं है, तुम मानो न मानो, ईश्वर का अंश है इसमें।'' माँ ने फुसफुसाकर कहा।

''तुमने टैगोर की वह कहानी पढ़ी है ना? तुम चाहती हो कि इस बात का तुक्का लग गया, तो हम भी अपनी इकलौती बेटी को मार-पीटकर देवी

बना दें?''

और फिर ठीक इसी समय, मुझे खाँसी आ गई। माँ ने खींचकर मुझे छाती से लगा लिया, उनकी भीगी पलकों को मैं गाल से लगाते ही जान गई कि वे रो रही हैं, शायद वह उसी दिन जान गई थीं कि उनकी इकलौती बेटी, धीरे-धीरे उनसे बहुत दूर खिसकती जा रही है, बहुत दूर।

इसके बाद, उसके कठोर डैडी के आदेशानुसार, उस अप्रीतिकर प्रसंग को कभी बढ़ावा नहीं दिया गया। वह अपने शैशव की सहज स्वाभाविकता में फिर लौट आई। कुछ वर्षों तक सब, उस दुःस्वप्न को भूल-बिसर गए। फिर एक दिन उसके डैडी ने खेल ही खेल में उससे खाने की मेज पर पूछ लिया, ''क्यों वेणी, कौन-सा घोड़ा जीतेगा इस बार—सलीम, ब्लेज या सनी?'' इन्हीं तीनों घोड़ों को उनके सुदीर्घ अनुभव की कसौटी ने कसा था।

सहसा, कृष्णवेणी का चेहरा तमतमा गया, आँखें बन्द हो गईं, नथुने काँपने लगे। उसकी माँ ने घबराबर थाली खिसका दी—डैडी ने चट से उठकर दरवाजा बन्द कर दिया, कहीं कोई आ न जाए। यह क्या कर बैठे थे वे।

फिर कृष्णवेणी ने धीरे-धीरे आँखें खोलीं—चेहरा लाल से पीला पड़ा, सूख गए होंठों पर स्वाभाविक स्मित उभर आया—'ब्लैक प्रिंस', उसने हँसकर कहा। कहती क्या है लड़की, 'ब्लैक प्रिंस', एकदम नया घोड़ा, उस पर अनाड़ी सवार, जॉकी डी'सूजा, जिसे वे दो बार वार्निंग भी दे चुके थे। पर फिर भी उन्होंने जुआ खेला था, महज उस कृष्णवेणी के कहने पर, जो तब हाई स्कूल की छात्रा थी और सचमुच ब्लैक प्रिंस ही जीता। इसके बाद पुत्री की इस शक्ति ने, उन्हें वैभव से ऐसा लादा कि वे अपनी ऊँची नौकरी को स्वेच्छा से त्याग, जीवन भर रेस के घोड़ों के ही पीछे भागते रहे।

कृष्णवेणी का रिश्ता, उसके जन्म के तीसरे ही वर्ष लगभग स्थिर हो चुका था। उसके डैडी-मम्मी ने मन-ही-मन निश्चय कर लिया था कि उसके छोटे मामा से ही उसका विवाह होगा यही उनके कुल की परंपरा थी। उनके बड़े मामा तथा मँझले मामा को, उसकी सगी मौसेरी बहनें ब्याही थीं। छोटे मामा ने अभी पढ़ाई पूरी नहीं की थी। यहाँ पढ़ाई पूरी करने पर, वेणी के डैडी ही विदेश भेजेंगे, यह भी लगभग निश्चित था। वेणी को जब पता लगा तो वह भड़क गई, ''यह क्या बकवास है माँ, छोटे मामा के साथ मेरा विवाह कैसे

हो सकता है? मैं नहीं करूँगी ऐसा विवाह।''

''क्यों नहीं करेगी, सुनूँ जरा? यही हमारे वंश की रीति है, नानी ही सास बनती है।''

''तब कान खोलकर सुन लो माँ, मेरी नानी, मेरी सास कभी नहीं बनेगी—मैं आप लोगों की तरह मूर्ख नहीं हूँ, जो सगे रिश्तों में शादी कर, मोरोन पैदा करूँगी।''

''जरा पूछूँ बेटी, तू क्या मोरोन है? तेरी माँ भी तो कभी मेरी सगी भांजी थी।'' इस बार उसके डैडी ने दलील दी।

''और नहीं तो क्या हूँ मैं? इससे तो मोरोन होती, तो अच्छा था, फ्रीक हूँ मैं फ्रीक—याद है आपने मुझे एक बार उस विचित्र प्रिंस के बारे में बताया था—एडवर्ड मौरडेक, जो देखने में जितना सुन्दर था, बुद्धि का भी वैसा ही सिकन्दर, गाने में उसका कोई जोड़ नहीं, पर उसके सिर के पीछे, एक और चेहरा जड़ दिया था विधाता ने, दो आँखें और मुँह, वह मुँह खा नहीं सकता था, पर हँसता था। आँखें सबकुछ देख सकती थीं। वह कितने ही चिकित्सकों के पास गया कि उसे इस चेहरे से, उन अतिरिक्त आँखों की जोड़ी से मुक्ति दिलावे, भले ही उसके प्राण चले जाएँ, पर कोई तैयार नहीं हुआ। अन्त में केवल 23 वर्ष की अवस्था में उसने आत्महत्या कर ली। शायद ऐसा ही अन्त मेरा भी होगा,'' फिर वेणी सिसकती-रोती, अपने कमरे में भाग गई थी।

इसके बाद, उसके विवाह का प्रसंग घर में कभी नहीं उठाया गया। केवल एक बार माँ ने बड़े प्यार से उसका हाथ पकड़कर कहा था, ''वेणी बेटी, तू तो चाहने पर सबकुछ देख सकती है, देख ना रघोत्तम विदेश कब तक जाएगा?''

कृष्णवेणी समझ गई थी कि माँ बड़ी चालाकी से उसे क्या दिखाना चाह रही थी। विदेश में रघोत्तम की ख्याति, उसकी सम्भावित समृद्धि की झलक, शायद उससे विवाह न करने के निर्णय से उसे डिगा दे।

और एक दिन उसने आँखें बन्द कर, एकाग्रता से उसका भविष्य देखने की चेष्टा की, अपने उस छोटे मामा की, जिनकी गम्भीर दार्शनिक की-सी आँखों में उसे भावी बद्धउन्माद की स्पष्ट रेखाएँ कई बार दिख चुकी थीं।

उसका अनुमान ठीक था।

''देखा वेणी?'' एक दिन माँ ने उसे एकान्त में खींचकर पूछा।

"हाँ माँ," वह ऐसे बोलती जा रही थी, जैसे आँखों के सामने, मामा के भविष्य की तस्वीरें तिरती जा रही हों। "बड़े-बड़े लोहे के सींखचे पकड़े छोटे मामा खड़े हैं। उनका निचला बदन एकदम नंगा है। लुंगी को उन्होंने सिर पर लपेटा है, दाढ़ी बढ़ी है। खी-खी कर हँस रहे हैं मामा। उन्हीं के जैसे वहाँ और भी बहुत हैं। कोई हँस रहा है, कोई गा रहा है, कोई नंगा घूम रहा है।"

"बस कर, बस कर।" माँ ने कानों पर उँगलियाँ रख लीं, तो वेणी हँसने लगी थी। "मैं जानती हूँ, ये सब तेरी बनाई बातें हैं। तू उससे शादी नहीं करना चाहती, इसी से। ठीक ही कहते थे, डैडी—ऐसी बातें क्या कभी सम्भव हो सकती हैं?"

"तब माँ, डैडी घोड़ों की बाजी मुझसे पूछे बिना क्यों नहीं लगाते?" वह जान-बूझकर ही माँ को छेड़ने लगी थी। वह जान गई थी कि उसकी भोली माँ, बहुत पहले कहे गए डैडी के उन शब्दों को केवल अपने सहमे चित्त को आश्वस्त करने के लिए ही दोहरा रही थीं। वे जान गई थीं कि जो वेणी कहती है, वह कभी झूठ नहीं हो सकता।

यही हुआ। दूसरे ही वर्ष छोटे मामा की ऐसी अवस्था हो गई कि उन्हें घर में मोटी-मोटी रस्सियों में बाँधकर रखना भी असम्भव हो उठा। राँची के पागलखाने से जब उन्हें देखकर लौटी, तो वेणी से कहने लगी, "तूने ठीक ही देखा था वेणी, लोहे के सींखचे पकड़े ही खड़ा था अभागा। निचला बदन नंगा था। सिर पर लुंगी लपेटकर खी-खी करता हँस रहा था। उसी के जैसे कितने ही थे। कोई हँस रहा था, कोई गा रहा था और कोई नंगा घूम रहा था।"

इसके बाद वेणी की ही जिद से उसे शान्तिनिकेतन भेज दिया गया। वहाँ पहुँचने पर पन्द्रह ही दिनों में उसने अपने अद्भुत व्यक्तित्व का सिक्का जमा दिया था। गुरुजनों का कहना था, ऐसी अद्भुत प्रतिभाशालिनी छात्रा वहाँ आज तक कभी नहीं आई। छात्राएँ उसके तेज से सहम गईं। छात्र, मधुलोलुप भौंरे-से उसके इर्द-गिर्द मँडराने लगे। वह जहाँ भी जाती, प्रशंसकों की एक लम्बी कतार उसके पीछे होती। कोई उससे नोट्स माँगता, कोई उससे वाद-विवाद में सहायता माँगने के लिए घुटने टेकता, लड़कियाँ उसके ब्लाउजों की दुःसाहसिकता देखकर स्तब्ध थीं। उधर कुछ कला-पारखी गुरुजनों की दृष्टि भी, उसके महाऔदार्य से प्रदर्शित अंगसौष्ठव पर निबद्ध होने लगी

थी। मुझे तो लगता है, नाभिदर्शना साड़ी पहननेवाली वह इस युग की आदिकिशोरी थी।

देखते ही देखते वह पूरे आश्रम की निरंकुश साम्राज्ञी बन गई, किन्तु उसकी तटस्थता किसी को भी बहुत निकट आने की अनुमति नहीं देती थी। एक मेरा ही भाग्य न जाने कैसे चेता था। वयस में, कक्षा में वह मुझसे बहुत आगे थी, फिर भी मैं उसके लिए जैसे सगी छोटी बहन थी और मेरे लिए वह साक्षात् अष्टभुजा।

मुझसे वह यदि आग में भी कूदने को कहती, तो मैं शायद निःसंशय होकर कूद सकती थी। उसके उठने-बैठने, पढ़ने में अपना एक अलग ही खटका था। कोई भी व्याख्या हो, गद्य या पद्य, वह चुटकियों में लिखकर थमा देती। कैसा ही जटिल प्रश्न क्यों न हो, उसके लिए पानी बन जाता। मेरे लिए तो वह एक ऐसा चलता-फिरता विशद शब्दकोश थी, जिसे खोलकर संसार की किसी भी भाषा का शब्द खोजा जा सकता है।

''वेणी'', मैंने एक दिन कहा, ''कहते हैं वायरन का दिमाग तोले जाने पर निकाला था 5 पौंड, आज तक संसार का सबसे भारी दिमाग। तेरा तोलने पर जरूर दस पौंड निकलेगा।''

''ला, ले आ कुल्हाड़ी और निकालकर तोल डाल, मुझे कोई आपत्ति नहीं है'' उसने हँसकर कहा था।

साड़ियाँ ऐसी पहनती थी और ऐसे कि आँखें लार टपकाने लगतीं। एक ही साड़ी पहनकर दिन भर घूमेगी। उसी में सो जाएगी। फिर भी लगता अभी नई तह खोलकर पहनी है। एक दिन बिना बाँह का ब्लाउज पहने ही बाहर निकल आई। किसी नाटक के लिए भीड़ जमी थी। मैंने उसे उस ब्लाउज में देखा, तो उसकी ओर तेजी से बढ़ी, ''वेणी, आँचल से ब्लाउज ढाँक ले, यहाँ ऐसे ब्लाउज नहीं पहने जाते।''

''यह बन्दिश उनके लिए होगी, जो ऐसी आपत्ति के लिए गुंजाइश छोड़ने की मूर्खता करती हैं। मैं ऐसी मूर्ख नहीं हूँ।'' उसने जोर से कहा, तत्काल अपनी नग्न रोमहीन बाँह, ऊपर उठा दी और हँसने लगी। निश्चय ही आस-पास खड़े लोगों ने उसकी सशक्त, निर्लज्ज दलील सुन ली थी, क्योंकि मैंने देखा मुँह फेरकर दो-तीन छात्र हँस रहे हैं। मेरा चेहरा लज्जा से लाल पड़ गया और मैंने भी मुँह फेर लिया, तो वह फिर कहने लगी, ''पता नहीं यह फाल्स मॉडेस्टी तुम लोगों के यहाँ क्यों है? मैं क्या झूठ कह रही हूँ?

सुन्दर सुरुचि से पहना गया कोई भी कपड़ा लोगों को बुरा नहीं लग सकता, भले ही आधा शरीर उघड़ा रहे, बशर्ते प्रदर्शित वस्तु भी उतनी ही सुन्दर हो, उतनी ही दर्शनीय। मैं तो यही जानती हूँ कि भारत में, स्लीवलेस पहनने के अधिकारिणी हम दो ही हैं, विजयलक्ष्मी पंडित और मैं।''

सचमुच, उसकी दीर्घ बाँहों का गठन त्रुटिहीन था। ऐसी लम्बी और सुडौल बाँहें, जिन्हें जितना ही अधिक अनावृत किया जाए, उतनी ही अधिक मनोहारी। एक बात और थी। वेणी जब भी कोई ऐसी दर्पोक्ति से मुझे चौंकाती, वह अहंकारपूर्ण आत्मश्लाघा न लग, महज उसका परिचय ही लगने लगती। मैं तो सोचती हूँ, अहंकार का पुट तब किसी के कथन में या लेखन में रंग लाता है, जब उसमें वह वास्तविक महत्ता न हो, जिसकी वह घोषणा करता है। यदि किसी में कोई स्पृहणीय गुण है, तो उस गुणी के मुँह से उस गुण के अस्तित्व की निर्दोष चर्चा, उसके अस्तित्व को अलंकृत ही करती है, विकृत नहीं।

वस्त्र-चयन में ही नहीं, पुस्तक-चयन में भी उसकी रुचि बेजोड़ थी। आज जब मेरी लेखनी अविराम गति से यह सब लिखती जा रही है, तो मैं उसका असीम कृतज्ञतापूर्वक स्मरण कर रही हूँ, जिसने ही इस लेखनी को इतनी सहज गति दी है—उसी ने मुझे अँगुली पकड़कर साहित्य के सुरम्य नन्दन-कानन में पहुँचाया था। तॉलस्ताय, बाल्जाक, हैनरी फीलिंडग, जेन ऑस्टिन, एमिली ब्रांते, फ्लॉबैयर—दॉस्तवॉस्की—एक-एक से उसी ने मुझे मिलाया था। इसे पढ़—वॉर ऐंड पीस, पियरे, टौम जोंस, प्राइड ऐंड प्रेज्यूडिस, मादाम बॉवेरी, द ब्रदर्स कारमाज़ोव और मेरी वर्षगाँठ पर दी गई उसकी अन्तिम भेंट, नीले चिकने कवर की मोटी-सी पुस्तक, जेम्स जॉयस की यूलिसिस! 'सुन, इसे इस स्पिंस्टर से छिपाकर पढ़ना,' उसने हमारी वॉर्डन का नाम लेकर कहा था, 'कहीं देख लिया, तो तुझे और मुझे दोनों को कच्चा चबा जाएगी। वैसे छिप-छिपकर इसे जरूर पढ़ चुकी होगी बुढ़िया—है तो खूसट महाबदमिजाज, पर किताबों की ऊँची पसन्द ऊँची है। कैसेनोवा के मेमोयर्स पट्ठी की अलमारी में, खुद मैंने देखे हैं,' वह फिर होंठों पर ऐसे जीभ फेरने लगी थी, जैसे किसी ऊँची डाल पर पका रसीला आम देख लिया हो। जहाँ आश्रम के अनेकानेक छात्र इस रोबीली लावण्यप्रतिमा के दासानुदास बनने को तरस रहे थे, वहीं इन सबसे दूर छिटक, अपने ही गाम्भीर्य की लक्ष्मणरेखा में घिरा अलग बैठा था केरल का छात्र, भास्करन! देखने में,

स्वभाव में, चाल-ढाल में सिर से पैर तक पूरा कलाकार, वही उदासीनता, शून्य में खोई दृष्टि, फटी चप्पलें। रंग उड़ा कुर्ता, जिसकी एक बाँह या जेब की सीवन हमेशा उधड़ी रहती। कंधे पर लटका शान्तिनिकेतनी झोला और आँखों में मोटे लेंस का चश्मा।

''क्यों, क्या खयाल है तेरा, कैसा व्यक्ति लगता है तुझे? तू बड़ी डींग हाँका करती है ना कि तू किसी के चेहरे को देखते ही, उसके चरित्र की नाड़ी थाम लेती है।''

''मैं ऐसे व्यक्ति को कोई महत्त्व नहीं देती'', मैंने कहा।

''मतलब?''

''आँखों में चरित्र की दृढ़ता अवश्य है, पर होंठों पर सब गुड़-गोबर कर दिया।''

''क्यों?''

''देखा नहीं, हर वक्त जैसे काँपते रहते हैं, आँखों की दृढ़ता यहीं पर आकर बिखर जाएगी। कभी कोई निश्चय नहीं ले पाएगा, अस्थिर दुर्बल स्वभाव और किसी सामान्य-सी पीड़ा, या आघात को पाते ही, दुम दबाकर भाग लेगा।''

''बुलशिट'', उसने कहा, ''तू इस बार फेल हो गई। मुझे तो लगता है, यह व्यक्ति चीन की दीवार है।''

अब क्या पता था कि एक दिन, उसका लौह व्यक्तित्व, उसी चीन की दीवार से टकराकर चूर-चूर हो जाएगा। पर, मैं सोचती हूँ, मैंने उस चेहरे की दुरूह लिपि को ठीक ही पढ़ा था। न वह कभी किसी से अधिक बोलता, न कभी किसी गोष्ठी या नाटकों में दिखता—फिर भी वह कला-भवन का शायद, सर्वाधिक लोकप्रिय छात्र था। उसके चित्र कलावीथिका में चर्चित हुए थे। यह एक सामान्य घटना नहीं थी, क्योंकि तब का कलाभवन वह कलाभवन था, जहाँ अवनीन्द्रनाथ, नन्दलाल बोस, रामकिंकर बैज, विनोद मुखर्जी और विनायक मासोजी जैसे कलागुरुओं की संधानी पारखी दृष्टि का घेरा, नित्य छात्र-छात्राओं को परखता रहता था। भास्करन को आश्रम में आने से पहले ही बहुत ख्याति मिल चुकी थी।

सुना गया था कि पोर्ट्रेट अंकन में अपनी इसी ख्याति से ऊबकर वह

इतनी दूर चला आया था। "ईश्वर ने जो चित्र एक बार बना लिया है, उसे अविकल रूप से दोहराकर यदि मुझे ख्याति मिली भी तो क्या वह ख्याति कहलाएगी", उसने बहुत बाद में वेणी से कहा था, "यह तो ऐसा ही हुआ, जैसे हम पिकासो का प्रिन्ट हू-ब-हू उतारकर कमरे में टाँग दें और कहें—वाह क्या कॉपी है।"

उसे भय तब हुआ, जब दक्षिण की बड़ी-बड़ी रियासतों से, उसको रानियों के, राजाओं के पोर्ट्रेट बनाने का बुलौआ आने लगा। लोग कहने लगे थे, रवि वर्मा ने दोबारा जन्म लिया है। इस प्रतिभा के अतिरिक्त, विधाता ने उसे एक और यन्त्र थमाया था—वंशी, एक प्रतिभा से आँखों को मोहता, दूसरी से कानों को। ऐसी मादक वंशी बजाता कि आधी रात को भी कई लड़कियाँ छत पर सुनने भाग जातीं। कभी स्वरलहरी आती सुदूर कोपाई नदी से, कभी भुवनडाँगा के ग्राम में से। "क्या सारी रात घूम-घूमकर वंशी ही बजाता है यह कन्हैया।" एक दिन वेणी ने झल्लाकर कहा, "देखना, कल ही ठिकाने लगाती हूँ इसे।"

आश्चर्य था कि उसने इस वंशीवादन की किसी से विधिवत शिक्षा नहीं पाई थी। जब कभी गुणीजन कहते—वाह-वाह, विलासखानी की ऐसी खरी प्रस्तुति तो पहले कभी नहीं सुनी तो वह अपने भोले, देवदूत-से चेहरे को अज्ञान के निर्दोष स्मित से उद्भासित कर पूछता, "ओह, इसे विलासखानी कहते हैं क्या? मैं तो ऐसे ही बजा रहा था।"

उसके जलनेवाले कहते, "बन रहा है साला।"

उसके प्रशंसक कहते, "यही तो देवदत्त प्रतिभा, कलाकार बनाया नहीं जाता, बनकर आता है।" बड़ी चेष्टा, अनुनय-विनय के बाद, एक बार एक संगीत-गोष्ठी में, भास्करन को वंशी बजाने के लिए राजी किया गया। जब घंटे भर के वंशीवादन के पश्चात वह वंशी लेकर उठा, तो वंशी ही नहीं कृष्णवेणी का धड़कता हृदय भी उसकी मुट्ठी में था। इसके बाद, न जाने कितनी बार कृष्णवेणी उससे एक-न-एक बहाना बनाकर मिलने गई। पर उसने हर बार, उसे नाक पर आकर बैठ रही जिद्दी मक्खी-सा ही उड़ाकर भगा दिया। पर, कृष्णवेणी भी कृष्णवेणी ही थी। एक दिन, सबके सामने निर्भीक बनी, उसके सामने तनकर खड़ी हो गई।

"क्यों भास्करन, मेरा पोर्ट्रेट बना सकते हो? आज तक मेरा पोर्ट्रेट कोई बना नहीं पाया। कहा जाता है, मेरी यह तीखी नाक, किसी भी कलाकार

की तूलिका की पकड़ में नहीं आ सकती, केवल कैमरे का लेंस ही इसे अब तक बन्दी बना सका है।''

भास्करन का चेहरा लाल पड़ गया।

वह उस बेहया लड़की को जानता था। उसके गुरुजनों के सम्मुख ही, वह उसके गले में बाँहें डाल, उसका चुम्बन लेने की धृष्टता करने में भी समर्थ थी। फिर, उसके गुरु स्वयं वहीं पर खड़े थे।

उन्होंने हँसकर स्थिति सँभाल ली थी। हँसकर बोले, ''हाँ-हाँ, भास्करन, बना डालो पोर्ट्रेट, इसकी नुकीली नाक को हार बना दो अपनी तूलिका से।'' बड़े स्नेह से उन्होंने वेणी की पीठ थपथपा दी।

और सचमुच, दक्षिण की उस गर्वीली नाक को, दक्षिण की ही तूलिका ने हरा दिया। पोर्ट्रेट बना ही नहीं, आश्रम के शोकेस में दिनों तक लगा रहा। पोर्ट्रेट क्या था, लगता था स्वयं वेणी ही मुस्कुराती, अपनी लम्बी ग्रीवा को मराली-सा मोड़, शोकेस में बैठ गई है। न जाने रंगों का कैसा अद्‌भुत जाल बिछाया था भास्करन ने कि सुबह देखते तो स्मित व्यंग्यात्मक लगता, संध्या को मधुर।

वही चेहरा, वही मुद्रा वर्षों बाद एक बार सोभा सिंह के, विदा होती दुल्हन के चित्र में देखा तो स्तब्ध रह गई। तो क्या उन्होंने भी कभी कृष्णवेणी को देखा था? वह मौलिक ठप्पा तो उर्वर कल्पना भी नहीं दोहरा सकती।

''वेणी'', मैंने उससे कहा था, ''कैसी मुस्कान है यह तेरी। यदि भास्करन इसे विदेश भेजे, तो यह मोनालिसा स्मित को भी म्लान कर देगी।''

''यही तो खासियत है। मोनालिसा के चित्रकार ने, सुना है कि उस चित्र को पूरा करने में चार वर्ष लगाए थे, मेरे चित्रकार ने चार ही दिन में इसे पूरा कर दिया—और मेरी मुस्कान का रहस्य जानना चाहती है? जानती है, कहा जाता है, जब मोनालिसा का चित्र बनाया जा रहा था, तो उसके चेहरे पर वह रहस्यमयी मुस्कान क्यों थी? कोई कहते हैं, वह अपनी पुत्री की मृत्यु से दग्ध थी; कोई कहते हैं, उसने दाँत तुड़वाया था, उसी की वेदना उस मुस्कुराहट में उभरी थी। शायद यही सच था, क्योंकि उस दिन मेरे दाँत में भी दर्द था।'' वह फिर जोर से हँसी थी।

किन्तु, इस दाँत के दर्द ने ही उसे भास्करन के निकट ला दिया, धीरे-धीरे उनके विषय में खुसर-फुसर भी होने लगी, तो मैंने एक दिन उसे सावधान किया। वह भड़क उठी, ''लोगों के सिर में क्यों दर्द होने लगा! क्या किसी

पुरुष और नारी के बीच मैत्री नहीं हो सकती?''

''नहीं।'' मैंने दृढ़ स्वर में कहा।

''तू चुप कर और जहाँ तक औरों का सवाल है, दे कैन गो टू हेल।'' वह भुनभुनाती तौलिया उठाकर नहाने चल दी।

एक वर्ष ऐसे ही बीत गया। कृष्णवेणी ने अपने वीतरागी प्रेमी को उपहारों से लाद दिया, फिर भी उसका हुलिया नहीं बदल सकी।

उसकी अब भी वही वेशभूषा थी। वही बेढंगा लटका उधड़ी सीवन का कुर्ता, जीर्ण पाजामा, फटी चप्पल, कंधे पर रंगीन झोला।

''वेणी, पागल तो बना दिया बेचारे को, कम-से-कम कुर्ता तो सिल डाल उसका, थोड़े दिनों में उसकी नंगी पीठ बाहर निकल आएगी,'' एक दिन मैंने उसे छेड़ दिया।

वह अपनी प्रिय मुद्रा में पेट के नीचे तकिया दाबे, दोनों उठे पैरों का मंजीरा-सा बजाती, मोटी-सी पुस्तक पढ़ रही थी—''देख री इडियट, सिलना तो दूर, हमने कभी सूई में डोरा भी नहीं डाला।'' ठीक ही कह रही थी शायद। गृहस्थी के कामों में ऐसी फूहड़ लड़की मैंने कोई नहीं देखी थी। उसे यह भी याद नहीं रहता कि उसके पास कितनी साड़ियाँ हैं और कितने पेटीकोट। हृदय ऐसा उदार था कि किसी की कृपणता उसे बौखला जाती। हॉस्टल में अनेक छात्राएँ ऐसी थीं, जो अपने साथ अचार की बोतलें, घी की शीशियाँ लेकर आतीं और एक-एक चम्मच अपनी थाली में परोस, फिर ताले में बन्द कर देतीं।

''जी में आता है एक दिन इन सबके ताले तोड़, इनकी शीशियाँ चूर-चूर कर दूँ—शर्म नहीं आती उन्हें? टूथपेस्ट, ब्रश, साबुन भी ताले में बन्द रखती हैं—यहाँ घी, अचार खाना था, तो घर ही क्यों नहीं बैठी रहीं?''

''तेरा मन कर रहा है क्या अचार खाने को? कल हम भी एक शीशी खरीद लाएँगे।'' मैंने हँसकर कहा, तो वह भुनभुना उठी, ''शट अप, विल यू मुझे ऐसा मजाक पसन्द नहीं है, पर देख लेना एक दिन ये ही लड़कियाँ शादी के दूसरे ही साल से बुढ़ाने लगेंगी—इनका यौवन भी इन्हीं घी की बोतलों में बन्द हो जाएगा। ब्लाउज दनादन छोटे पड़ने लगेंगे, बाँहों का मांस झूलने लगेगा और अपना आगा-पीछा सँभाल नहीं पाएँगी।''

''धीरे-धीरे बोल,' मैंने कहा, घृत-प्रेमी लड़कियों का वही दल, हमारा सबसे बड़ा आलोचक था। ''क्यों धीरे बोलूँ? सुनने दे उन्हें जरा, इनकी कुंठा

ही इन्हें जासूस बनाती है। कौन लड़की किस लड़के से बोल रही है। क्या कह रहे हैं दोनों? झाड़ियों में छिप-छिपकर देखेंगी, यही सीता-लक्ष्मी का नकल मुखौटा इन्हें लोगों की नजरों में चढ़ाता हैं—किन्तु इनके खोखलेपन को मैं पहचानती हूँ। ये वही हैं, जो कभी अपनी गृहस्थी बनने पर, परिवार के विद्वेष की आग भड़काएँगी। इनका यही अकेले घी-अचार का स्वार्थ, इनकी बढ़ती उम्र के साथ-साथ और बृहत् रूप लेकर इन्हें तानाशाह बना देगा।''

''वेणी'', एक दिन मैंने उससे पूछा, ''तुम क्या सचमुच भास्करन से विवाह करोगी?'' उस दिन कमरे में बेहद उमस थी, मैं छत पर दरी डालकर सो रही थी। न जाने कब और कहाँ से वह मुझे ढूँढ़ती आ गई और पट से अपना तकिया पटक, मेरे पार्श्व में लेट गई थी। घना अन्धकार न होता, तो मैं शायद उस सिंहनी से अपना यह प्रश्न पूछ भी न पाती। वह चुप रही।

मैंने फिर अपना प्रश्न दोहराया, ''क्यों, बोलती क्यों नहीं? क्या तुम भास्करन से विवाह करोगी?''

''क्यों, तू करेगी क्या?'' वह हँसी।

''छिः! जो मुँह में आता है बक देती है। पर तेरे डैडी? मैं तो तेरा घर देख चुकी हूँ।''

तब हम बंगलौर में थे और एक बार गरमी की छुट्टियों में घर जा रही थी, तो मद्रास पहुँचने तक बंगलौर की गाड़ी छूट चुकी थी। वैसे तो बीसियों गाड़ियाँ और भी जाती थीं, पर मैं अपनी उस सिरफिरी सिंहनी की माँद देखने का लोभ संवरण नहीं कर सकी थी। उसका पता ढूँढ़कर पहुँची, तो उसने फिर दो दिन तक रोक लिया था।

उसका वह वैभव, माँ का तेजस्वी व्यक्तित्व, पिता की रौबदार अंग्रेजियत। स्टेबल में हिनहिनाते सात घोड़े सूर्य के रथ से खोलकर किसी ने वहाँ बाँध दिए हों। द्वार पर खड़ी दो गाड़ियाँ, उन सबके बीच, जीर्ण पायजामे के पाँयचे फड़फड़ाते भास्करन को, मैं किसी भी कोने में खड़ा नहीं कर पा रही थी।

''शादी मुझसे होगी या डैडी से?'' कृष्णवेणी ने कहा, ''इस बार मैं उसे अपने साथ घर ले जा रही हूँ, साथ में चलेगा मेरा पोर्ट्रेट, वही डैडी को उनके होनेवाले दामाद का परिचय देगा।''

'तब भगवान ही तुम दोनों का मालिक है,' मैंने मन-ही-मन कहा।

यहीं पर विश्व-मेले की भयंकर भीड़ में कृष्णवेणी का हाथ, अचानक मेरे हाथ से छूट गया था। मैंने उसे न जाने कितनी चिट्ठियाँ लिखीं, जवाबी तार भी भेजा, किन्तु कोई उत्तर नहीं आया। उसी वर्ष मुझे शान्तिनिकेतन भी छूटा और कृष्णवेणी भी। फिर कहाँ कृष्णवेणी और कहाँ भास्करन!

और आज इतने वर्षों में फिर वह छूटा हाथ हाथ में आया, इसी से एक बार फिर उसी निर्जन समुद्र-तट की सिकता पर लौटती हूँ। 'चिदम्बरम' अब भी मन्द-मन्द गति से, हिलता-डुलता, धीरे-धीरे चला जा रहा था।

"तुम क्या फिर भास्करन को लेकर घर गई थीं?" मैंने पूछा।

"नहीं, वह कायर पहले ही मुझे घिस्सा देकर चला गया—कहने लगा, 'मेरे पास ढंग के कपड़े यहाँ नहीं हैं—तुम चलो, मैं बाद में आ जाऊँगा।' मैंने कहा, 'मूर्ख, कपड़े कौन देखता है, तुम्हारी कला देखी जाएगी और उसका प्रमाण मैं साथ ले जा रही हूँ। इतना तुम्हें बता दूँ, मेरे डैडी की रुचि के विषय में दो मत नहीं हो सकते—वे कला के अपूर्व पारखी हैं।"

किन्तु, मैं सोच रही थी, ठीक ही कहा था भास्करन ने कि कला के लोग कला से पहले कपड़े ही देखते हैं। उसका यह फटा कुर्ता, विवर्ण पाजामा; फटफटाती टूटी चप्पल। बुद्धिमान ही था, जो नहीं गया।

"फिर भी सोचा," वह कहने लगी, "मैं डैडी से अकेले ही निबट लूँगी, फिर भास्करन को तार करूँगी। पर डैडी से कहा, तो बौखला गए। एक तो वैसे ही उक्त रक्तचाप के मरीज थे, उस पर चीखने-चिल्लाने से उनकी हालत और बिगड़ गई। माँ मुझे खींचकर दूसरे कमरे में ले गई, "बाप की जान लेगी क्या? डॉक्टर ने कहा है कि किसी भी प्रकार की उत्तेजना न हो, कभी भी, स्ट्रोक हो सकता है। उस दरिद्र भास्करन के साथ ही मुँह काला करना है, तो कर, पर उनसे अब कुछ न कहना।"

पर जो कहना था, वह तो मैं कह चुकी थी। डैडी की सीधी छाती में, मैं अचूक गोली दाग आई थी। माँ के मुझे धकेलने से पहले, मैंने चीखकर कहा था, "मैं जानती हूँ डैडी, आप मुझे क्यों रोक रहे हैं। आप नहीं चाहते कि मेरी शादी हो, वह व्यक्ति चाहे भास्करन हो या और कोई—सोने के अंडे देनेवाली बत्तख हूँ आपकी, भला आप मुझे इस घर से कैसे जाने देंगे?"

डैडी एक क्षण को बुत बने, फटी-फटी आँखों से मुझे देखते ही रह गए, फिर दोनों हाथों से अपना माथा पीटने लगे।

मैं जानती हूँ, मैंने डैडी के प्रति उस दिन घोर अन्याय किया था। अपने

किसी स्वार्थ के लिए वे कभी मेरा अनिष्ट नहीं कर सकते। फिर भी, मैंने उस दिन अभागे भास्करन पर उमड़ता अपना सारा क्रोध डैडी पर उतारा था। यह काम उसका था, मेरा नहीं।

दूसरे ही दिन, माँ ने एक प्रकार से धकेलकर, मुझे मौसी के पास त्रिचूर भेज दिया, साथ ही उन्हें विशेष आदेश दिया गया कि मुझे कहीं अकेली न जाने दें, न मुझे किसी से मिलने दिया जाए। दस दिन की इस नज़रकैद के बाद, स्वयं डैडी ही आकर मुझे एक दिन अपने साथ ले गए। उनका उदास पीला रुग्ण चेहरा देखकर मैं कार में ही रोने लगी—''आई एम सारी डैडी'', मैंने कहा—''मैं उस दिन पागल हो गई थी।''

पीछे माँ बैठी थी, मैं डैडी के साथ थी। डैडी ने एक हाथ से व्हील थाम, दूसरे से मुझे खींचकर अपने पास सटा लिया, ''मैं तेरी कसम खाकर कहता हूँ वेणी, मैंने जो कुछ कहा था, उसमें मेरा कोई स्वार्थ नहीं था। मैं क्या नहीं जानता, यह वैभव, यह समृद्धि, सबकुछ तेरा ही तो है। पर, अब जी भर गया है इस दौलत से। मुझे कुछ नहीं चाहिए। मैंने तेरे भले के लिए ही कहा था। मुझे पहले ही पता लग गया था कि यह छोकरा मुझे फाँस रहा है।''

''ऐसा मत कहिए डैडी, आप उसे नहीं जानते,'' मैंने चिहुँककर उन्हें टोका।

''खूब जानता हूँ, उसका बाप किसी रेलवे वर्कशॉप में लोहार था। यह मलयाली है, तू तमिल। इस पर भी मुझे आपत्ति नहीं थी। भाषा हमेशा सीखी जा सकती है—पर उसके बाप को अब नौकरी से निकाल दिया गया है, जानती हो क्यों?''

बिना कुछ पूछे, मैंने डैडी की ओर देखा—''इसलिए कि उसको कोढ़ है, गलित कुष्ठ। नोड्यूलवाला होता तब भी कोई चिन्ता की बात नहीं थी। भयावह रूप से छुतही पॉजिटिव लैप्रसी है उसे। अंग-अंग से कोढ़ फूटने से ही पता लगा। तब तक वह सबसे अपना रोग छिपाता रहा। ऐसे कोढ़ी के बेटे को, क्या मैं जानबूझकर तेरा हाथ थमा दूँ?''

एक क्षण को, मेरा सर्वांग सिहर उठा। तू तो जानती है रोगमात्र से मुझे कितना भय है। टॉयफॉयड के भय से जीवन भर मैंने उबला पानी पीया है, कभी बाहर की आइसक्रीम नहीं खाई, फलों को पोटाश के पानी में धोकर खाती रही। मद्रास की बस में कभी नहीं बैठी कि कोढ़ी भी उसमें बैठे होंगे। सुना था, वहाँ कोढ़ी बहुत हैं और प्रायः ही बस में जाया करते हैं। रेज़गारी

को हमेशा डेटोल से धोकर पर्स में डालती थी। तू हमेशा मेरी हँसी उड़ाया करती थी। याद है, एक दिन क्या कहा था?

हाँ, मुझे याद था, मेरा सिर लज्जा से झुक गया। एक दिन पोस्ट ऑफिस से मिली रेजगारी, पर्स से, डेटोल की शीशी निकाल धोने लगी, तो मैंने झुँझलाकर कहा था, ''तेरा विवाह होगा, तो शायद अपने दूल्हे को भी पहले डेटोल से नहलाएगी।''

मैं क्या जानती थी कि उसे एक दिन ऐसा ही दूल्हा मिलेगा।

वह फिर कहने लगी, ''नहीं, ऐसा कभी नहीं हो सकता।'' मैं बार-बार यही मन में दोहरा रही थी। भास्करन का निष्पाप चेहरा मेरी आँखों में छा गया। उसने मुझसे कभी कुछ नहीं छिपाया, न अपने पिता की दरिद्रता, न अपना दौर्बल्य। कैसे कुसंगति में पड़कर, वह एक बार अठारह वर्ष की उम्र में ही वेश्यालय चला गया था। कैसे उसने एक बार चाचा की शराब चुराकर पी थी। फिर इतनी बड़ी बात वह क्यों छिपा गया?

नहीं, डैडी यह सब बनाकर कह रहे हैं, उन्हें मेरी दुर्बलता का पता है, सामान्य रोग से भी मुझे कितना भय है। इसी से कह रहे हैं कि मैं स्वयं उखड़ जाऊँ।

डैडी, मैंने दृढ़ स्वर में कहा, 'कोढ़ तो उसके पिता को है, यदि उसे भी होता, तब भी मैं उसे नहीं छोड़ती।' मैं विवाह उसी से करूँगी, किन्तु, किससे विवाह करती? मेरी चिट्ठियाँ भटकती ही रहीं। मेरा चेहरा पीला पड़ गया। भूख-प्यास-नींद सब चली गई। डैडी ठीक हो गए, लेकिन मैंने पलंग पकड़ लिया। दिन-भर मुँह छिपाए, अँधेरे कमरे में पड़ी रहती! माँ बहुत घबरा गई, बार-बार पूछती—''वेणी—कैसा जी है? कुछ खट्टा खाने को तो जी नहीं कर रहा है? जी मितला रहा है वेणी? सच बताना वेणी, कुछ छिपा तो नहीं रही मुझसे?''

मुझे हँसी भी आती, जिस वीतरागी के और मेरे बीच, किसी क्षीण चुम्बन की भी स्मृति सेंतने को नहीं थी, उसे लेकर छिपाने को था ही क्या?

फिर एक दिन शायद डैडी भी मेरा सूखा चेहरा देख पिघल गए—बोले, ''चल, मुझे तेरा विश्वास नहीं है न? कल तुझे उसके घर ले चलेंगे, तुझे तसल्ली तो हो जाएगी। और सबकुछ देख-सुनकर भी अपना सर्वनाश करना

चाहती है, तो फिर मुझे कोई आपत्ति नहीं है।''

माँ और डैडी के साथ ही, मैं दिन डूबे वहाँ पहुँची थी। उस सँकरी गली में हमारी कार क़ा जाना असम्भव था। बाहर ही कार रोक, हम गली में गए। एक जीर्ण अधटूटे मकान की लाल खपरैल की छत पर फैली लौकी की बेल सूखकर भंगड़ हो गई थी। हमारी ठसकेदार गाड़ी को देखते ही तत्काल वहाँ भीड़ जुट गई।

''करुणाकरन का मकान ढूँढ़ रहे हैं आप? हाँ, यही है।''

एक ऊँचे दाँतोंवाला मोटा काला आदमी, लुंगी समेटता हमारे पास आकर खड़ा हो गया। मैं उसके दाँत देखकर बेहद डर गई थी। लगता था, होंठ फाड़कर वराहदंत बाहर निकल आए हैं। जितने प्रश्न भी डैडी ने पूछे, उसके दाँत ही उनका उत्तर देते रहे—''करुणाकरन का परिवार यहाँ नहीं रहता जी।''

''यहाँ कोई किरायेदार रहता है क्या?'' डैडी ने पूछा।

'अजी कौन किरायेदार रहेगा यहाँ? कोढ़ हो गया था करुणाकरन को। न जाने कब से छिपाता हम मुहल्लेवालों का सर्वनाश करता रहा। अजी साहब, हम बाल-बच्चेवाले हैं, जब हाथ-पैर झड़ गए और दुर्गन्ध आने लगी, तो मैंने ही सबसे पहले कार्पोरेशन को लिखा था।'' उसके दोनों दाँत गर्व से और लम्बे हो गए थे, ''बड़ी मुश्किल से भगाया हमने, पत्नी गुरु-वायूर के मन्दिर में बैठ गई, बेटा कहीं चला गया।''

बिना कुछ कहे हम तीनों कार में बैठ गए। मार्ग पर डैडी एक शब्द भी नहीं बोले, पर उनके पार्श्व में बैठी मैं, जैसी उनकी फटकार के मौन चाबुकों को अपनी पीठ पर झेल रही थी, 'किरायेदार भी जिसका मकान अब किराये पर नहीं लेना चाहते, उस कोढ़ी के बेटे से तू विवाह करेगी? बोल, बोल, बोलती क्यों नहीं?'

पर मैंने फिर भी हार नहीं मानी। दूसरी बार माँ को लेकर गुरु-वायूर के मन्दिर में उसकी माँ को ढूँढ़ने पहुँची। वहाँ पहुँचकर उन्हें ढूँढ़ भी निकाला। किन्तु, सिर मुँडाए वे एक अँधेरे कमरे में बैठी, हमारे प्रत्येक प्रश्न का उत्तर, अपनी पोपली हँसी से ही देती रहीं—लोगों ने कहा कि इसने मौनव्रत लिया है, बोलेगी नहीं।

हारकर मैं लौट आई। देखते-ही-देखते दो वर्ष बीत गए। डैडी जैसे एकदम खोखले हो गए थे, न रेसकोर्स जाते, न क्लब। एक दिन मैंने ही प्रसंग छेड़ा—''डैडी, मैंने तय किया है, मैं बाहर जाऊँगी, वहीं पी.-एच.डी. करूँगी।''

डैडी जैसे उछल पड़े, उनकी बहुत दिनों से यही इच्छा थी कि मैं बाहर जाकर उसे भूल जाऊँ, जिसे भारत में रहकर, नहीं भूल पा रही थी। फिर जिस उत्साह से, मेरे विदेश जाने की तैयारियाँ हुईं, वैसी शायद, मेरे विवाह के लिए भी नहीं होतीं।

''वेणी'', मैंने कहा, ''तुम तो सबकुछ, चेष्टा करने पर ही देख सकती थीं, क्या तुमने कभी यह देखने की चेष्टा की कि भास्करन कहाँ है?''

वर्षों पहले की एक और स्मृति मुझे कँपा गई, जब इस वेणी की इसी दिव्य-शक्ति ने, मुझे चेतावनी देकर मौत के झटके से बचा लिया था। माधू की मृत्यु से पूर्व दी गई उसकी यह चेतावनी ही उसकी दिव्य अभिज्ञता का मुझे प्रथम परिचय दे गई थी। उन दिनों, आश्रम में एक रहस्यमय व्यक्ति का आगमन हुआ था। वह कहाँ से आया है, इसकी नाना चर्चाएँ नित्यप्रति सुनने में आ रही थीं। कोई कहता, वह जर्मन जासूस है, किसी का कहना था, वह कोई प्रकांड विद्वान है, आश्रम की प्रसिद्ध लायब्रेरी के दुर्लभ ग्रन्थों के पठन-पाठन के लिए आया है। धीरे-धीरे आश्रम में, उस दीर्घदेही व्यक्ति को परिचित वीथिकाओं में देखने के, हम अभ्यस्त हो गए। लगभग खल्वाटमस्तक, बड़ी-बड़ी तांत्रिक की-सी लाल-लाल आँखें, गहरा नारंगी रंग का लबादा, पैरों में खड़ाऊँ, जिनकी खटर-खटर सुन दूर से देखने पर लगता, कोई नारंगी ट्रैक्टर चला आ रहा है। उनके हाथों में, हमेशा तीन-चार मोटी-मोटी पुस्तकें रहतीं, जिन्हें खोलकर, वे किसी भी घने वृक्ष की छाया में बैठ जाते और घंटों पढ़ते रहते।

उनके पूरे चेहरे पर, उनकी नाक ही सबसे रहस्यमय अवयव थी, ऐसी मोटी और इतनी लम्बी नाक मैंने कभी नहीं देखी। दोनों नथुनों के गह्वर से निकले सफेद बालों के गुच्छे और वैसे ही केशगुच्छ कानों में निकलकर देखनेवालों को सहमा देते थे। मुझे पहले ही दिन उस व्यक्ति को देखकर डर लगा था। मेरी नानी कहा करती थी कि जिसके कानों के बालों के गुच्छे बाहर निकले हों, उसके पास किसी भी लड़की को एकान्त में नहीं जाना चाहिए।

किन्तु, एक दिन उस व्यक्ति की बातों के लच्छे में आकर मैं नानी की सीख भी भूल गई थी। यदि वेणी ने न बचाया होता—तब? आज भी काँप उठती हूँ। वे प्रायः ही, हमें कक्षा में जाती देख बड़े स्नेह से पुकारते, ''आओ-आओ बेटियो, किस क्लास में पढ़ती हो? कहाँ घर है? अरे बाप-रे-बाप, इतनी दूर से आई हो?'' और फिर एक-से-एक अद्भुत चुटकुले,

कहानियाँ सुना वे हमें मोह लेते। "हाउ ओल्ड आर यू सर?" लड़के-लड़कियाँ उन्हें छेड़ते।

"ओई एम ओनली फोर्टीन," वे गम्भीर होकर कहते और सब ठठाकर हँसने लगते, इसके बाद उनका नाम ही पड़ गया था 'मास्टर फोर्टीन'। यदि उन दिनों के प्राक्तन छात्र-छात्राएँ, मेरी इस कहानी को आज पढ़ेंगे, तो उन्हें निश्चय ही, उस रंगीन व्यक्तित्व का स्मरण हो आएगा और मैं दावे के साथ कह सकती हूँ कि ऐसा रहस्यमय व्यक्तित्व उनमें से फिर किसी को कभी नहीं दिखा होगा।

उनकी स्मरणशक्ति अद्‌भुत थी, कहीं से भी किसी पुस्तक का पृष्ठ, एक बार उनके सामने खोलकर बन्द कर दें, एक-एक शब्द ज्यों-का-त्यों, सेमिकोलिन सहित दोहरा देंगे। उस पर उनकी विशेष ख्याति थी—हस्तरेखा पंडित के रूप में। जब देखो तब भीड़ से घिरे हैं—'मास्टर फोर्टीन, मेरा हाथ देखिए, प्लीज मेरा...'

और लोगों का कहना था कि हाथ की रेखाओं से पूरा भूत, भविष्य और वर्तमान का ऐसा खरा लेखा-जोखा देनेवाला वह व्यक्ति, सामान्य मनुष्य नहीं, कोई त्रिकालदर्शी महापुरुष थे। उधर, आश्रम के वरिष्ठ कर्मचारी, उस रहस्यमय व्यक्तित्व पर सतर्क बने, कठोर निगरानी रख रहे थे। होस्टल की छात्राओं को कड़ी चेतावनी दे दी गई थी कि कोई भी उस व्यक्ति को हाथ दिखलाने न जाए। एक दिन मैं वेणी के साथ जा रही थी कि देखा, मास्टर फोर्टीन पुस्तकों का अम्बार लगाए, एक मोटी-सी पुस्तक पढ़ रहे हैं।

हमें देखा तो बोले, "आओ-आओ, माँ जगद्‌धात्री जरा हाथ देखें तुम्हारा।"

वेणी तो बड़ी अशिष्टता से आगे बढ़ गई, पर मैं उस स्नेहपूर्ण आह्वान की अवहेलना नहीं कर पाई। फिर अठारह वर्ष की मूर्ख अविवेकी वयस में, अपने भविष्य की झाँकी देखने का लोभ, भला संसार की कौन किशोरी छोड़ सकती है?

"नहीं मास्टर फोर्टीन, मेरी क्लास है—कल देखिएगा," मैंने कहा।

"ठीक है, तब कल ठीक ग्यारह बजे मेरी कुटिया में आना—तुम्हारे ललाट पर राजरानी का योग है लड़की, माँ सरस्वती का वरदान है तुम्हें", 'माँ सरस्वती का वरदान।' मैं खुशी से उछल पड़ी। भागकर वेणी से कहा, "जानती है कल मास्टर फोर्टीन मेरा हाथ देखेंगे।"

"नहीं," उसने मेरे सारे उत्साह पर झाड़ फेर दिया, "मैंने अभी-अभी आँखें बन्द कर इसकी असलियत देख ली है।"

"क्या?" मैंने डरते-डरते पूछा।

"बुरी तरह पीटकर निकाला जाएगा यहाँ से, इसकी कुटिया में शराब की बोतलें हैं। मैंने अभी-अभी देखा है।"

और तीसरे दिन उसकी अद्भुत भविष्यवाणी सत्य सिद्ध हुई। इससे पहले कि वह पाखंडी मेरा हाथ देखता, वेणी ने उसके हाथ की रेखाएँ देख मुझे बचा लिया था। इसी से आज, उसी स्मृति ने मुझे फिर उकसाया।

"वेणी, तू सबका भविष्य देख लेती थी, अपना भविष्य नहीं देखा?"

"क्यों नहीं देखा।" उसकी उदास हँसी में करुण सिसकी की-सी खनक थी।

माँ भी यही कहती, डैडी भी, "एक बार देखने की चेष्टा फिर कर बेटी, एकाग्रता ला", कई बार मुझे यही एकान्त देने, दोनों हफ्तों बाहर रहते—पर, जितनी बार देखने की चेष्टा करती, दिखता अँधेरा, अँधेरा, घुप अँधेरा—

"कुछ दिखा वेणी?" डैडी लौटकर पूछते। "कुछ नहीं दिखता माँ, केवल अँधेरा, अँधेरा और कुछ नहीं।"

किन्तु, आज मैं सोचती हूँ कि ठीक ही देखा था उसने, यही तो था उसका भविष्य, अँधेरा, केवल अँधेरा।

"फिर मैं विदेश चली गई," वह कहने लगी।

छह महीने देखते-ही-देखते बीत गए—माँ का फिर पत्र आया—"एक बार और चेष्टा कर वेणी, शायद विदेश का एकान्त तुझे फिर वही एकाग्रता दे दे।"

और फिर मैंने एक दिन देख ही लिया, एकाग्र होकर। मैंने आँखें बन्द कर कहा, "एक बार दिखा दो प्रभु, मुझे अपना भविष्य नहीं देखना है, भास्करन को दिखा दो—कहाँ है वह, कैसा है?"

समुद्र की ऊँची उठती गरजती लहरें सहसा हम दोनों की साड़ियों को घुटनों तक भिगो गईं। जैसे मुझे चेतावनी दे रही थीं, 'अब मत पूछ आगे क्या हुआ?'

"फिर?" मैंने पूछा।

"मैंने कहा," वह कहने लगी, "चारों ओर ऊँचे-ऊँचे पहाड़ों से घिरी नीची घाटी में टीन के कई बैरक हैं, सामने है एक गिरजाघर, ऊँचे-ऊँचे

देवदार के पेड़ों से साँय-साँय करती हवा चल रही है...'' ''यह तो अल्मोड़ा का कुष्ठाश्रम है।'' मेरे मुँह से स्वतः निकल गया और वेणी ने कठोर दृष्टि से मुझे देखा, फिर नजर फेर ली।

''मैंने देखा, एक अँधेरी बैरक में भास्करन बैठा है।'' उसका स्वर अब धीमी फुसफुसाहट में खो गया, मैं थोड़ा आगे खिसकी, फुसफुसाहट स्वर हुई, ''पास ही उसकी वंशी पड़ी है, पर वह न उसे उठा सकता है न बजा सकता है।''

''क्यों?''

कृष्णवेणी की आँखों से आँसू बहते जा रहे थे, उन्हें बिना पोंछे, वह फिर कहने लगी, ''क्योंकि उसके दोनों हाथों की अँगुलियाँ झड़कर दो अधूरी मुट्ठियाँ मात्र रह गई हैं। होंठविहीन उसका वह चेहरा वीभत्स बन गया है, जैसे कटहल का छिलका। नाक नहीं है, पलकहीन अंगारे-सी दो आँखें ही बस दप-दपकर जल रही हैं पूरे चेहरे में—कैसे लिखूँगी माँ को यह सब—पर मैंने उसी क्षण अपना भविष्य निश्चित कर लिया था।''

''क्या?'' मैंने पूछा, तो मेरी सूखी जीभ तालू से सटी थी, इसी से शायद उस अस्पष्ट प्रश्न को उसने हवा में उड़ा दिया, जैसे सुना ही न हो।

पहली बार अपनी इस दिव्य-दृष्टि को लेकर माँ को ठगा। लिखा, ''मैंने देखा है माँ। मैं तेजी से कार चलाती जा रही हूँ, तुम्हारी दी वही पीली धर्मवरम साड़ी पहनी है, जो तुमने इस बार पोंगल पर भेजी थी। तुम्हारा ही दिया माणिक पोखराज का कंगन मेरे हाथ में है। सहसा तीखी घाटी के तीखे मोड़ पर, चकराकर मेरी कार सरसराती नीचे चली जाती है, सैकड़ों मीटर की गहराई में, यही मेरा भविष्य है माँ...''

अचानक वह हँसती हुई उठी, ''बाप रे बाप—कितनी देर हो गई, भागूँ। बेचारे भास्करन को ताले में बन्द कर आई हूँ, जब से दोबारा मिला है, ऐसी ही सावधानी बरतनी पड़ती है, कहीं फिर न भाग जाए—अब की बार आई, तो उसे साथ ले आऊँगी, क्यों, मिलना चाहेगी न उससे?'' और इससे पहले कि मैं उसे रोकती, वह शुतुरमुर्ग की-सी लम्बी डगें भरती हुई तेजी से भाग गई। मैं भी भागी। किन्तु जिस रेत में मेरे पैर धँसे जा रहे थे, उसी तरह वह स्केट-सी करती कैसे उस तेजी से भाग गई? पर कृष्णवेणी थी न! उसकी तब भी हर बात अलौकिक होती थी, आज भी!

दूसरे ही दिन, मैं उसे ढूँढ़ने निकल पड़ी थी। घंटा-भर भटकने पर भी,

जब मुझे उसका घर नहीं मिला, तो टैक्सीवाले ने तमिल में कुछ कहा और द्वार खोल दिया। मैं समझ गई कि वह कह रहा है, जब न गृहस्वामी का नाम ठीक से जानती हैं और न घर का नम्बर, तो व्यर्थ भटकने से क्या लाभ! उतर जाइए। मैंने यही किया और पैदल घूम-घूमकर मैंने उसे ढूँढ़ ही लिया। गृहस्वामी का नाम ठीक ही याद था मुझे—नटराजन और दूसरे सफेद पत्थर पर लिखा था गृह का नाम 'ईस्टलिन'। इस परिचित नाम को कैसे भूल गई थी मैं! यही पुस्तक तो उसने मुझे मेरी सत्रहवीं वर्षगाँठ पर दी थी।

मैं भीतर गई, स्वच्छ बगीचे में गुलाब झूम रहे थे। हरे कालीन से बिछे गुदगुदे लॉन से होकर द्वार पर पहुँची, घंटी बजाई। थोड़ी देर में द्वार खुला और ऊँचा जूड़ा बाँधे, एक काली लम्बी आया ने बड़े सलीके से कुछ पूछा।

मैंने कहा, "मुझे कृष्णवेणी से मिलना है।" उसने मेरी ओर देखा, जैसे कुछ समझती न हो। "मिसेज नटराजन हैं क्या? उनसे मिलना है..."

वह भीतर गई। दक्षिण के अधिकांश मकानों की भाँति इसमें भी द्वार पर खड़े अतिथि की दृष्टि, गृह के अंतरतम कक्ष तक सरसराती चली जाती थी। गोल कमरे की कुर्सी में बैठी, गृहस्वामिनी को मैंने देख लिया। आया ने उनसे कुछ कहा और फिर मेरे पास आकर नम्रता से बोली, 'वागो माँ' अर्थात् भीतर आइए।

आज, पूरे अड़तीस वर्ष बाद, मैं एक बार फिर उसी गैलरी से होकर गुजर रही थी। कमरे की सज्जा देखकर वर्षों पूर्व कहे गए वेणी के शब्द याद आ गए, 'मेरे डैडी को ऐंटीक का शौक है, अधिकांश फर्नीचर हैदराबाद निजाम से खरीदा है। कहते हैं, लुई फिफ्टीन्थ की ऐसी कुर्सियाँ किसी के पास हो ही नहीं सकतीं।' चमकती कुर्सियाँ अब भी वैसी ही थीं। आज भी दीवारों पर रैब्राँ, वॉन गॉग, पिकासो और सेजाँ के चित्र टँगे थे और बीच में लगा था—रवि वर्मा द्वारा अंकित किसी रानी का चित्र, नीचे स्वयं उनके हस्ताक्षर थे। यह वही चित्र था, जिसे खरीदने के लिए सालारजंग संग्रहालय ने, उसके डैडी को हजारों का प्रलोभन दिया था।

मैं खड़ी यह सब सोच रही थी कि सहसा कुर्सी पर बैठी वेणी की माँ का प्रश्न मुझे चौंका गया, "कौन हो तुम?"

मैं घबड़ा गई। क्या तब उन्होंने मुझे नहीं पहचाना? पहचानती भी कैसे,

एक तो समय का ऐसा दीर्घ व्यवधान, उस पर दो ही दिन तो उन्होंने मुझे देखा था। कैसे कहूँ कि अड़तीस वर्ष पूर्व, एक बार आपके यहाँ रुकी थी।

''मैं कृष्णवेणी से मिलने आई हूँ, कल बीच पर वह मुझे मिली थी।'' मैंने कहा।

''जरा जोर से बोलो, मैं कुछ ऊँचा सुनती हूँ।'' उन्होंने कहा और अपने कान पर हाथ धर, मेरी ओर झुक गईं।

''मैं कृष्णवेणी की सहपाठिनी थी, मिलने आई हूँ।'' मैंने जोर से कहा।

''ओह, सो नाइस ऑफ यू—बहुत अच्छा किया।'' उन्होंने हँसकर, मेरा हाथ टटोलकर थाम लिया। तब क्या वे दृष्टि भी खो चुकी थी!

''दोनों आँखों में कैटरैक्ट हो गया है, कुछ भी नहीं दिखता, बस एक धुँधली छाया देख पा रही हूँ।''

''एक बार सन् '41 में यहाँ आई थी और दो दिन रही थी। आपने मुझे अपने हाथ की चिकन खिलाई थी।'' मैंने बड़े उत्साह से कहा।

''ओह, मैंने क्या उसकी एक-आध सहपाठिनी को चिकन बनाकर खिलाई थी? सैकड़ों-सैकड़ों बार—पर तुमने बहुत अच्छा किया, जो इतनी दूर मिलने आई। कौन आता है अब! क्या लोगी, कॉफी या चाय? कणम्मा, कणम्मा...'' फिर नौकरानी को पुकारती, वे अधीर हो उठीं, ''जल्दी कॉफी बना ला।'' फिर वे मेरी ओर मुड़ीं, ''तो तुम सन् '41 में आई थीं। पर इस घर को मैंने उसी यत्न से सहेजकर रखा है। आओ, दिखाऊँ तुम्हें—'' और वे उठ गईं—''लाचार हो गई हूँ, न आँखें रह गईं न कान, कई बार भाई आकर कह गए हैं, चलो हमारे साथ, यहाँ अकेली क्या कर रही हो? पर कैसे छोड़ूँ, आँखें नहीं हैं, तब भी एक-एक दीवार का पलस्तर सूँघकर पहचान लेती हूँ, किसका कमरा है।''

सचमुच ही, वे बिना सहारे के, सहजता से सीढ़ियाँ चढ़तीं, मुझे ऐसे साथ लिए जा रही थीं, जैसे वे देख रही हैं और मैं अन्धी हूँ। ''यह है हमारा बेडरूम, तब भी यही रहा होगा, जब तुम यहाँ आई थीं। सन् '35 से हमारा यही बेडरूम है।'' खट से उन्होंने बत्ती ऐसे जला दी, जैसे स्विच देख रही हों, न टटोला न भूल की। बत्ती जलते ही मैं सहमकर पीछे हट गई। शायद हल्की-सी चीख मेरे मुँह से निकल गई थी। विक्टोरियन युग्म पलंग के पार्श्व

में एक ऊँचा घोड़ा, अपने कर्णचुंबी जबड़े खोले, मेरी ओर देख रहा था।

''ओह, डर गई क्या?'' वेणी की माँ जोर से हँसी।

''यह तो ब्लैक प्रिंस है, वेणी के डैडी का प्रिय घोड़ा। इसने हमें बहुत बार जिताया है—डार्लिंग—डार्लिंग प्रिंस।'' वे उसकी पीठ थपथपाने लगीं। मेरा कलेजा देर तक धड़कता रहा। बड़ी देर बाद मैंने देखा कि मेरे चेहरे पर निबद्ध उस घोड़े की स्थिर दृष्टि काँच की थी।

''उन्हें यह बहुत प्यारा था।'' वे बोलीं, ''इसी से मैंने स्टफ कराकर उनके बेडरूम में रखवा दिया, आई हैड टू स्पेंड अ फॉरच्यून, इसे स्टफ कराने के लिए, मैंने मानासोर से कारीगर बुलवाए थे।''

मैंने देखा, करीने से लगे दो बिस्तरों पर कहीं भी लापरवाही की एक शिकन नहीं थी। गृहस्वामी का नाइट सूट, कायदे से तहाकर सिरहाने धरा था।

''आओ, उनकी स्टडी दिखाऊँ।'' मैं काँप रही थी कि कहीं स्टडी में दूसरा घोड़ा न हिनहिना उठे। रोजवुड की बनी, घूमनेवाली कुर्सी, राइटिंग टेबुल पर धरी धावमान अश्वों पर दोहरे हुए जौकी गणोकं की तस्वीरों की अखबारी कतरनें, बड़ा-सा हाथी-दाँत की मूठ लगा मैग्निफाइंग ग्लास—''यह उनका स्मृति-कक्ष है।'' उन्होंने एक काँच की अलमारी खोली, ''यह उनका पेन, यह चश्मा, ये उनके दाँत...'' एक काँच के गिलास में दवा में डूबे डेंचर को उन्होंने मेरी ओर बढ़ाया, बेचारी देख नहीं पा रही थीं, इसी से यदि मैं समय पर पीछे न हट गई होती, तो उनके पति के डेंचर लिए वह गिलास मेरे होंठों से लग जाता...

'हे भगवान!' मैंने सोचा, दाँत तो दिखा चुकीं, अब क्या पति की सुरक्षित आँत, फेफड़े और गुर्दे भी दिखलाएँगी यह सनकी महिला! कहाँ फँस गई थी मैं, काश वेणी आ जाती!

''आओ, तुम्हें वेणी का कमरा दिखाऊँ।''

उन्होंने कहा तो मेरी जान-में-जान आई।

''यही कमरा था। जहाँ हम दोनों उस बार सोये थे।'' मैंने कहा।

''क्या कह रही हो, जरा जोर से कहो, मैं कुछ ऊँचा सुनती हूँ।'' उन्होंने कहा, पर मैं उस क्षण, चीखकर कुछ कहने के मूड में नहीं थी। अतीत की स्मृतियों ने वर्षों पूर्व बिछुड़े यौवन की जंग-लगी बन्द कुंडी झनझनाकर खोल दी थी। खिड़की से आती प्रिमरोज की मन्द-मदिर सुगन्ध की लोबानी मह-मह

महकती सुवास, जिसका प्रथम आवास पाकर मैंने उससे पूछा था, 'अद्भुत सुगन्ध है यह वेणी, जैसे हमारे यहाँ के मजारों से आती है, आस-पास कोई मजार है क्या?'

'प्रिमरोज की बेल हैं ईडियट', उसने कहा था। आज वही सुगन्ध किस सहज सुगमता से अतीत का रुद्र कक्ष खोल गई थी। रवीन्द्रनाथ कैसी अद्भुत जीती-जागती पंक्तियाँ लिख गए हैं—'फूलेर गन्ध बन्धुर मत, गला जड़ाए आछे।' फूल की सुगन्ध सचमुच बिछुड़े मित्र की भाँति मेरे गले से लगकर खड़ी हो गई थी। वे दिन जब हमारी दुनिया, केवल साड़ियों तक ही सीमित थी, आनन्द केवल अपरिसीम आनन्द का ही साम्राज्य, चिन्ता, विषाद, नैराश्य किसी से भी अब तक हमारा मुँहफट यौवन नहीं टकराया था।

सहसा मेरी दृष्टि, उसके सिरहाने धरी पीली साड़ी पर पड़ी। यही साड़ी पहनकर तो वह कल आई थी, पर आखिर कर क्या रही है अब तक? गई कहाँ?

"वेणी क्या कहीं गई है?" मैंने पूछा।

"ओह, यह साड़ी? यही तो मैंने उसे उस वर्ष पोंगल पर भेजी थी। बेहद पसन्द आई थी उसे, इसी से मैं ड्राईक्लीन कर हमेशा रखती हूँ, न जाने कब पहनना चाहे..."

स्पष्ट था कि उन्होंने मेरा प्रश्न नहीं सुना था, पर इसका मतलब कि वह यहीं रहती है, माँ के साथ।

"आओ, कणम्मा शायद कॉफी ले आई है।" चाँदी की ट्रे में धरे पॉट की गंगा-जमुनी नक्काशी देख ही रही थी कि बाईं दीवार पर लगे उस ऐतिहासिक चित्र पर मेरी नजर पड़ी। भास्करन का वह अद्भुत चित्र, जिसमें आज वेणी सर्वथा नवीन भंगिमा में मुस्कुराती नजर आ रही थी।

"सब चले गए, एक मैं ही रह गई।" उसकी माँ प्याले में चम्मच चलाती कहती जा रही थीं, "अब उससे कहती हूँ, मुझे भी उठा ले।"

"कृष्णवेणी तो है आपके पास, आप चली गईं, तो फिर क्या वह अकेली नहीं रह जाएगी?" मैंने कहा।

"क्या पूछ रही हो, उसका जन्म? 15 सितम्बर था उसका जन्म-दिन।"

उन्होंने फिर मेरा प्रश्न नहीं सुना और उनकी क्षीण श्रवणशक्ति ने मेरी उस दलील को भी हवा में उड़ा दिया।

अचानक द्वार पर खटका हुआ और चौंककर मुड़ी—आ गई थी शायद...

"सो यू हैव अ विजिटर," एक आकर्षक सौम्य प्रौढ़ व्यक्ति, अंतरंग आत्मीयता से आकर हम दोनों के बीच धरी कुर्सी पर बैठ गए। निकट आने पर मैंने देखा, वह सतर पुष्ट देह प्रौढ़ नहीं, किसी वृद्ध की यत्न से सुरक्षित ऐसी देह थी, जिसने कम-से-कम जीवन के सत्तर वर्ष तो देख ही लिए होंगे। त्रुटिहीन सज्जा, घुँघराले रेशमी पालिश केश, मुँह में सिगार और विनम्र हँसी। वेणी के चेहरे का अद्भुत साम्य देख मैं दंग रह गई। एकदम वैसी ही बड़ी-बड़ी आँखें, वैसी ही तीखी नाक और दम-दम दमकता वैसा ही बुद्धिदीप्त प्रशस्त ललाट।

"वेणी की सहपाठिनी आई है," वेणी की माँ ने कहा।

"सो नाइस ऑफ यू। मैं उसका बड़ा माना हूँ। बहुत अच्छा किया तुमने, मेरी बहन बहुत खुश हुई होगी।"

इसके पहले मैं अपना मूर्ख प्रश्न पूछती कि वेणी क्या कहीं गई है, उन्होंने स्वयं ही एक लम्बी साँस लेकर कहा, "सो सैड, एकदम ही ऐसे हमें छोड़कर चली गई—समझ में नहीं आता, ऐसा कैसे कर सकी, क्योंकि इट इज वेरी डिफिकल्ट फॉर अ गुड ड्राइवर—कैसे जान-बूझकर उस तीखी घाटी में कार को कुदा गई लड़की—इट नीडेड गट्स, स्योर इट डिड—आत्महत्या की थी, इसमें तो कोई शक था ही नहीं, पर क्यों? मैं ही गया था। उसके डैडी की ऐसी हालत नहीं थी कि वे जाते। कहीं कोई मोड़ नहीं, एकदम जनशून्य सड़क। कहते हैं कि वहाँ अनाड़ी चालक कार चलाना सीखने जाते हैं।"

मेरे पहुँचने तक उसकी मृत देह सुरक्षित रखी थी। मेरे ही घर में उसका जन्म हुआ था, दक्षिण में, लड़कियाँ माँ के ही पास डिलीवरी के लिए हमेशा जाती हैं। जन्मी तो मैंने ही उसे पहली बार गोद में लिया था और मैंने ही क्रिमेटोरियम में उसे अन्तिम बार सुलाया। मुट्ठी भर राख उसकी, वह साड़ी और अँगूठी के छल्ले-सा बन गया उसका कंकण लेकर लौटा। ओफ! कैसा दुर्दिन था वह, जब मैं इस घर में पहुँचा! कैसे दूँगा, यह सब लक्ष्मी को। मैं सोच रहा था। वह पागल हो जाएगी।

"नटराजन संयमी गम्भीर प्रकृति का था। वह चुपचाप सह लेगा। पर लक्ष्मी? पर हुआ उल्टा। नटराजन को तीन-तीन आदमी भी नहीं सँभाल पा रहे थे। कभी लड़कियों की तरह सुबकता। कभी वेणी-वेणी कह साड़ी छाती से चिपटाकर चीखता, कभी दीवार से सिर पटकता, अन्त में डॉक्टर बुला,

गहरे ट्रेंक्विलाइजर्स देकर उसे सुलाना पड़ा था किन्तु, लक्ष्मी जैसे बुत बन गई थी। गहरे धक्के ने उसे पत्थर बना दिया था। न एक शब्द कहा, न रोई, न मेरी ओर देखा। एक क्षण को विचलित अवश्य हुई थी, जब वह मुड़ा कंगन उसने देखा। शायद, समझ गई थी कि जब कंगन की यह दशा हो गई, तो पहननेवाली के हाथ की क्या दशा हुई होगी। बिना मेरी ओर देखे अविचलित गाम्भीर्य में इसने पूछा था, ''क्या उसके चेहरे पर चोट थी?'' पुत्री के जिस चेहरे पर, इसे सदा उतना गर्व था, उसके विकृत होने की आशंका ही इससे शायद अनजाने में यह प्रश्न पुछवा गई थी।

''नहीं, एक खरोंच भी नहीं लगी थी, जैसे बड़ी शान्ति से सो रही है। मैंने झूठ नहीं कहा था। ऐसी भीषण दुर्घटना के बाद भी, उस चेहरे पर अद्भुत शान्ति थी। मृत्यु हुई थी किडनी फ्रैक्चर से।''

बेचारे वेणी के मामा क्या जानते थे कि मेरा सर्वांग थरथरा रहा है। कोई भी व्यक्ति यदि उस क्षण फिर द्वार पर आकर खड़ा हो जाता, तो मैं निश्चय ही उसी क्षण मूर्च्छित होकर गिर पड़ती। मैं उनसे कैसे कह सकती थी कि जिस तुड़े-मुड़े कंगन को वे साथ लाए थे और जो पीली साड़ी के साथ अब शायद उसके सिरहाने रखा गया है, उसे मैं एक ही दिन पहले, पहनने वाली के हाथ में ऐसा देखकर आई हूँ, जैसे अभी-अभी नया लेकर पहना हो।

''मैं चलूँ, बड़ी देर हो गई है।'' मैंने काँपते कंठ को यथासाध्य संयत करने की चेष्टा की।

''कैसे जाओगी? यहाँ सहज में टैक्सी नहीं मिलती और तुम्हें टी. नगर जाना है। बहुत दूर।''

''चलो, मैं छोड़ दूँ। लक्ष्मी, ये जा रही है।'' उन्होंने बहन के कान के पास मुँह ले जाकर कहा।

''माधव से कह दो। एक मन चना लेकर रख दे। स्टेबल के सातों घोड़े कल से भूखे हैं।'' उनकी दृष्टिहीन आँखें भाई की ओर उठीं तो मेरे गले में जैसे कुछ अटक गया।

उजड़े अश्वहीन अस्तबल को मैं वहीं से देख पा रही थी।

''चलो, यह बेचारी बीच-बीच में ऐसे ही बहक जाती है।''

मैं उनके साथ चुपचाप बाहर निकल आई और कार में बैठ गई।

उन्होंने कार स्टार्ट की और कहने लगे, ''वेणी की मौत ने एक ही को नहीं मारा। एक साथ इन तीनों को मार दिया। उसके डैडी को मारा एक

महीने के बाद और माँ को हर पल मार रही है। इस बेचारी की मौत, तीनों में सबसे भयानक मौत रही, न आँखों में दृष्टि, न कानों में सुनने की शक्ति। इतना बड़ा मकान और उस पर हर क्षण स्मृतियाँ उसका गला घोंटती हैं। कितनी बार कहा मेरे साथ चलो, पर नहीं मानती। नटराजन लाखों की सम्पत्ति छोड़ गया है, पर क्या करेगी अब उस सम्पत्ति का? कभी ठीक रहती है, कभी ऐसे ही बहक जाती है। तुम्हें पूरा घर दिखाने ले गई थी?''

''जी हाँ,'' मैंने दबी आवाज में कहा।

''मैं जानता था, जो भी आता है, उसे पूरा घर दिखाती है, घोड़ा स्टफ करके बेडरूम में रख छोड़ा है। एक नौकर नित्य उसे दाना-पानी देता है, नहलाता है, ब्रुश करता है। स्टेबल कब का उजड़ गया है। पर खुद जाकर अदृश्य घोड़ों को दाना दिलवाती है। हरामखोर नौकरों की चाँदी है। करें भी क्या? बाल्टी में हाथ डालकर देखती है कि दाने से भरी है या नहीं, चना छोटे दाने का तो नहीं है? नौकर पीठ पीछे हँसते हैं और दाना बाजार में बेच, अपना घर भरते हैं। जब कभी ऐसी सनक चढ़ती है, तो तीन-तीन जनों का ब्रेकफास्ट लगवाती है। सहलाकर देखती है कि तीन अंडे उबाले गए हैं या नहीं, फिर उन्हें मेज पर आने के लिए देर तक पुकारती रहती है, जो अब कभी नहीं आएँगे...'' इसी पल, अनजाने में रोकने पर भी निकल गई मेरी सिसकी, शायद उन्होंने सुन ली...

''आई एम सॉरी,'' उन्होंने मेरा कन्धा थपथपाया।

''तुम्हें यह सब अजीब लग रहा होगा।''

मैं उनसे कैसे कहती कि मुझे अजीब नहीं लग रहा था। बिल्कुल नहीं और मेरी वह सिसकी, केवल वेणी की माँ के लिए नहीं थी, स्वयं अपनी माँ के लिए भी थी। वह भी इसी मौत से हर पल दग्ध होती जा रही है। ऐसा ही बड़ा, भाँय-भाँय करता विराट मकान और ऐसी ही यमदूत-सी स्मृतियाँ। अभी बड़ी बहन की चिट्ठी आई थी। माँ को देखकर आई हूँ, मुँह का स्वाद कड़ुवा हो गया, उतने बड़े मकान में वह अकेली है। छत के अबरकी पत्थर पर लेटी तो तेरी बेहद याद आई। कभी यही घर हम सात-सात बहनों और दो भाइयों के कहकहों से गूँजता था। कहाँ गए वे, हँसने और हँसानेवाले? कहाँ गई दादीजी की चाँदी-ठुकी लाठी की खटखट? लायब्रेरी की किताबों की वह खास खुशबू कभी-कभी पागल कर देती है। थाली परसकर माँ अब भी मुझे बुलाती है तो साथ में उन सबका नाम लेती है, 'चन्दा, त्रिभुवन,

जैंती, गौरा, आओ, खाना परस दिया है।' कैसे समझाऊँ उसे, कि जिन्हें वह पुकार रही है, अब वे कभी नहीं आएँगे। तब क्या विधाता एक ही टेप, घर-घर में बजाता रहता है?

"सोचता हूँ," वेणी के मामा ने, क्या मेरे मन की भाषा पढ़ ली थी! "वही तो पहली बार ऐसा नहीं कर रही है। अठारहवीं शताब्दी में मार्टिन वैन बुशैल ने अपनी पत्नी को, उसकी मृत्यु के बाद स्टफ कराकर, दुल्हन के कपड़े पहना ग्लास-केस में सहेजकर रख छोड़ा था। कोई भी अतिथि आता, वह उसे उसकी निष्प्राण सुरक्षित देह का परिचय कराता—'माई डियर डिपार्टेड' और इसी युग में, अर्जेन्टाइना के प्रेसिडेंट पेरों ने अपनी पत्नी ईवा की मृत देह, ज्यों-की-त्यों प्रिजर्व करा ली थी और नित्य डिनर टेबुल पर, उसे अपने पार्श्व में बिठाता था। अच्छा ही हुआ। मैं उसकी राख ही ला पाया, मृत देह नहीं। नहीं तो शायद मेरी यह सनकी बहन भी यही करती।"

मेरा घर आ गया था, मैंने उन्हें धन्यवाद देकर विदा ली, तो उन्होंने हँसकर मुझे अपना कार्ड थमाया, "जब कभी मद्रास आओ, अवश्य मिलना। यू आर मोस्ट वेलकम। हमारी वेणी की मित्र, अब हमारे लिए वेणी-सी ही प्रिय है।"

आज, पूरे पन्द्रह दिन हो गए हैं। जब कभी बाहर जाती हूँ, सशंकित दृष्टि से इधर-उधर देखती हूँ। पता नहीं, फिर कब उससे टकरा जाऊँ—यह कैसा अन्याय है विधाता का कि परलोक के यात्री मुझसे ही मिलने क्यों आते हैं! न जाने कब वह फिर मिल जाए...उस मन्दिर में या उस एकान्त समुद्र तट पर और फिर...एक भयावह सम्भावना मुझे बार-बार सिहरा जाती है। इस बार, वह अकेली नहीं होगी। उसने जाते-जाते कहा था—"अगली बार भास्करन को लेकर आऊँगी, क्यों मिलना चाहेगी ना उससे?" उस दुष्टतापूर्ण चितवन में एक दुर्धर्ष चुनौती थी—पलकहीन आँखें, नासिकाविहीन वीभत्स चेहरा! ओफ, मैं काँपकर उसी का प्रश्न आज अपने सहमे डरे चित्त से पूछती हूँ—

क्या मिलना चाहूँगी उससे?

मोहब्बत

"बड़ी देर कर दी मिस साहब, ममीजी कई जगह फोन करवा चुकी हैं," आया ने, दरवाजा खोलते ही कहा। डा. वैदेही बर्वे, बिना कुछ कहे, अपनी बालिश्त-भर ऊँची एड़ियों को खटखटाती, सीधे माँ के कमरे में चली गयी। माँ के कमरे में जीरो पावर का बल्ब जल रहा था, तेज रोशनी को उनकी मोतियाबिन्दी आँखें सह नहीं पाती थीं। दुग्ध-धवल शय्या में, लगभग विलीन-सी हो गई क्षीण काया, असहाय जननी को देख, अब तक यत्न से रोका गया गह्वर, उसके कंठ को ऐसी बुरी तरह अवरुद्ध कर गया कि चाहने पर भी वह नहीं कह पाई, "ममी, मैं आ गई हूँ!"

"कौन, बिदू?" ममी ने ही पूछा।

"हाँ ममी, आज मुझे देर हो गई।"

"तू जानती है बिदू, तुझे आने में देर होती है तो मैं बेहद घबरा जाती हूँ। बीसियों उल्टी-सीधी बातें सोचने लगती हूँ, कहीं ऐक्सिडेंट तो नहीं हो गया, कहीं किसी गुंडे ने तो कार नहीं रोक ली!"

"कैसी बातें करती हो ममी," उसने पलंग पर बैठकर बड़े दुलार से माँ का हाथ थाम लिया था।

"ठीक ही कह रही हूँ बिदू, मैं तुझसे कितनी बार कह चुकी हूँ कि एक अच्छा ड्राइवर रख ले। ऐसे रात-बिरात अकेले जाना ठीक नहीं!"

"बंबई में ड्राइवर इतनी आसानी से नहीं मिलते ममी, पहले तो आठ सौ से नीचे कोई मिलेगा नहीं, उस पर सब पीनेवाले..."

"कैसा ज़माना आ गया है बिदू, एक हमारा अनवर था। पच्चीस साल में एक ही बार घर गया और वह भी..." कहते ही दामिनी अचकचाकर चुप हो गई थी।

पच्चीस वर्षों में पहली बार अनवर क्यों घर गया था, यह वैदेही भी जानती थी और घर से लौटते ही वह हैजे की चपेट में आकर दो ही घंटे में ऐसी सुदीर्घ छुट्टी लेकर चला गया कि कोई उससे कुछ पूछ भी नहीं पाया। कहाँ रख आया था उसे? किसी शहर की किस सूनी कोख में, या किसी कूड़ेदान या नदी-नाले में? शायद लौटते ही पापा को उसने कुछ बताया हो, पर पापा ने ही किसी को कुछ पूछने का समय कहाँ दिया था? अनवर को दफनाकर लोग लौटे भी नहीं थे कि डा. बर्वे को उसी रोग की छूत लग गई थी। बेचारे दो ही घंटे में तड़पकर चले गए थे। अपने अतीत को डा. वैदेही बर्वे विस्मृति के गहन गर्भ में दबा चुकी थी, किन्तु आज एक ही पल में सबकुछ उलट-पुलट गया। पचास वर्ष की प्रौढ़ा डा. वैदेही बर्वे एक बार फिर पच्चीस वर्ष पूर्व की युवती वैदेही बन गई थी। एक-एक दिन की स्मृति उसे पग-पग पर पागल बना रही थी। जिस चेहरे को वह भूल चुकी थी, वह आज बार-बार उसकी आँखों के सामने आ रहा था। वे नीली आँखें, तीखी नाक, दमकता गौर ललाट, सुनहले बाल, तनिक-सा ऊँचा उठा किनारे का दाँत, ग्रीवा को सुघड़ मरोड़ में तिर्यक कर खिलखिलाने की उसकी सर्वथा मौलिक भंगिमा। इतने वर्षों में भी, वह उसे भूल नहीं पाई है, यह उसे पहली बार लग रहा था। वह भूल ही गई कि उसे माँ को सूप पिलाना है, दवा देनी है, मोमजामे पर बिछी चादर का टुकड़ा बदलना है, जिसे माँ हर बीस मिनट में गीला कर देती है और बदलने में ज़रा भी देर हुई तो अबोध-अधीर बालिका-सी बिलखने लगती है। वह उठ रही थी कि सिस्टर ज़ोज़ेफ आ गई, ''आज मुझे कुछ देर हो गई, सौरी डा. बर्वे, बस के लिए रुकना पड़ा।'' सिस्टर ज़ोज़ेफ उसकी माँ की रात की नर्स थी, दिन की नर्स थी, सिस्टर रोज़मेरी। दो-दो नर्सें होने पर भी वह अपनी माँ की परिचर्या स्वयं करती थी।

''कोई बात नहीं सिस्टर, आज मुझे भी लौटने में देर हो गई। आप ममी को सूप पिला दीजिएगा। मैं थोड़ी देर में कपड़े बदलकर आती हूँ।''

अपने कमरे में पहुँचकर, वह चुपचाप खिड़की के पास खड़ी हो गई। अँधेरे में डूबा समुद्र, शान्त-क्लान्त शिशु-सा पड़ा था, न एक लहर, न नित्य की साँय-साँय का गर्जन-तर्जन। हाजी अली की मजार का जगमगाता गुम्बद, जैसे अधर में लटक रहा था। आस-पास जगमगाती बुलन्द इमारतों के बीच रंगीन जलती-बुझती बत्तियों को वह न जाने कब तक देखती रही और फिर बिना कपड़े बदले ही पलंग पर लेट, उसने आँखें बन्द कर लीं। काश, वह

ज़ोर-ज़ोर से रो पाती, किन्तु कहाँ रो पा रही थी! कलेजा मरोड़ता रुलाई का गुबार, कंठ तक पछाड़ें खा-खाकर फिर कंठ ही में लौट जा रहा था।

यह क्या हो गया भगवान! अनजाने में हो गए उस अक्षम्य अपराध का ही यह विलम्बित दंड दे रहे हो क्या प्रभु!

एकाएक वर्षों पहले मुँद गए उसके विस्मृत दग्ध यौवन के द्वार स्वयं खुल गए और किसी आदमक़द दर्पण में, उसका अतीत फिर उज्ज्वल हो उठा। जो जननी आज पंगु-अवश होकर बिस्तर से घुल-मिल गई है, क्या तब एक पल को भी उसके चरणद्वय धरा पर टिकते थे? आज कैनेडा में शो है, कल फ्रांस में। उस अपूर्व नृत्यांगना जननी की दिगृदिगन्तव्यापी ख्याति ने उसकी इकलौती पुत्री वैदेही के व्यक्तित्व को बचपन से ही सिमटा-सिकुड़ा दिया था। जब माँ का व्यक्तित्व अत्यन्त प्रभावशाली बन उठता है, तब संतान कितनी ही शक्तिशाली क्यों न हो कुछ-न-कुछ अंश में अन्तर्मुखी बन ही जाती है। वैदेही के साथ भी यही हुआ था। जब छोटी थी, तब वैभव-सम्पन्न गृह के समस्त सुख-साधन, करतल पर रहने पर भी, वैदेही के नन्हे-से हृदय का एक कक्ष, सदा ख़ाली ही रहता था और वह उसी में बैठी रहती। एक-से-एक दामी खिलौने थे, लेकिन खेलती किसके साथ?

जिस नैनी ने बचपन से पाला था, उसका अनुशासन था अत्यन्त कठोरः "नहीं, उन बच्चों से नहीं खेलोगी, वहाँ नहीं जाओगी, धूल में नंगे पैर क्यों गई? फ्राक गन्दा होगा, नहीं-नहीं पड़ोस में नहीं जाना होगा तुम्हें, वे लोग बिना उबला पानी पीते हैं, कहीं प्यास लगी और तुमने पानी पी लिया तो?" इसी से, जब भी एकान्त में उसे अवसर मिलता, वह माली की लड़की कालिन्दी के घर खेलने भाग जाती। अपने पास एक-से-एक आदमक़द गुड़िया थीं, जितनी बार ममी अपने नृत्य-दल को लेकर जाती, उतनी ही बार उसके लिए गुड़िया आती, किन्तु जो मज़ा कालिन्दी के घर कच्ची मिट्टी के फ़र्श पर बैठकर खेलने में आता था, वह अपनी कोठी में कहाँ? कालिन्दी की माँ अपने हाथ की बनी मोटी-सी रोटी पर अचार की फाँक रखकर खाने को देती तो वह गस्सा, अमृत-सा लगता। उसकी ममी को इतना समय ही कहाँ था कि उसे सामने बिठाकर, ऐसे प्यार से खिलातीं? एक तो वह घर पर रहती ही कितने दिन थीं? जितने दिन रहती थीं, उनके गुरु, साजिन्दे और

गायकों की भीड़ उन्हें घेरे रहती, पूर्वाभ्यास में कभी सारा दिन बीत जाता। सज-धजकर कितनी सुन्दर लगती थीं ममी! आज उन्हें देखकर कौन कह सकता था, कि घंटों तक दर्शकों को अपने घुँघरुओं से बाँध रखनेवाली दामिनी बर्वे, कभी सचमुच ही रंगमंच की दामिनी थी! विदेश में ही उनके किसी नृत्य-प्रदर्शन पर मुग्ध होकर पापा उन्हें ब्याह लाए थे। उस वैज्ञानिक के शुष्क हृदय को दामिनी ने बाँध कैसे लिया, यह वैदेही के लिए एक आश्चर्यजनक घटना थी। बहुत कम बोलनेवाले गम्भीर डा. मनोहर बर्वे का न तब कला से कोई लगाव था, न अब। महत्त्वाकांक्षिणी दामिनी की तीव्र इच्छा थी कि वैदेही भी उसी की भाँति नृत्यप्रवीणा बन ख्याति प्राप्त करे, किन्तु डा. बर्वे ने उससे साफ़ कह दिया था, ''देखो दामिनी, मैंने तुम्हें कभी नहीं टोका पर तुम भी जानती हो कि वैदेही को नाच-गाना सीखने में काई रुचि नहीं है। तुम उसे ज़बर्दस्ती यह सब सिखाओ, यह मैं नहीं होने दूँगा। वह पढ़ेगी और पढ़ाई ही में मन लगाएगी।''

यही हुआ था, वैदेही स्वदेश में शिक्षा पूरी करते ही लंदन चली गई। वहाँ स्कूल आफ ओरियंटल एंड अफ्रिकन स्टडीज में प्राध्यापिका बन, प्रचुर ख्याति प्राप्त कर स्वदेश लौटी। डा. बर्वे की इच्छा थी कि वह स्वदेश में ही, उनके पास रहकर नौकरी करे। स्वदेश-प्रत्यावर्तन के साथ-साथ, कुटिल ग्रहों की दृष्टि, उसको ऐसे लील लेगी, उसने कभी सोचा भी नहीं था। पिता की आकस्मिक मृत्यु के कुछ ही महीनों बाद, माँ को पक्षाघात ने पंगु बना दिया था, उधर विराट सम्पत्ति की वही एकमात्र उत्तराधिकारिणी थी। कई महीने तो उसे पिता का हिसाब समझने, चुकाने और सम्हालने ही में लग गए थे। नौकरी से उसने त्यागपत्र दे दिया। क्या करेगी नौकरी करके? कभी-कभी उसके जी में आता, सबकुछ बेच-बाचकर ममी को लेकर, लंदन चली जाए, किन्तु ममी को देखते ही उसका साहस चुक जाता, वह क्या अब उठने लायक भी रह गई थी?

फिर, एक दिन उसने अपना निश्चय ले लिया, जिस शहर से उसके जीवन की मधुरतम स्मृतियाँ लिपटी थीं, जहाँ नियति ने उसे स्वर्ग-सोपान के शिखर से धक्का देकर धराशायिनी किया था, वहाँ वह नहीं रहेगी।

रत्नागिरिवाला पापा का विराट फॉर्म, शैंटी, शहर की कोठी, दामी फर्नीचर, भारी-भारी कालीन-गलीचे सबकुछ बेच-बाचकर बम्बई चली गई और महानगरी के सीमान्त-स्थित उस अरण्य में, उसने एक छोटे-से फ्लैट में अपना

बोरिया-बिस्तर समेट, अपनी नई कोठी की नींव डाली।

भारतीय इतिहास की अपनी समग्र अभिज्ञता वैदेही बर्वे ने अपनी उस बुलन्द आलमगीर इमारत में साकार कर दी थी। दूर से दिखने पर किसी मटमैली मस्जिद-सी लगती उस विचित्र इमारत के अन्तरंग कलेवर में, वैदेही बर्वे ने भारत-भर में घूम-घूमकर अनूठे स्थापत्य के नगीने जड़कर रख दिए थे। उस सौध की सहज रेखाओं में, कहीं भी बारीक़ मीनाकारी न होने पर भी बड़े-बड़े पत्थरों का सामंजस्य, उसे एक दर्शनीय ठोस सजावट में सजा गया था। जाने कितने महीनों तक, गयासुद्दीन के मक़बरे के नक्शे को वह आँखों-ही-आँखों में उतारती रही थी और जब हैदराबाद से विशेष रूप से, चौगुने पारिश्रमिक का प्रलोभन देकर लाए गए कारीगरों ने उन भयावह रूप से भारी दीवारों पर सुराहीदार मीनारें स्थापित करने में अपनी असमर्थता प्रकट की, तब वैदेही उन्हें साथ उड़ाकर, उस मौलिक इमारत को दिखा लाई थी। बाहर थी राख के रंग के सैंडस्टोन की प्रौढ़ कान्ति और भीतर की दीवारों में, उसने फ़ारस की इनैमल्ड टाइल्स की आभा बिखेर दी थी। दिन-रात खड़ी रहकर, वह पूरे चार वर्षों तक उसके निर्माण में लगी रही थी और उसी असमय के खान-पान, रात्रि-जागरण ने उसे अल्सर का तोहफ़ा दे दिया था। दर्शनीय आवास बनकर तैयार हुआ तो गृह-प्रवेश के पश्चात, डा. वैदेही कभी पेट भर खाना नहीं खा पाई। केवल दूध और फल, तब यही उसका आहार था। डाक्टरों ने कहा था, अब उसे जीवन-भर इसी आहार पर रहना होगा।

किन्तु, उसकी क्षुधा ने उसे कभी परेशान नहीं किया, पर अब उसकी एक दूसरी क्षुधा उग्र हो उठी, अपने अनुपम सौध को, एक जगत्-प्रसिद्ध संग्रहालय के रूप में परिवर्तित करने की विचित्र क्षुधा। न जाने कहाँ-कहाँ से ला-लाकर चीज़ें बटोरती, फिर भी उसकी वह क्षुधा नहीं मिटती। सातवीं शताब्दी की मूर्तियाँ, सौराष्ट्र के प्राचीन दुर्गों के भव्य भग्न द्वार, हड़प्पा की दुर्लभ मुहरें, मिथुन-मूर्तियों की सज्जा में सँवरे सरौते, दुर्लभ नीली सिरेमिक्स के भग्न पात्र, ऐतिहासिक महत्त्व की मनकों की मालाएँ, कंकण, खिलौने, नमाजियाँ। उसके इस कोष को समृद्ध करनेवाला भी एक व्यक्ति जुट गया था, जिसने न जाने कहाँ-कहाँ से लाकर, उस सनकी डाक्टरनी को मुँहमागे दामों पर चीज़ें बेचकर, स्वयं अपना कोष समृद्ध कर लिया था। वह था

चोर-बाज़ार का इब्राहिम। जहाँ कुछ मिलता, वह उसे फ़ोन करता, "डाक्टर साहब, बेजोड़ मूरत लाया हूँ। ले आऊँ या आप आएँगी?"

"मैं आ रही हूँ!" और वह गाड़ी भगाती फौरन चोर-बाज़ार पहुँच जाती। इब्राहिम की उस छोटी-सी दुकान में, पुरानी चीज़ों को जाँचने-परखने में, उसे बड़ा आनन्द आता था।

"इब्राहिम, सच बताओ, किस मन्दिर में डाका डाला है इस बार?" वह हँसकर पूछती क्योंकि उसकी अनुभवी पारखी आँखें जान जातीं कि उस मूर्ति में वर्षों से धरा में दबे रहने के कोई चिह्न नहीं थे। किसी मन्दिर की स्थापित मूर्ति को पहचानने में भला वह कभी भूल कर सकती थी? फिर कौन नहीं जानता था इब्राहिम को! उसके बाप-दादा के समय से चले आ रहे, मूर्ति-तस्करी के पेशे की घूँट तो उसने घुट्टी में पी थी।

"तौबा-तौबा हुज़ूर, कैसी बातें करती हैं? मैं भला हिन्दुओं के मन्दिर को नापाक करने की गुस्ताख़ी कर सकता हूँ! कसम खाकर कहता हूँ डाक्टर साहब, इस बार गाँव गया, आप तो जानती ही हैं, वहाँ हम लोग फ़ारिग होने दिशा-जंगल जाते हैं। खूनी पेचिश हो गई थी मुझे। पेट पकड़कर तड़प रहा था कि देखा पीपल के पेड़ के नीचे, यह ठीकरा अधनिकला पड़ा है। खोदकर निकाला तो देखा, काले पत्थर की यह मूरत है!"

पर वैदेही समझ गई थी, हिन्दू-मन्दिर में पैर भले ही न रखे, इब्राहिम की निपुण अँगुलियाँ और कलामर्मज्ञ आँखें, किसी भी सुरक्षित देवालय में पहुँच, किसी भी दुर्लभ मूर्ति का चयन कर उसे तिड़ी कर सकती थीं, मूर्ति तो दूर, चाहने पर वह अनुपम कौशल से, मन्दिर के जीते-जागते पुजारी को भी जेब में डालकर पार कर सकता था। आज उसी इब्राहिम के फ़ोन ने वर्षों दबी जिस मूर्ति को अचानक थमा दिया था, उसे चाहने पर भी क्या वह अपने संग्रहालय में ला सकती थी? सहसा नैराश्य के गहन अन्धकार को चीरकर, मालिनी मौसी जैसे उसके सम्मुख खड़ी होकर पूछने लगी—क्या हो गया बेबी? तब उसके नन्हे जीवन की कौन-सी ऐसी समस्या थी, जिसका समाधान उनके पास नहीं था? किन्तु वह, जैसे अचानक आ गई आँधी की भाँति, उसके जीवन में आई थी, वैसी ही त्वरा से विलीन भी हो गई थी। उस बार, वह स्कूल की अन्तिम परीक्षा देकर घर आई तो हमेशा की तरह ममी अपने सांस्कृतिक दल को लेकर विदेश गई हुई थीं। नैनी ही उसे लेने स्टेशन आई थी। उसी ने कहा था, "बेबी, आजकल तुम्हारी ममी की एक

मित्र हमारे यहाँ आयी हैं, उनके पति की हवाई दुर्घटना में मृत्यु हो गई है। तुम्हारी ममी ही उन्हें जाकर यहाँ ले आई हैं—कह गई हैं, बेबी से कहना उनके पास रहकर जी बहलाती रहे।''

जब भी वह घर आती, पता नहीं ममी क्यों एक-न-एक ऐसे अतिथि को, उसकी स्वतन्त्रता में खलल डालने अवश्य घर पर छोड़ स्वयं ग़ायब हो जातीं। सोचा था, इस बार आनन्द से अकेली ही छुट्टियाँ बिताएगी, तो यह टपक पड़ीं, वह भी ऐसी डिप्रेस्ड अतिथि! किन्तु, पहली बार उनसे मिली, तो उनकी एक ही झलक उसे मुग्ध कर गई।

शान्त झील-सी बड़ी-बड़ी आँखें; बेहद नाज़ुक देह, साँवले ताम्रवर्णी रंग की सुचिक्कन आभा और स्निग्ध हँसी। ''अरे तुम्हें कोई दूर से ही देखकर बता सकता है कि तुम दामिनी की लड़की हो, देखूँ, वाह, क़द भी माँ का ही पाया है! नैनी; बेबी का पलंग मेरे ही कमरे में लगा देना...''

और फिर एक ही महीने में, वह मालिनी से ऐसी घुल-मिल गई कि लगता था जन्म से ही उसे जानती है। कैसी सुघड़ भाँज में साड़ी पहनती थीं मालिनी मौसी, और कैसा जूड़ा बनाती थीं, कैसा कुहुक-कुहुककर विराम, अर्द्धविराम लगाती हँसती थीं और कौन-सा ऐसा विषय था, जिसकी जानकारी उन्हें नहीं थी!

ममी आईं तो उन्होंने बताया, ''जीनियस है मालिनी, ऑक्सफ़ोर्ड के लेडी मार्गरेट हॉल में रही है! न जाने क्या सूझी कि उस पायलट से शादी कर बैठी! स्कूल से लेकर कॉलेज तक, वह मेरी अन्तरंग सहेली रही है। सच्चे अर्थ में तेरी मौसी है बिदू! तेरे पापा से मैंने कहा है, उसके लिए यहीं कोई नौकरी ढूँढ़ दें।''

और फिर मालिनी मौसी को नौकरी भी मिल गई। वह बार-बार अलग रहने का प्रस्ताव रखतीं पर ममी उन्हें डपट देतीं, ''देख तो रही है मालू, इतनी बड़ी कोठी है और रहनेवाले हम दो, मैं और बिदू के पापा। वह महीने में पन्द्रह दिन दौरे पर रहते हैं और मैं भी घर पर कहाँ रह पाती हूँ! बेबी होस्टल चली जाएगी—तू रहेगी तो घर के इन हरामख़ोर नौकरों को भी तेरा अंकुश ठीक रखेगा।''

दो ही वर्षों में मालिनी मौसी ने दामिनी के अव्यवस्थित गृह की बागडोर

सम्हाल ली थी—वैदेही छुट्टियों में घर आती, तो देखती, घर की पूरी देखभाल, मौसी के जिम्मे है। पापा दौरे पर जाते तो वह ही सूटकेस में कपड़े लगातीं। लौटते, तो उनकी एक-एक चीज़ को वही सहेजतीं। कभी-कभी बड़ी रात तक उनके पेपर टाइप करतीं, उन्हें फलों का रस निकालकर देतीं, उनकी विटेमिन की गोलियाँ, चुपचाप लाकर नाश्ते की मेज पर धर जातीं, यहाँ तक कि किस पैंट के साथ पापा कौन-सी शर्ट पहनेंगे, यह भी वह जानती थीं। उनकी इसी कार्यकुशलता ने उनके और दामिनी के बीच, मनोमालिन्य की एक अभेद्य दीवार खड़ी कर दी है, यह किशोरी वैदेही भी समझ गई। इसी बीच ममी की अनुपस्थिति में, मौसी की एक दिन नैनी से खटक गई और उन्होंने उसकी छुट्टी कर दी। ममी लौटीं और जब सुना कि नैनी केरल लौट गई है तब वह पापा पर बुरी तरह बरस पड़ीं। नैनी, उसके मायके की पुरानी नौकरानी थी, वैदेही को उसी ने पाल-पोसकर बड़ा किया था।

"मैं जानती हूँ आपने किसके कहने पर यह किया है। आप जान गए थे कि मेरे लौटने पर, नैनी मुझे सबकुछ बता देगी...," दामिनी क्रोध से थरथर काँप रही थी।

"क्या बता देगी?" पापा का चेहरा भी तमतमा उठा था।

"क्या यह भी मुझे बताना पड़ेगा?" ममी का तीखा स्वर बाहर तक गूँज उठा था।

दूसरे ही दिन मालिनी मौसी बिना किसी से मिले, तड़के ही सूटकेस लेकर निकल गई थीं। शहर से दूर, एक फ़्लैट किराये पर लेकर वहाँ रहने लगी हैं यह भी कोई आकर दामिनी को बता गया और फिर एक अफ़वाह ने उसे उद्भ्रान्त कर दिया था : डा. मनोहर बर्वे ने नदी-तट पर उनके लिए एक दर्शनीय कोठी बनवा दी है—और वह स्वयं, वहाँ नियमित रूप से जाते रहते हैं। यह दु:सम्वाद पाते ही, केरल से दामिनी की माँ वहाँ आ गई थीं और उन्होंने जामाता को सारी रात मलयालम में चीख़-चीख़कर अपशब्द कहे थे। अच्छा ही था कि न उन्हें अंग्रेज़ी आती थी, न हिन्दी, फिर भी भाषा, कोई भी क्यों न हो, उसमें प्रशंसा या निन्दा की स्वरलिपि उस भाषा से अनभिज्ञ लोग भी समझ लेते हैं। घर के नौकर-चाकर सब समझ गए कि साहब की सास, उनकी कैसी आरती उतार रही हैं। इसी दिन से डा. बर्वे घर में रहने पर भी अपने परिवार से एकदम दूर हो गए। अब, खाना भी अपने ही कमरे में खाते, और केवल औपचारिक हाँ-हूँ कर, ऑफ़िस चले

जाते। मालिनी मौसी, दो वर्षों तक अपनी उसी नई कोठी में रहीं। फिर अचानक एक दिन सुना, उन्होंने कोठी बेच दी है और नौकरी से त्याग-पत्र देकर विदेश चली गई है। उधर, एक बहुचर्चित वैज्ञानिक के रूप में डॉ. बर्वे को प्रचुर ख्याति मिली, अनेक पुरस्कार प्राप्त हुए और वह एक बार फिर अपनी किसी गहन गवेषणा में डूब, पत्नी-पुत्री से बहुत दूर चले गए। उसी वर्ष वैदेही ने, स्वदेश लौट, अपनी नई नौकरी का कार्यभार सम्हाला था, और उसी वर्ष डॉ. रौबर्ट लीन वहाँ विज़िटिंग प्रोफ़ेसर होकर आए थे। भारतीय प्राचीन इतिहास के विशेषज्ञ डॉ. लीन की यह पहली भारत-यात्रा थी, आते ही भारतीय चटपटे भोजन का अनभ्यस्त उनका विदेशी उदर, पहला ही कौर खाकर विद्रोह कर बैठा। लगभग हैजे के-से ही लक्षण देख, उन्हें अस्पताल में भर्ती करवा दिया गया, और उदार मेज़बान बन वैदेही उन्हें अस्पताल से अपने घर ले आई थी।

"आप मेरे यहाँ चलें, हमारा बटलर विदेशी खाना बनाने में निपुण है। आप जल्दी ही स्वस्थ हो जाएँगे!"

अत्यन्त संकोच एवं कृतज्ञता में डूबे डॉ. लीन, वैदेही के पितृगृह में स्वास्थ्य-लाभ करने चले आए थे।

एक ही सप्ताह में वैदेही की परिचर्या, दामिनी के एवं डॉ. मनोहर बर्वे के अनुग्रह ने डॉ. लीन को स्वस्थ कर दिया। "आप लोग न होते तो मेरा न जाने क्या होता?" उन्होंने कहा, "अब आज्ञा दें, युनिवर्सिटी ने मेरे खाने-पीने का पूरा प्रबन्ध कर दिया है।"

"नहीं-नहीं, आप अब यहीं रहें," डॉ. मनोहर बर्वे ने निष्कपट आग्रह से कहा था, "यह अतिथिशाला मैंने अपने विदेशी वैज्ञानिक मित्रों के लिए ही बनवाई है। टायलेट से लेकर किचन तक में मैंने उनकी सुविधा का पूरा-पूरा प्रबन्ध किया है। उन्हें कभी कोई कष्ट नहीं हुआ, आपको भी नहीं होगा।"

"कष्ट कैसा! यह तो महाराजा का पैलेस है, पर..."

"नहीं-नहीं, आप संकोच न करें, यह तो हमारे लिए और हमारी बेटी के लिए एक सुखद संयोग है। आपका भी विषय प्राचीन इतिहास है और हमारी बिदू का भी।" किन्तु सुदर्शन ग्रीक देवता-से युवा इतिहास-प्रेमी का विषय, कभी उनकी सुन्दरी पुत्री के उसी विषय से एकाकार हो, किसी अन्य जटिल इतिहास की भी सृष्टि कर सकता है, यह सम्भावना उस विरक्त

वैज्ञानिक के शुष्क मस्तिष्क में नहीं आई। दोनों एक ही कार में युनिवर्सिटी जाते, बड़ी देर तक साथ बैठकर नोट्स बनाते, उधर दामिनी को अपने नृत्याभ्यास से फ़ुर्सत नहीं मिलती और वैज्ञानिक को अपनी गवेषणा से। एक-एक कर तीन महीने बीत गए। प्रोफ़ेसर के जाने के तीन महीने और शेष रहे। अब डॉ. लीन घर भर के लिए बौबी बन गए थे।

"मेरी बड़ी इच्छा है, एक बार जाने से पहले सोमनाथ का मन्दिर देख आऊँ," एक दिन बौबी ने नाश्ते की मेज पर कहा।

"तो जाओ ना, चाहे तो मेरी कार ले जा सकते हो, मैं दस दिन के लिए बैंगलूर जा रहा हूँ। बेरावल यहाँ से दो सौ मील ही तो है, मैं तुम्हारे ठहरने-घूमने का सब प्रबन्ध करवा दूँगा..."

वैदेही ने आश्चर्य से पापा को देखा था। वह जब जानेंगे कि बौबी उसे भी साथ ले जाना चाहता है, तब क्या वह इसी उत्साह से अनुमति दे पाएँगे?

पापा को वह जानती थी। कितने ही प्रगतिवादी क्यों न हों, जहाँ दामिनी ऐसी बातों में, आवश्यकता से अधिक उदार थी, वहीं पापा ने अपने अनुशासन की डोर, इधर कुछ और कड़ी कर दी थी। रात को ज़रा देर तक बैठकर भी, वह रौबर्ट के साथ नोट्स बनाती तो पापा स्वयं वहीं पर कुर्सी डाल, कोई पुस्तक खोल बैठ जाते। वैदेही जान जाती कि पापा पढ़ नहीं रहे हैं, काकदृष्टि से उन्हीं दोनों को देख रहे हैं। कभी-कभी उसे बेहद झुँझलाहट होती, छिः-छिः, क्या सोचता होगा बौबी! हम भारतीयों का ओछा मन क्या इतना ही संकीर्ण होता है! पर वह यह भी जानती थी कि पापा ऐसे थे नहीं, मालिनी मौसी के अप्रीतिकर प्रसंग के बाद, पापा एकदम बदल गए थे। पहले वह इतने अनुदार नहीं थे। शायद, स्वयं मनुष्य के अतीत का दौर्बल्य ही उसे अपनी सन्तान के प्रति ऐसा शंकालु बना देता है। वह सोच ही रही थी कि कैसे पापा को पटाकर बौबी के साथ अपनी ऐतिहासिक यात्रा की अनुमति माँगे कि विधाता ने स्वयं समस्या का समाधान कर दिया। डॉ. बर्वे को जापान विश्वविद्यालय ने वहाँ भाषण देने के लिए आमन्त्रित किया और उन्हें एकाएक अपना पूर्व-निर्धारित कार्यक्रम रद्द कर जापान जाना पड़ा।

दामिनी से अनुमति लेने की आवश्यकता ही कहाँ थी? और इसी प्रकार प्रारब्ध, उस सांसारिक कुटिलताओं से अनभिज्ञ निष्पाप भोली वैदेही को, सोमनाथ की ओर खींच ले गया।

रौबर्ट ने बेरावल का समुद्र देखा तो बौरा गया : "सच कहता हूँ बिदू, मैंने संसार के समग्र सिन्धु देखे हैं, पर ऐसा शान्त सुन्दर समुद्र-तट कभी नहीं देखा—दूर-दूर तक विराट दर्पण-से जलधितट पर प्रतिबिम्बित हो रहीं, पल-पल गिरगिट-सा रंग बदलता गुलाबी, ऊदा नीलाकाश, लंगर डाले खड़े जहाज़ों के हवा में लहरा रहे मस्तूल और रसभीनी समुद्री बयार।"

जब सोमनाथ के ऐतिहासिक देवालय में दोनों पहुँचे तब दिन ढल चुका था। भारी-भारी लौह-शृंखलाओं को पकड़, अँधेरे गूढ़मंडप में पहुँच निरन्तर बकर-बकर करनेवाला रौबर्ट लीन, सहसा अपनी वाचालता खो बैठा। एक मदिर कस्तूरी धूम्ररेखा, धीरे-धीरे दोनों को लपेट गई। जनशून्य मन्दिर में वे दोनों अकेले थे।

"कैसी अद्भुत सुगन्ध है बिदू," रौबर्ट ने कहा, "लगता है, यहीं कहीं कस्तूरी मृग दल बाँधे घूम रहे हैं। आज, मेरी वर्षों की इच्छा पूरी हुई," आवेश में आकर उसने बैदेही का हाथ कसकर पकड़ लिया। गुलाबी चन्देरी साड़ी अचल माथे पर डाल, दोनों हाथ जोड़े वैदेही एकटक उस भव्य शिवलिंग को देख रही थी, रौबर्ट का एक शब्द भी जैसे उसके कानों में नहीं पड़ रहा था। बड़े-से सुवर्ण दीपदान में जल रहे घृतदीप की काँपती दीपशिखा रह-रहकर उसके शान्त गौर मुखमंडल पर प्रकाश का घेरा डाल रही थी।

"सुन रही हो बिदु?" रौबर्ट ने उसे हाथ पकड़कर झकझोर दिया—"कितना कुछ पढ़ा था इस मन्दिर के बारे में कि बिना किसी आधार के यह रहस्यमय शिवलिंग अधर में, त्रिशंकु-सा लटका रहता था, न नीचे कोई आधार, न ऊपर कोई अवलम्ब। कहा जाता था कि मृत्यु के बाद, समग्र आत्माएँ यहीं एकत्र होती हैं और स्वयं शिव उन्हें उनके कर्मानुसार नई देह देते हैं। नित्य गंगाजल से इन्हें नहलाया जाता था और दस हज़ार ग्राम इनकी सेवा में सदा तत्पर रहते थे। तब यह काला शिवलिंग, जगमगाते हीराजड़ित झाड़-फानूसों में कैसा भव्य लगता होगा, बिदू! तब इसके पास दो सौ मन की एक सोने की ज़ंजीर धरी रहती थी।"

सन्ध्या का प्रौढ़ मालिन्य मन्दिर को धीरे-धीरे अन्धकार में डुबो रहा था और उसी के साथ-साथ वैदेही भी किसी रहस्यमय लोक में डूबती चली जा रही थी। बौबी का चेहरा, सहसा उसके कान से सट गया, सुनहली लट का स्पर्श पाकर वह थर-थर काँप उठी।

टू दि फर्स्ट हैल विल आई गो

सो बट दाई ग्रेस बी विद मी
विद लव्ज़ मैड लोंगिंग
एंड़ दैट आई माइट क्लाइंब
देअर, वैन्स देअर इज़ नो रिटर्न।

(मैं जघन्य नर्क में भी जाने को तत्पर हूँ, पर तेरा अनुग्रह मुझ पर बना रहे। अपने प्रेमोन्मत्त चित्त को लेकर मैं उस शिखर पर चढ़ना चाहता हूँ, जहाँ से काई वापस नहीं आता!)

बौबी फुसफुसाकर उसके कान में मुँह सटाकर मधुर स्वर में आवृत्ति कर रहा था, तब सचमुच वह क्या उसे हाथ पकड़कर धीरे-धीरे उसी लोक में लिए जा रहा था, जहाँ से लौटने का प्रश्न ही नहीं उठ सकता था। और फिर उसी क्षण, उस उन्मत्त प्रणयी ने उसे बाँहों में भर लिया था। कैसा आश्चर्य था, कि उस दिन एक भी दर्शनार्थी वहाँ नहीं आया, कहाँ गया पुजारी? क्यों किसी भक्त ने उस भीमघंटे को घनन-घनन कर बजा दोनों को नहीं चौंका दिया? क्या उस कुटिल एकान्त में स्वयं नियति का षड्यन्त्र निहित था?

"बड़ी रात हो गई बिदू, चलो अब चलें!"

पर वह चुपचाप पड़ी रही, दोनों पैरों की शून्यता उसे सहसा विह्वल कर उठी। क्या हो गया था उसे? क्यों आँखें नहीं खोल पा रही थी वह?

"उठो बिदू, शायद कोई आ रहा है, रुको, मैं उठाता हूँ," कह रौबर्ट ने ही उसे टप से उठाकर बिठा दिया, फिर भी उसकी गरदन किसी घोर नशाग्रस्त शराबी की भाँति, इधर-उधर ढुलकी जा रही थी। शिव की दैवी उपस्थिति में उसके दुःसाहसी विदेशी प्रेमी ने, शिव का जपार्चन न कर, उसकी स्तुति की थी, उसे बाँहों में भर बार-बार चूमा था। इसी से क्या प्रचंड, प्रकृष्ट, प्रगल्भ परेश अप्रसन्न हो गए थे? वह क्यों नहीं रोक पाई उसे? जिस मन्दिर के शिवलिंग को, एक सहस्र ब्राह्मण नित्य गंगाजल से अभिसिंचित करते थे, जिस देवद्वार पर, पाँच सौ नृत्यांगनाएँ नृत्यगान से उन्हें जगाती थीं, जिसे महमूद ग़ज़नवी के लोलुप ख़ूनी पंजे से बचाने के लिए पचास हज़ार हिन्दुओं ने प्राणों की आहुति दी थी, आज हिन्दू होकर भी उस अभागिनी ने उस पवित्र देवस्थली को अपवित्र किया! आधी रात ही बीत गई थी क्या? चोरों की भाँती, प्रणयी का हाथ पकड़ वह मन्दिर से निकली तो पैर थर-थर काँप रहे थे।

''बौबी!'' उनका गला काँप रहा था, ''मेरा जी न जाने क्यों बहुत घबरा रहा है...''

रौबर्ट ने उसे अपने से सटाकर उसका माथा चूम लिया, ''सिल्ली!'' उसने कहा और उसकी बड़ी-बड़ी काजल-सी स्निग्ध आँखों में अपनी नीली आँखें डाल दीं, ''नहीं, अभी नहीं लौटेंगे, आज रात-भर हम समुद्र-तट पर हनीमून मनाएँगे, घर जाते ही तुम मुझसे फिर दूर हो जाओगी, यह एकान्त, प्रकृति की यह उदार मेज़बानी क्या घर जाने पर हमें मिल पाएगी?''

एक क्षण को शंकित होकर वैदेही ने उसकी ओर देखा—तो क्या वह इस क्षणिक एकान्त के सुअवसर का ही फ़ायदा उठा रहा था? एक प्रश्न उसके जिह्वाग्र पर आ-आकर, उसके संकोची कंठ में ही डूब गया—बौबी, क्या तुम इस क्षणिक सुखद एकान्त को कभी स्थायी नहीं बनाना चाहते? किन्तु, उसके प्रेमी के चिन्ताविहीन चित्त को क्या कोई ग्लानि या क्षोभ की भावना त्रस्त कर रही थी? वह तो हृदय का उल्लास जैसे रोक नहीं पा रहा था, सीटी बजाता, वह उसे बार-बार अपने शरीर से सटाता, कभी चलते-चलते, अपने तृप्त अधर उसके माथे पर रख दे रहा था, कभी नत ग्रीवा पर। चलते-चलते वैदेही को एक अतिप्राकृत अनुभव हुआ—साथ चल रहे प्रेमी का उल्लास, शत-शत विद्युत-तरंगें बन, उसके शरीर में प्रविष्ट हो गया था। रात जितनी गहरी लग रही थी, उतनी शायद थी नहीं। दोनों चुपचाप चले जा रहे थे। सहसा नक्षत्र-खचित व्योम से, कहीं उल्का-पात हुआ। उसे लगा आस-पास खड़े वृक्ष, झाड़ी-झुरमुट, पथ पगडंडियाँ सब एक-एक कर तीव्रता से भागते अदृश्य होते जा रहे हैं, जैसे वह हवा के वेग से भागती किसी रेलगाड़ी में बैठी है और किसी महाशून्य के गर्त्त में वह रेलगाड़ी उन दोनों के लिए डूबती जा रही है।

अपने को इतना असहाय, इतना नगण्य उसने कभी अनुभव नहीं किया। उसे लगा कि वह अपना सम्पूर्ण अस्तित्व सहसा खो बैठी है। मन्दिर देखकर चौथे दिन लौटनेवाली वैदेही, जब पूरे हफ़्ते-भर बाद लौटी तब रौबर्ट मार्ग में ही उतर गया था। वह अकेली ही ड्राइव कर घर आई थी।

''क्या मेरे साथ नहीं चलोगे, बौबी?'' उसने पूछा भी था। यद्यपि वह जान गई थी कि वह डैडी के भय से ही उसके साथ घर नहीं जा रहा है।

''नहीं,'' कुछ सकपकाकर रौबर्ट ने कहा था, ''देख तो रही हो, क्या हालत हो गई है कपड़ों की। मैं नहीं चाहता कि तुम्हारे गृह के दामी

गलीचे-कालीन इस धूल से गन्दे हों। नहा-धोकर आऊँगा।''

आज की बुद्धि होती, तो वह उसी दिन सचेत हो जाती कि जो कायर प्रेमी उसके पिता के क्रोध के भय से, उसे अकेली ही घर भेज स्वयं आधे रास्ते में ही गाड़ी रोककर उतर गया था, वह उसके जीवन के किसी भी मोड़ पर उसे ऐसे ही अकेली छोड़कर उतर सकता था! किन्तु उस उद्दाम अविवेकी यौवन में, तब क्या आज के प्रौढ़ नारीत्व का विवेक कभी हो सकता था?

घर पहुँची तो वही हुआ जिसका उसे डर था। पापा दौरे से लौट चुके थे और ममी फिर अपने किसी सांस्कृतिक दल को लेकर विदेश चली गई थीं। वह पापा से मिलने गई तो वह अपनी स्टडी में बैठे हुए कुछ लिख रहे थे। ''हैलो पापा,'' उसने बड़े उत्साह से कहा, पर जलते तप्त-तवे पर जैसे उसकी उक्ति जलबिन्दु-सी छनककर सहसा विलीन हो गई। डॉ. मनोहर बर्वे ने एक बार आँखें उठाकर देखा और उनकी वह अग्निगर्भा दृष्टि पुत्री को वहीं पर भस्म कर गई। न उन्होंने कुछ पूछा, न कोई कैफ़ियत ही माँगी, सिर झुकाकर फिर लिखने लगे। बिदू समझ गई कि पापा उससे बेहद नाराज़ हैं। रात को खाने की मेज पर भी वह उससे एक शब्द नहीं बोले। वह भी चुप रही, मन-ही-मन उसे बौबी पर बेहद गुस्सा आ रहा था। वह होता तो पापा शिष्टतावश अपनी इस मनहूस चुप्पी से तो उसे ऐसे न सहमाते। इस अवांछित मौन से तो वह उसे नौकरों के सामने ही सौ जूते भी मार लेते, तब भी वह दंड इस कठिन दंड से हल्का ही होता। बीच-बीच में खाते-खाते पापा, उसे ऐसी तीक्ष्ण दृष्टि से देख रहे थे कि वह पसीना-पसीना होती जा रही थी। उसे लग रहा था, उसके भीतर छिपी उसके प्रणय प्रसंग की पूरी फ़िल्म को ही बाहर निकाल, पापा अपनी आँखों में छिपे किसी अदृश्य प्रोजेक्टर से देखते चले जा रहे हैं। रात-भर वह सो नहीं पाई थी। सुबह उठते ही, नहा-धोकर वह चुपचाप घर से निकली तो डॉ. बर्वे सो रहे थे। वह आज दृढ़ संकल्प करके ही निकली थी कि बौबी को अपने साथ लेकर ही लौटेगी।

बाहर ही बौबी का छोकरा बैरा लक्ष्मण मिल गया।

''साहब तो अभी सो रहा है, जगा दूँ?''

''नहीं, मैं थोड़ी देर में आऊँगी, जग जाएँ तो बता देना, मैं आई थी।''

घंटे-भर तक वह लाइब्रेरी के बरामदे में ही बेंच पर बैठी रही थी, इतनी

सुबह लाइब्रेरी खुलती ही कहाँ थी! लौटी तो बौबी का द्वार बन्द था और कहीं कोई नहीं था। ऐसे ही निर्जन परिवेश की उसे कामना थी। उसने एक बार घंटी बजाई, दूसरी बार, फिर तीसरी बार उसने झुँझलाकर जोर से मुँदे कपाट भड़भड़ाए तो भीतर से अलस स्वर आया, "कौन?"

"मैं हूँ बिदू, द्वार खोलो!"

द्वार खुला और नींद से अलसाई आँखों को मलता बौबी, आश्चर्य से उसकी ओर देखता रहा, फिर हाथ पकड़कर भीतर खींच ले गया। आज भी वैदेही के हृदय में, उनकी वह कदर्प-सी छवि, किसी धुँधले पड़ गए चित्र-सी उसी अन्दाज में संचित थी।

दामिनी ने ही उसे केसरिया बनारसी रेशम का ढीला कुरता सिलवाकर, उसके जन्मदिन पर दिया था, उत्कल की चटख लुंगी से निकले उंसके लक्का कबूतर-से उजले दोनों पैर कैसे दमक रहे थे। नीली आँखों में सहसा फिर वही प्रणयोन्माद छलक उठा। बड़े अधिकार से वैदेही को अपने पलंग पर लिटा, वह बड़े लाड़ से उसके क्लान्त चेहरे पर झुक गया, "इतनी सुबह-सुबह कैसे आ गईं? जानती हो, अभी-अभी मैं तुम्हें ही सपने में देख रहा था, तुम्हारी उसी गुलाबी साड़ी का आँचल मेरी मुट्ठी में था, ओह डार्लिंग...माई लव..."

"बस करो बौबी," वह एक रूखे झटके से अपने को बौबी के आलिंगन से विलग कर कुर्सी पर बैठ गई। रात भर जगी थी। आँखों के नीचे रात्रि-जागरण के स्पष्ट हस्ताक्षर, स्याह घेरे बनकर उभर आए थे।

"जानते हो, पापा बेहद नाराज़ हैं, मुझसे एक शब्द भी नही बोले। बौबी, कल तुम्हें मेरे साथ उनके पास जाना चाहिए था। आखिर तुम्हीं तो मुझे अपने साथ ले गए थे?"

"तो क्या मैंने तुम्हें उनके पास सही-सलामत नहीं पहुँचा दिया?" वह बड़ी दुष्टता से मुस्कुराया और फिर उछलकर, उसे बाँहों में भर पलंग पर खींच लाया।

"देखो बौबी, यह मज़ाक मुझे पसन्द नहीं है, मैं तुम्हें लेने आई हूँ, मेरा पापा से कहना ठीक नहीं होगा, तुम्हें ही कहना होगा..."

"क्या क़हना होगा?" पतली-सी नासिका में दुष्टता की अनेक सुघड़ सिलवटें पड़ गईं।

"कि तुम मुझसे विवाह करोगे!"

वैदेही के स्वर की दृढ़ता को बौबी ने एक बार फिर अपनी आनन्दी चुटकी से उड़ाने की चेष्टा की, ''ओह, देखता हूँ तुम्हारे इस विचित्र देश के नियम भी विचित्र हैं। हमारे यहाँ विवाह का प्रस्ताव पुरुष रखता है, स्त्री नहीं। पर तुमने तो स्वयं ही प्रस्ताव रख दिया। चलो मेरा कुछ काम तो कम कर दिया!''

एक पल को स्तब्ध रह गई थी वैदेही, उसे आश्चर्य से देखती ही रह गई थी। आखिर क्या कहना चाह रहा था वह? क्या उसकी दृष्टि में वह एक निर्लज्ज स्वयंदूती मात्र थी?

फिर वैदेही का फक पड़ गया, रक्तहीन चेहरा देखकर, उसके चतुर प्रेमी ने स्वयं अपने को सम्हाल लिया था, ''मैं तुम्हारे पापा से अवश्य कहूँगा, स्वीट हार्ट, पर इतना अधैर्य क्यों हो रहा है तुम्हें, ज़रा मूड ठीक होने दो, मौका देखकर ही कहना ठीक रहेगा...''

''नहीं, उनके मूड के लिए रुकोगे तो तुम्हें जीवन-भर रुकना होगा। पापा के मूड को तुमसे ज्यादा मैं पहचानती हूँ। फिर हमारे बीच जो कुछ हो गया है, उसके बाद जितनी जल्दी हो, हमें विवाह कर लेना चाहिए!''

''क्यों, क्या हो गया है हमारे बीच?'' एक बार फिर प्रणयोन्मत्त नीली आँखों में परिहास की असंख्य किरणें कौंध गईं। बड़े दुलार से उसने वैदेही के मोहक उभार पर काँपती पृथुल वेणी को हाथ में लेकर चूम लिया।

कितनी रातों से वैदेही सो नहीं पाई थी, और आज उसी उद्भ्रान्त दिशाहारा उद्वेलित हृदय को लेकर, कितनी आशा से उसके पास आई थी, और एक वह था कि उसे आनन्दी चुटकियों में उड़ा रहा था। क्या वह परिस्थिति के विषम गाम्भीर्य को ग्रहण ही नहीं करना चाहता था? क्या वह उसके देह-मन को लेकर महज़ खिलवाड़ ही करता रहा है? एक झटके से अपनी वेणी उससे छुड़ाकर वह अधैर्य से खीझती, तीर-सी बाहर निकल गई। आँसुओं से अन्धी आँखों को पोंछने का भी उसने प्रयास नहीं किया। वह तो उसका भाग्य अच्छा था कि किसी ने उसे देखा नहीं, नहीं तो लोग क्या कहते! सारे शहर में ख़बर फैल जाती कि बड़ी सुबह डॉ. वैदेही बर्वे, विदेशी प्रोफ़ेसर के कमरे से रोती हुई भागी जा रही थी। काश, वह उस दिन ऐसी मूर्खा न बनी होती!

दिन-भर वह घर से बाहर नहीं निकली, न युनिवर्सिटी ही गई, न

लाइब्रेरी। कमरे की ही खिड़की से उसने देखा—पापा का सूटकेस, नौकर कार में रख रहा है। तब, क्या यह जानकर भी कि वह घर में अकेली है, पापा ने उससे यह कहना भी उचित नहीं समझा कि वह दौरे पर जा रहे हैं? ऐसा क्या आज तक कभी हुआ था? अनकहे उपालम्भ के अभिमान से उसकी आँखें छलक उठीं। अँधेरे कमरे में वह बिना बत्ती जलाए ही पड़ी थी, बीच-बीच में द्वार हवा के वेग से ज़ोर से मुँदे जा रहे थे, और कर्कश पटापट बुरी लगने पर भी, उसमें इतनी भी शक्ति नहीं रह गई थी कि वह उठकर उन्हें अटका दे। सहसा वह उसके सम्मुख खड़ा हो गया था—"बिदू!"

वह लड़खड़ाकर उठी और इससे पहले कि वह लपककर बत्ती जलाती वह स्वयं बत्ती जलाकर कुर्सी पर बैठ गया, "ऐसे अँधेरे में क्यों पड़ी हो?" कुछ उत्तर न पाकर, उसने जेब से सिगरेटकेस निकाला, सिगरेट सुलगाकर होंठों में अटका, अपने मोहक बंकिम स्मित से मानिनीप्रिया को बींधकर बोला—"इतनी नाराज़ हो स्वीट हार्ट? लेट अस बी फ्रेंड्स!" अपना रक्तिम गौर करपुट, उसने बड़े औदार्य से उसकी ओर बढ़ाया, "देखो ना, मैं

तो तुम्हारे पापा से ही मिलने आया था, पर पता लगा वह आज ही बैंगलूर चले गए हैं। अब बताओ भला, इसमें मेरा क्या दोष? माफ़ कर दिया ना!"

उस देवदूत-सी निष्कपट हँसी को भला कौन माफ़ नहीं करता! कभी नल का सौन्दर्य वर्णन पढ़, उसने दामिनी से कहा था—"कैसी हास्यास्पद कल्पना रहती थी इन संस्कृत-कवियों की! ज़रा सुनो तो, ममी!

न का निशिः स्वप्नगतं ददर्शतं
जगाद गोत्रस्खलिते च का नतम्।"

कामदेव के समान सुन्दर नल का सपना, कौन-सी ऐसी स्त्री थी, जो नहीं देखती थी और धोखे से नल का नाम नहीं लेती थी? ऐसी अतिशयोक्ति क्या कभी विश्वसनीय लग सकती है? किन्तु रौबर्ट को देखकर उसे लगता था कि नल की हँसी भी ऐसी ही मोहक रही होगी...जहाँ बौबी हँसकर उसे बाँहों में भरता, वह आँखें मूँद, उसके साथ-साथ किसी गहन उदधि की अतल जलराशि में, डुबकियाँ लगाने बड़ी निर्भीकता से अपना अस्तित्व खो बैठती... प्रेमोदधि की उन उत्तुंग तरंगों में न किसी प्रकार का भय ही शेष रहता, न विदेशी प्रेमी के प्रति अविश्वास।

पापा की अनुपस्थिति के उन दस दिनों में फिर उसका प्रणयी किसी

परी-कथा का-सा राजपुत्र बन अपने हवाई प्रणयाश्व पर उसे बिठा, जिस निस्सीम गगन के शून्य में विलीन हो गया था, वहाँ न विवेक था, न लज्जा, न समाज का भय। घर के नौकर-चाकर, विभाग के सहकर्मी उसे घूर-घूरकर देखने लगे थे। अपनी पीठ-पीछे चल रही मात्सर्यपूर्ण फुसफुसाहट को वह स्पष्ट सुन पा रही थी, पर अब उसको किसका भय था और किसकी चिन्ता? पापा के आते ही तो वह स्वयंवरा बन, स्वयं उस कन्दर्प के गले में वरमाला डाल देगी। सहसा बिना किसी सूचना के ही पापा आ गए थे। निर्लज्ज दुःसाहसी प्रेमी की बाँहों में, वह अपने कमरे में अचेत पड़ी सो रही थी। वह नित्य आधी रात को जंगली बिल्ले की भाँती, मखमली पंजे रखता, पिछवाड़े के द्वार से आता और पौ फटते ही खिड़की से कूदकर हवा हो जाता। बरसाती में खड़ी कार को देखकर भी अनदेखा कर, वह खिड़की से कूदा ही था कि देखा, डॉ. बर्वे, अपनी खिड़की पर खड़े उसे एकटक देख रहे हैं। पर बौबी का चमड़ा भी तो गैंडे का चमड़ा था, और कोई होता तो वहीं थरथराने लगता, पर उस बेहया ने, वहीं हाथ हिलाकर गृहस्वामी की अभ्यर्थना की और सीना तानकर ऐसे झूमता निकल गया, जैसे घर का दामाद हो।

नींद में बेहाश पड़ी वैदेही को कुछ भी पता नहीं था। सुबह उठी तो वीरसिंह चाय की ट्रे ले आया। वर्षों पुराना नौकर था, इसी गृह में उसकी जवानी बीत गई थी। पिता-पुत्री के बीच का वैमनस्य वह जान गया था, इधर साहब की अनुपस्थिति में हो रहे बेबी के अमर्यादाशील आचरण को भी बराबर देख रहा था।

"बेबी," उसने गम्भीर स्वर में कहा, "साहब आ गए हैं.."

साहब के आने की सूचना देने का उसका स्वर बहुत सुविधा का नहीं है, यह वैदेही समझ गई।

"कब आए पापा?" वह हड़बड़ाकर उठ बैठी।

"बहुत सुबह, यही कोई चार बजे होंगे।" फिर उसने तीक्ष्ण दृष्टि से उसे देखा, वह अनकही दृष्टि उससे सबकुछ कह गई। अर्थात् पापा आ गए थे और शायद उन्होंने रौबर्ट को खिड़की से कूदते देख लिया था। ठीक चार बजे का ही तो घड़ी में अलार्म लगाकर वह नित्य यहाँ से तिड़ी हो जाता था, जिससे अँधेरे में उसे कोई देख नहीं सके—क्या पता गेट पर ही दोनों की मुठभेड़ हो गई हो!

जैसे भी हो, उसे बताना होगा कि पापा आ गए हैं। पापा कुछ कहें

इससे पहले ही उन्हें अपने निश्चय से अवगत कराना होगा।

बौबी के द्वार पर लटका ताला, उसे दूर से ही दिख गया और उसका हृदय, किसी वयःसन्धि पर खड़ी किशोरी के ही दुर्बल हृदय-सा काँप उठा। यह क्या! इतनी सुबह वह कहाँ जा सकता था। वह तो सुबह नौ बजे से पहले कभी जागता ही नहीं था। एक भयावह सम्भावना से, उसके पैर थरथराने लगे, कहीं पापा ने तो कुछ नहीं कर दिया! पापा को वह जानती थी, क्रोध आने पर वह कुछ भी करवा सकते थे! वह आगे बढ़ ही नहीं पाई, उसी क्षण लक्ष्मणसिंह भागता उसके पास खड़ा हो गया, "साहब तो गया मिस साहब!"

"कहाँ गया?" उसने काँपते स्वर को संयत करने की चेष्टा की।

"कल रात को ख़बर आया। साहब का छोकरा बहुत बीमार है। आपके लिए वह चिट्ठी दे गया है! कह गया—लछमन, यह चिट्ठी मिस साहब को देना, कहना साहब बहुत माफ़ी माँगा है... बोला, हमारा सलाम बोल देना..."

सलाम! उसके और बौबी के बीच अब क्या केवल एक सलाम का ही रिश्ता रह गया था? चिट्ठी लेकर वह बिना कुछ कहे तेजी से निकल गई। लिफ़ाफ़ा हाथ में लिए वह कहाँ जा रही थी, उसे स्वयं भी पता नहीं था। फिर, एकाएक उसके दोनों पैर, उस निर्जन कुंज की ओर बढ़ गए थे, जिसका नाम कभी दोनों ने धरा था 'मधुकुंज'। चारों ओर अश्वत्थ, नीम के घने वृक्ष, उनके बीच धरी पत्थर की बेंच, जिस पर बैठ, उन प्रणय-विभोर प्रेमियों के न जाने कितने विवेकहीन अलस द्विप्रहर, प्रौढ़ घनी सन्ध्या में डूबकर विलीन हुए थे। यहीं दो दिन पहले बौबी ने उससे अपना प्रिय गाना सुना था :

हूँ तो थई एना प्रेम या घेली
बाँसलडी बाजी रे

मैं उसके प्रेम में पागल हो गई हूँ—बंशी फिर बज गई।

आसपास अभी भी उसके निरन्तर धूम्रपान के स्मृति-चिह्न सिगरेट के क्षत-विक्षत नन्हे-नन्हे टुकड़े पड़े थे। उसने लिफ़ाफ़ा खोला :

"बिटू,

"मेरे पास आज कुछ कहने को नहीं है। इतना तुम्हें विश्वास दिलाता

हूँ कि मैं पराजित होकर, कायर बनकर नहीं भाग रहा हूँ। भगा रहा है स्वयं विधाता, मेरा प्रारब्ध। सोचा था, कल तुमसे सब कह दूँगा। क्यों मैं तुमसे चटपट विवाह नहीं कर पा रहा हूँ, मेरी विवशता क्या है, तुम्हारा उदार निष्कपट मन, सबकुछ सुनकर निश्चय ही मुझे क्षमा कर देता। किन्तु आज मैं अपराधी बन जिस कटघरे में खड़ा हूँ, वहाँ से कुछ भी कहूँगा तो न तुम मुझे क्षमा कर पाओगी, न न्यायप्रिय विधाता।

''कल रात ही फ़िलिस का फ़ोन आया, मेरा एकमात्र पुत्र टिकी सख्त बीमार है। उसे ल्युकेमिया हो गया है। फ़िलिस मेरी पत्नी है। यहीं पर एक अविश्वसनीय सत्य और जोड़ दूँ, न जाने संसार के किसी अन्य पुरुष को भी इस सत्य ने डसा है या नहीं, किन्तु मैं तुमसे एकदम सच कहता हूँ बिदू, पुरुष कभी-कभी दो नारियों से भी समान रूप से प्रेम कर सकता है। तुम आज मुझे जितनी प्रिय हो उठी हो, उतनी ही प्रिय मुझे फ़िलिस भी है। हम दोनों बचपन से ही सहपाठी रहे। आठ वर्षों के वैवाहिक जीवन में, हममें कभी खटपट नहीं हुई, ऐसी बात नहीं, एक बार तो वह मेरे बेटे का हाथ पकड़ अपनी माँ के पास चली गई थी और पूरे तीन महीने वहीं रही। मैंने उस पर हाथ भी उठाया है, उसका असहिष्णु स्वभाव, अत्यधिक शृंगार-प्रियता, पुरुषों की मजलिस के प्रति लगाव, मैं कभी ग्रहण नहीं कर पाया। किन्तु, मैं जानता हूँ वह मुझे बेहद प्यार करती है, फिर भी मैंने अपना निश्चय ले लिया था, क्योंकि एक फ़ैसला तो मुझे करना ही था, दो नारियों को मैं कब तक ऐसे छल सकता था! मैंने सोच लिया था कि मैं फ़िलिस को सबकुछ लिखकर बता दूँगा और तलाक़ की याचना करूँगा। मैं तुम्हें रक्षिता बनाकर कभी नहीं रख सकता, यह मैं तुम्हारे आत्मभिमानी स्वभाव को परखते ही जान चुका था। किन्तु, फ़िलिस के भी किस दोष को लेकर मैं तलाक़ माँगूँ? और फिर हमारा बेटा—वह तो मिलने पर मुझे एक पल भी नहीं छोड़ सकता। रात-रात-भर के तर्क-वितर्क के बाद मैं अपना निर्णय ले चुका था। अपने अन्तर की तुला पर, मैं कई बार तुम दोनों को रखकर तौल चुका था। बार-बार तुम्हारा ही पलड़ा भारी निकल रहा था। मैं उसे पत्र लिखने बैठा ही था कि उसका फ़ोन आ गया। मेरा कर्तव्यबोध मुझे धिक्कार उठा। छिः छिः, तेरा बेटा मृत्यु शय्या पर है। फ़िलिस अकेली, एक अस्पताल से दूसरे अस्पताल में भाग रही है और तू यहाँ प्रेमोदधि में रस की निर्लज्ज डुबकियाँ लगा रहा है? तुमसे यह सब कहकर मेरा चित्त फूल-सा हल्का हो गया है,

जानता हूँ मेरे इस अपराध को संसार की कोई भी नारी क्षमा नहीं कर सकती। मुझ जैसे प्रवंचक को तो उस जघन्य अपराधी की भाँति तत्काल प्राणदंड दिया जाना चाहिए, जिसे अदालत, जमानत भी नहीं बख़्शती। बिदू, तुम्हारे देश के आईन-क़ानून के क्या नियम हैं, मैं नहीं जानता, किन्तु हमारे देश का हत्यारा भी अपना जघन्य अपराध स्वीकार कर लेता है तो उसके दंड को न्यायालय स्वयं कम कर देता है। रौबर्ट फ़ास्ट, हम दोनों का ही प्रिय कवि है। उस रात, गरजते समुद्र-तट पर बैठकर तुमने कितनी बार ये पंक्तियाँ मुझसे सुनी थीं, तब हम क्या जानते थे कि ये उस दिन हमारे ही जीवन की भविष्यवाणी कर हमें सचेत कर रही हैं।

''आज उन्हीं पंक्तियों के साथ तुमसे विदा ले रहा हूँ, स्वीट हार्ट! तुम्हारे नवजात शिशु के-से दूधिया कपोलों पर मेरे शत-शत चुम्बन....

द ट्री द टेम्पेस्ट
विथ ए क्रैश ऑफ वुड
थ्रोज डाउन इन फ्रन्ट ऑफ अस इज़ नॉट टू बार
आवर पैसेज टू आवर जर्नीज़ एंड फॉर गुड
बट जस्ट टू आस्क अस
हु वी थिंक वी आर

(भीषण झंझावात, किसी वृक्ष को आमूल विध्वस्त कर, हमारे मार्ग को अवरुद्ध करने इसलिए नहीं डालता, कि हम अपनी यात्रा पूरी न कर सकें, वह तो वृक्ष को उखाड़कर, इसलिए हमारे पथ को अवरुद्ध कर देता है कि क्षण-भर हमें रोककर वह यह तो पूछ ले कि—आख़िर हम अपने को समझते क्या हैं!)

तुम्हारा ही,
बौबी''

चारों ओर काली आँधी का गुब्बार उठने लगा था, दीर्घकायी पेड़ कम्पित होकर, झंझा के वेग से दुहरे हुए जा रहे थे, किन्तु वैदेही अडिग मूर्ति-सी बैठी थी। हाथ में प्रेमी का पत्र, पीपल के पत्ते-सा काँप रहा था।

यह क्या हो गया अचानक?

क्यों की उसने इतनी बड़ी प्रवंचना! क्यों आज तक उसे नहीं बताया?

किन्तु दोष क्या केवल बौबी का था? उसके चरित्र का स्फटिक पात्र क्या केवल बौबी के ही हाथों से गिरकर चूर-चूर हुआ था? एक अनजान विदेशी प्रवासी को, उसने अपना सर्वस्व अर्पित करने के पहले, क्या एक बार भी नहीं सोचा कि उस विवेकहीन प्रणय-यात्रा का अन्त क्या होगा? दिन डूबे वह घर लौटी और धूल-भरे कपड़ों में ही, पलंग पर विच्छिन्न लता-सी जा गिरी। सारी रात उसे नींद आई कहाँ थी, सुबह उठी तो अंग-अंग टूट रहा था। उसे कमरे में ही पड़ी देखकर पापा एक बार भी उसके कमरे में नहीं आए। वीरसिंह ने ही बाद में बतलाया कि साहब फिर दौरे पर चले गए हैं। अपनी उस जनशून्य प्रासादोपम कोठी में वह सारी रात विक्षिप्त-सी, एक कमरे से दूसरे कमरे में घूमती रही थी। लगता था वह पागल हो जाएगी। भ्रमणप्रिया विलासिनी जननी के प्रति उसका विदग्ध हृदय, रह-रहकर तीव्र विद्रोह कर उठा था। क्या आज, उसके इस दुर्भाग्य के लिए, उसकी जननी ही उत्तरदायिनी नहीं थी? पापा तो वैसे ही घर पर कम रहते थे, दामिनी ने उसे क्यों ऐसी उदार अविवेकी छूट दे दी? और यह जानकर भी कि पापा लम्बे दौरे पर गए हैं, वह उसे बौबी के साथ अकेली छोड़कर क्यों चली गई थीं?

जब दामिनी के आने की सूचना आई तब डॉ. मनोहर बर्वे दौरे पर ही थे। पापा के न रहने पर, हमेशा वैदेही ही माँ को लेने एयरपोर्ट जाया करती थी, पर उसने ड्राइवर से कह दिया, वह मेमसाहब को ले आए, वह लेने नहीं जाएगी। आज तक उसने जननी की ऐसी अवहेलना कभी नहीं की थी। जब कभी दामिनी विदेश-यात्रा से लौटती, वह उसे लेने जाती और घर पहुँचते ही उसका सूटकेस खोलकर धर देती।

"क्या-क्या लाई हो ममी मेरे लिए!" किन्तु आज न वैसा कुतूहल ही रह गया था, न ममी की आगमनी का वह उल्लास। दामिनी की कार का शब्द सुनकर भी वह अपने कमरे ही में पड़ी रही। हाथ में पुस्तक थी, किन्तु ध्यान क्या अक्षरों पर था? चिन्तातुरा दामिनी ही भागती-हाँफती उसके कमरे में तीर-सी धँस गई थी–

"यह क्या बेबी, यहाँ क्या कर रही है? मुझे लेने क्यों नहीं आई?"

वैदेही ने अपनी झील-सी शान्त आँखें माँ की ओर उठाईं–कुछ भी नहीं बोली।

"कुछ बोलती क्यों नहीं? कैसी गत बना रखी है!" दामिनी ने लपककर

उसके दोनों कन्धे थाम लिए।

कैसी हो गई थी लड़की? लगता था दिनों से बालों को नहीं सँवारा है और साड़ी! क्या कभी ऐसी मुड़ी-तुड़ी साड़ी में उसने आज तक वैदेही को कभी देखा था? क्लफ़ ज़रा भी हलकी होती तो वह धोबी को चीरकर धर देती।

''कुछ भी तो नहीं हुआ ममी, नहाई नहीं हूँ, आलस आ गया था, सिर भी दुख रहा था, इसी से एयरपोर्ट नहीं आई।''

''पर यह चेहरा! एकदम नाक की हड्डी निकल आई है, आईना नहीं देखा क्या?''

''ओह, कमऑन ममी, कुछ भी तो नहीं हुआ, एक दिन भीग गई थी, फ्लू हो गया था, अभी भी ठीक से नहीं...''

''तेरे पापा कहाँ गए हैं इस बार?''

''मुझे पता नहीं ममी, पापा अब मुझसे बात नहीं करते,'' वह आँखें उठाकर माँ की ओर देख नहीं पा रही थी।

''बात नहीं करते? कैसी बहकी-बहकी बातें कर रही है आज तू?'' दामिनी को लग रहा था, उसकी एक ही महीने की अनुपस्थिति में, पूरा घर ही उलट-पुलट गया है। उसके आने की सूचना पाकर भी, पति लम्बे दौरे पर निकल गए हैं, पुत्री कंधे पर हाथ धरते ही बिदक रही है—''चल देखेगी नहीं, मैं क्या लाई हूँ तेरे लिए?'' वह एक प्रकार से पुत्री को खींचकर ही अपने कमरे में ले गई थीं। कितनी शेड के लिपस्टिक, असली मोतियों की फुलड़ी, विचित्र आकार के प्रवालों की माला, चीनी रेशम की साड़ियाँ।

किन्तु एक उदासीन दृष्टि फेरकर, वैदेही उठने लगी, ''थैंक्स ममी!'' उसने हँसने का प्रयास किया।

''बैठ जा, कहाँ जा रही है?'' दामिनी ने फिर उसे हाथ पकड़कर बिठा दिया।

''और देख, बौबी के लिए क्या लाई हूँ!'' दामिनी ने एक सुन्दर नीले मखमली केस को खट से खोला, उसकी ओर बढ़ा दिया। नीले आवरण में दो मोती के बटन दपदप दमक उठे थे।

''उसके लिए अब तुम्हें कुछ नहीं लाना होगा, ममी!''

''क्यों? क्या बौबी चला गया है? उसका काम तो अगस्त में पूरा होनेवाला था—कब गया?''

“उसके बेटे को ल्युकेमिया हो गया है, ममी, उसे जाना पड़ा...”

“क्या? कैसा बेटा? क्या वह विवाहित था?”

“कैसी बचकानी बातें करती हो ममी! विवाहित न होता तो बेटा कहाँ से होता?” उसने हँसकर कहा।

उसका यही कथन क्या देखते-ही-देखते उसी जननी की आँखों के सामने व्यर्थ नहीं हो गया था?

माँ को भी विधाता ने कैसी अद्‌भुत घ्राण-शक्ति दी है। एक पल में दामिनी की तीक्ष्ण दृष्टि, पुत्री की करुण हँसी को बींधती, उसके आहत मर्मस्थल तक पहुँच गई। बिना कुछ पूछे ही वह सब समझ गई। बौबी के प्रति पुत्री के उत्कट लगाव से वह अनभिज्ञ नहीं थी। लड़का उसे बेहद पसन्द था। ऐसा सुदर्शन, सजीला जामाता मिले, तो उसे क्या आपत्ति हो सकती थी! बौबी अपने वैभव की, अपने बैरन पिता की, अपने कासल की, कई बार चर्चा कर चुका था। फिर, वैदेही का लालन-पालन भी, उदार वातावरण में हुआ था। स्वयं दामिनी के पति के एक चाचा ने एक जर्मन महिला से विवाह किया था, उसकी एक ममिया सास हंगेरियन थीं—ऐसे विवाहों का तो उनके परिवार में चलन था ही, फिर किसी को क्या आपत्ति हो सकती थी! यद्यपि पति के संस्कारशील स्वभाव से वह परिचित थी। उन्हें पहले, उसका भी इधर-उधर नाचना पसन्द नहीं था, किन्तु दामिनी का दृढ़ विश्वास था कि पति द्वारा किसी भी प्रस्ताव का अनुमोदन न होने पर भी, यदि पत्नी साहस कर, अपने उस प्रस्ताव को स्वयं सार्थक कर लेती है, तो धीरे-धीरे पति भी उसे स्वीकार कर ही लेता है। जिसके हाथ में सत्ता हो, उसमें किसी भी प्रस्ताव की स्वीकृति देने में ‘हाँ’ से अधिक ‘ना’ कहने की ही प्रवृत्ति अधिक रहती है। उसे जब कभी किसी सांस्कृतिक दल का अगुआ बनकर विदेश जाना होता, वह पति को सूचित मात्र करती थी, अनुमति लेने की कोई आवश्यकता ही नहीं समझती थी, इसी से अब तक उसके और डॉ. बर्वे के बीच, पति-पत्नी का एक औपचारिक रिश्ता मात्र रह गया था। वह घर आती तो डॉ. बर्वे दौरे पर गए होते और घर पर होते तो दामिनी विदेश के किसी रंगमंच को धन्य कर रही होती। दामिनी जानती थी, कि भले ही पुत्री एवं बौबी की क्रमशः प्रगाढ़ हो रही मैत्री को पत्नी का प्रश्रय देना, डॉ. बर्वे को

ज़रा भी अच्छा नहीं लग रहा था, पर वह यह भी जानती थी कि यदि दोनों विवाह-सूत्र में बँध गए तो फिर उन्हें कोई आपत्ति नहीं होगी! यही नहीं, वह तो अपनी भावी उजली, नीली आँखोंवाली सुदर्शन पीढ़ी के सुनहले सपने भी देखने लगी थी।

किन्तु, सहसा जैसे किसी अप्रत्याशित भूकम्पी धक्के ने, उसके सारे सपने चूर-चूर कर दिए। उसे अपनी चिन्ता नहीं थी, चिन्ता थी पुत्री की, उसे क्या वह नहीं जानती थी? कितनी ही साहसी क्यों न हो, एक बार प्रणय-देहरी पर ठोकर खाकर, वह अब भूलकर भी, उस पर दुबारा पाँव नहीं रखेगी! और फिर उसके पापा के लौटने पर, दामिनी उनसे क्या कहेगी? यह पिता के सामने पुत्री की ही नहीं, पति के सामने पत्नी की भी उतनी ही लज्जाजनक पराजय थी। कितने नामों की अवहेलना कर, उसके गुरु ने, उसकी पुत्री का यह नाम धरा था—वैदेही। तब, यह क्या जानती थी, कि वह एक दिन सचमुच ही इस नाम को सार्थक करेगी—अभागिनी के भाग्य में क्या वैदेही के ही अरण्यवास की यह दुःसह वेदना लिखी थी? इधर वैदेही को न कपड़ों से लगाव रह गया था, न पढ़ने-लिखने से। जब देखो तब, कमरे में ही पड़ी, शून्य दृष्टि से छत को देखती रहती। पति के प्रत्यावर्त्तन के लिए, दामिनी अचानक छटपटाने लगी थी। वह क्या जानबूझकर ही लौटने में विलम्ब कर रहे थे?

एक दिन दोनों माँ-बेटी, खाने की मेज़ पर बैठी थीं। उस दिन, दामिनी वैदेही के लिए उसका प्रिय चिखाना प्रौन बनवा रही थी : "वीरसिंह, बेबी को बहुत पसन्द है, ज़रा बढ़िया-सा बना देना!" वह भून रहा था कि वैदेही, सहसा नाक पर साड़ी का आँचल रखकर उठ गई—"छिः-छिः, कैसी बदबू आ रही है ममी—क्या बना रहा है वीरसिंह? हमसे नहीं खाया जाएगा यह सब!" और वह उठकर अपने कमरे में चली गई थी। सिर से पैर तक काँप उठी थी दामिनी। ठीक बाईस वर्ष पूर्व, उसकी सास यही प्रौन भून रही थी और वह भी नाक पर आँचल धर, सीधे चौके में घुसकर सास के सम्मुख खड़ी हो गई थी—"क्या बना रही हो आई? कैसी दुर्गन्ध आ रही है।"

सास ने अचकचाकर उसे देखा, फिर उनकी सौम्य मुखाकृति का आश्चर्य, उत्फुल्ल रेखाओं में निखर गया था। हँसकर उन्होंने अपने दोनों हाथ, उसके सिर पर रख दिए थे और फिर आकाश की ओर आँखें उठाकर कहा था—'कब से रुकी थी यही सुनने को! धन्य हो विट्ठला, तूने मेरी लाज रख ली! तू दिन-रात नाचती रहती थी ना बहू, इसी से मुझे डर था कि कहीं तू नाचती ही रही तो क्या होगा? क्या मेरी वंशबेलि सूख जाएगी?'

ठीक ही तो कहा था उन्होंने। विवाह के पाँच वर्षों तक, उसने स्वेच्छा से ही मातृत्व को विफल कर दिया था। इस घटना के ठीक सातवें महीने बाद वैदेही का जन्म हुआ था। जिस गर्भस्थ पुत्री ने, मछली की दुर्गन्ध के प्रति, पृथ्वी पर आने से पूर्व ही विद्रोह किया था, वही पुत्री आज पुनः वही क्षण दुहरा रही थी। किन्तु आज, क्या वह अपनी धर्मभीरु सरला सास की भाँति, आकाश की ओर दोनों हाथ उठाकर, अपनी कृतज्ञता का अर्घ्य निवेदित कर सकती थी? एक अनजान भयमिश्रित विवशता से उसके हाथ-पैर ठंडे हो गए—कहीं यह सच हुआ तब? क्या उसकी पढ़ी-लिखी बिदू, ऐसी घातक मूर्खता कर सकती थी? अपने संशयाकुल चित्त को, मन-ही-मन लाख समझाने पर भी, वह एक गस्सा भी कंठ के नीचे नहीं उतार पाई। रात भी माँ-बेटी ने कुछ नहीं खाया। वैदेही युनिवर्सिटी से लौटते ही अपने कमरे में चली गई, उसने माँ से बात भी नहीं की। बड़ी रात तक जब नींद नहीं आई तब दामिनी ही, दबे पैरों से वैदेही के कमरे में पहुँची। पहले तो उसका कलेजा धक रह गया, पलंग ख़ाली था, तकिया ज़मीन पर पड़ा था। कहाँ गई बिदू? कहीं कुछ कर तो नहीं बैठी? फिर सहसा, अकेले अँधेरे निभृत कमरे में अकेली खड़ी निरीह पुत्री के प्रति, उसका हृदय गहन ममत्व से छलक उठा था। स्वयं अपनी अल्पज्ञता उसे डसने लगी। अपनी इस इकलौती सरला पुत्री को क्या वह कभी अपना उत्कट स्नेह दे पाई थी? अपनी ही ख्याति के पीछे मूर्ख बनी भागती, वह क्या उसे जननी का भरपूर वात्सल्य दे सकी थी? क्या कभी उससे कह पाई थी कि कुटिल संसार के विषम गली-कूचों से प्रत्येक लड़की को गुजरना होता है, बिदू! किन-किन खन्दक-खाइयों से उसे बचना होगा, क्या कभी उसे बताने का भी समय रहा था दामिनी के पास? क्षुब्ध ग्लानि से अवसन्न अवगुंठिता दामिनी खड़ी ही रह गई थी।

"बिदू", फिर बड़े साहस से वह आगे बढ़ी। माँ का स्वर सुन, वह चौंककर पलटी। अन्धकार के अस्पष्ट धुँधलके में भी पुत्री के अश्रुसिक्त

पक्ष्म, उसने देख लिए, वह रो रही थी। अँधेरा और घना हो गया था, दोनों ही एक-दूसरे को ठीक से नहीं देख पा रही थीं। जानबूझकर ही दामिनी ने बत्ती नहीं जलाई। हृदय की बातें अन्धकार में ही, निर्भीकता से प्रखर होती हैं, प्रकाश में नहीं।

वैदेही माँ के इतने निकट खड़ी थी कि उसकी तप्त साँसों का उतार-चढ़ाव दामिनी के चिबुक पर फूँक-सी मार रहा था। उसके जी में आया, वह लपककर उसे बाँहों में भर ले किन्तु अपनी उस बलवती इच्छा को वह कैसे पूरा कर सकती थी! जब बिदू छोटी थी और बार-बार उससे लिपटती, गोदी में बैठने की बचकानी जिद करती, उसके गालों को चूमती तब वह कहती, 'क्या करती है, बेबी मुझे तेरी यह चूमाचाटी अच्छी नहीं लगती। नैनी, ले जाओ इसे। मुझे रिहर्सल पर जाना है।' धीरे-धीरे ही माँ का यही रूखा स्नेह, बिदू के कैशोर्य को रूखी रोटी-सा सुखाकर पापड़ बना गया था। वह स्वयं ही माँ से दूर रहने लगी। कभी-कभी उसके जी में आता, माँ से लिपटकर कहे—'कल स्टेज पर तुम कितनी सुन्दर लग रही थीं, ममी!' किन्तु पुत्री और जन्मदायिनी के बीच जो एक सहज स्वाभाविक स्नेह की डोर बँधी रहती है, वह स्वयं ही न जाने कब टूट चुकी थी! उन दोनों के बीच, अन्तरंगता के वे सुखद क्षण कभी नहीं आए, जो माँ-बेटी के बीच वार्धक्य तक आते रहते हैं। किन्तु दामिनी, आज हृदय में इतने वर्षों से दबी वात्सल्य की वेगवती धारा को रोक नहीं पा रही थी।

"बिदू!" उसने पुकारा।

"क्या है ममी?" वैदेही का स्वर जैसे हिमशीतल जल के छींटे मार रहा था।

"तूने खाना नहीं खाया, यहीं मँगवा दूँ?"

"नहीं, मुझे भूख नहीं है।"

"पर तूने तो सुबह भी कुछ नहीं खाया!"

"सुबह भी भूख नहीं थी।"

लड़की जैसे तक-तककर कंकड़ मार रही थी।

"बिदू, एक बात पूछूँ?"

वर्षों से जयदेव की अष्टपदी पर सधे, दामिनी के नृत्यनिपुण पैर, जैसे

अदृश्य, मधुर घुँघरू छनकाते आगे बढ़े! उसने सहसा करतल, पुत्री के माथे पर रखा।

"मैं जानती हूँ, तुम क्या पूछोगी ममी, जो तुम सोच रही हो, वह ठीक है।"

दामिनी की छाती में वह यदि नंगा खंजर भी चुभाती तो शायद वह ऐसे न चिहुँकती।

"कहती क्या है?" अब उसने लपककर बेटी को बाँहों में भर लिया, जैसे किसी अदृश्य क्रूर वधिक के कराल कुठार से उसे बचा रही हो।

"हाँ ममी, पर तुम क्यों घबरा रही हो? यह मेरी निजी समस्या है!"

अब दामिनी अपने क्रोध के उबाल को रोक नहीं पाई। क्षण-भर पूर्व पुत्री के प्रति उमड़ता वात्सल्य सहसा दुर्वह क्रोध में परिणत हो गया। कैसी निर्लज्ज मूर्ख बात कह गई थी छोकरी!

"तेरी समस्या क्या हमारी समस्या नहीं? तेरे मुँह में लगी कालिख, क्या स्वयं ही तेरे पिता के और मेरे मुँह पर नहीं पुत जाएगी?"

"नहीं," इस बार उद्धत शीर्ष किए नागिन-सी ही वैदेही फुँफकार उठी—

"मेरा कलंक मेरा ही रहेगा ममी, तुम चिन्ता मत करो, मैं कुछ ही दिनों में कहीं दूर चली जाऊँगी। कहीं उसे जन्म देकर, पाल लूँगी!"

"बिदू, तू पागल हो गई है क्या? जानती है जन्म देना कैसा होता है?"

"तुम क्या जानती थीं ममी? जैसे तुम जान गईं, ऐसे ही मैं भी जान जाऊँगी..."

घटाटोप अँधेरे में, माँ-बेटी एक-दूसरे के सम्मुख साँप-नेवले-सी खड़ी थीं। बहस का स्वर, क्रमशः प्रखर होता जा रहा था। घर का कोई नौकर इधर आ गया तो क्या सोचेगा! दामिनी ने लपककर बत्ती जला दी और प्रकाश के आकस्मिक आलोक में, पुत्री के चेहरे की दृढ़ता देखकर, दामिनी काँप गई। किसी शतावरी क्षीण लता की भाँति उसकी जड़ें धरा से लाख खींची जाने पर भी, सहज ही में वह विच्छिन्न नहीं कर पाएगी, यह दामिनी जानती थी।

"बेबी, कैसी बचकानी बातें करती है, आज तक क्या किसी ने ऐसा सुना है? तेरे पापा से कहूँगी—उस बेहया की गर्दन पकड़कर यहाँ खींच लाएँ। देखती हूँ कैसे तुझसे विवाह नहीं करता, उसका बाप करेगा..." क्रोध से

दामिनी के नथुने फड़क रहे थे।

"उसका बाप तो कब का मर-खप चुका है, ममी!" दुःसह-दुख के दुर्वह क्षणों में भी, उस आनन्दी लड़की ने अपनी परिहास-रसिकता नहीं खोई थी।

"तुम मत डरो ममी, पापा से तुम्हें कुछ नहीं कहना होगा। मैं कहूँगी उनसे, मैं किसी से नहीं डरती!"

अवाक् होकर दामिनी उसे देखती रही...क्या प्रेमी की आकस्मिक प्रवंचना ने लड़की को विक्षिप्त कर दिया था? दूसरे ही दिन दामिनी ने फोन कर पति को बुला लिया था।

डॉ. वैदेही बर्वे को, आज एक ही बात का सन्तोष है, उसकी विपत्ति ने वर्षों से क्रमशः एक-दूसरे से विलग हो रहे, उसके जनक-जननी को पुनः मिला दिया था। नौकर-चाकरों के सामने तो वे नित्य ही का जीवन जीते थे, किन्तु रात्रि को दामिनी, प्रायः ही बेटी के कमरे में सोने आ जाती थी। अब वह नित्य, अर्धरात्रि की निःस्तब्धता में उठकर बैठ जाती, पापा-ममी न जाने कितनी रात तक बातें करते रहते। इतने वर्षों का संचित अस्वाभाविक मौन, सहसा प्रखरालाप में, पहाड़ी नदी के वेग-सा बह निकला था। न उस स्वर में कलह का उत्ताप रहता, न बहस की तेजी। धीमी गुनगुन, जैसे कोई धीमे स्वर में दिलरुबा बजा रहा हो, वह भी श्याम श्री-जैसी करुण रागिनी! आश्चर्य था कि दोनों में से एक ने भी, अब तक उसे न कोई सुझाव ही दिया था, न कोई कैफ़ियत ही माँगी थी। मन-ही-मन उन दोनों की इस अस्वाभाविक चुप्पी ने ही वैदेही को आशंकित किया था। कहीं सचमुच ही पापा उस निर्लज्ज अपराधी को खींचकर, उसके क़दमों पर तो नहीं डाल देंगे! इससे बड़ी निदारुण लज्जा, उसके लिए और क्या होगी? जो सबकुछ लिखकर स्पष्ट कर गया है कि उसके जीवन में अब उसके लिए कोई स्थान नहीं है, उसके सम्मुख घुटने टेककर, गिड़गिड़ाकर क्या पापा उससे प्रणय की भीख मँगवायेंगे? किन्तु डॉक्टर मनोहर बर्वे ऐसे मूर्ख नहीं थे। एक सफल वैज्ञानिक की योजना, कभी मूर्ख भावुक योजना नहीं हो सकती। आत्माभिमानिनी-प्रतिभाशालिनी पुत्री को वह जानते थे।

प्रत्येक वर्ष, गरमी की छुट्टियाँ बिताने डॉ. बर्वे अपने परिवार सहित,

रत्नागिरी-स्थित, अपने फ़ार्म पर जाया करते थे। वहाँ उनकी छोटी-सी शैंटी थी। सौभाग्य से वही छुट्टियाँ आसन्न थीं। पत्नी और पुत्री को लेकर वह वहीं चले गए, साथ में गया अनवर। वह अनवर, जिस पर उन्हें अगाध विश्वास था, अनारकली की ही भाँति, यदि ज़िन्दा किसी दीवार में चिन भी दिया गया, तब भी उसके मुँह से, इस परिवार की दारुण लज्जा का एक शब्द भी बाहर नहीं फूटेगा। वहीं के एकान्त में फिर डॉ. बर्वे ने पुत्री को समझाया था–''ठीक है तुम अपने गर्भस्थ शिशु को नष्ट नहीं करना चाहतीं, मत करो! बीच-बीच में तुम्हारी माँ को लेकर मैं घर जाता रहूँगा, जिससे किसी को कुछ सन्देह न हो। तुम्हारी छुट्टी के लिए आवेदन-पत्र दे दिया जाएगा। कह दिया जाएगा कि तुम अपने चाचा से मिलने लॉस एंजेल्स गई हो, तुम तो वहाँ जाती रहती हो! ममी ने डॉक्टर गोखले को पत्र लिख दिया है, वह ठीक समय पर आकर सबकुछ सम्हाल लेगी...''

''और फिर, उसका क्या होगा!'' यह निर्लज्ज प्रश्न पूछने में उस दबंग लड़की के माथे पर शिकन भी नहीं उभरी थी।

एक क्षण को भी डॉ. बर्वे को सोचना नहीं पड़ा, वह तो जैसे अपनी किसी सेमिनार में अपना पूर्वलिखित पेपर पढ़ रहे थे : ''फिर अनवर उसे किसी मिशन में या किसी अच्छे परिवार में पहुँचा आएगा। हम स्वयं इसकी खोज-पड़ताल करेंगे कि परिवेश समृद्ध, सम्भ्रान्त एवं परिवार सुशिक्षित हो।''

एक बार बचपन में वैदेही, सड़क के किनारे पड़े एक किंकियाते अनाथ लुत्तड़-से पिल्ले को उठा लाई थी। उसे, अपने ही कमरे में सुलाती, नन्ही-सी टोकरी में रेशमी टुकड़ा बिछा रुई के फाये से उसे दूध पिलाती। नैनी ने उसके गले में एक लाल रेशमी फ़ीते में बँधा घुँघरू भी लटका दिया था, भागता तो बजता, टुन टुन। देखते ही देखते, प्रत्येक जाति-गोत्रहीन श्वाननन्दन की भाँति, उसके बचपन का मोहक रूप विलीन हो गया। यही नहीं, अपने भद्दे, लम्बोतरे मुँह को और भी लम्बा बना, वह पापा के विदेशी अतिथियों की अभ्यर्थना करने, अकारण ही थेई-थेई कर नाचने लगा तो नन्ही वैदेही को, एक दूसरे सुदर्शन उच्च कुल गोत्री पेडीग्रीन कुत्ते का प्रलोभन दे, कलुआ को एक ट्रक-ड्राइवर को दस रुपये सहित थमा दिया गया था। तब भी पापा ने यही कहा था, 'कहीं किसी जंगल-वंगल में मत छोड़ देना, किसी ढाबे या

हलवाई की अच्छी दुकान देखकर छोड़ना, जिससे कभी भूखा न मरे।' ट्रक में बैठे कलुआ ने शायद अपने अन्धकारपूर्ण भविष्य को, अपने समर्थ नासिका रन्ध्रों से सूँघ लिया था, ट्रक चला तो वह कूँ-कूँ करता, नीचे कूदने को आतुर हो उठा, फिर अपनी नवीन परिस्थिति से समझौता कर, वह चुपचाप बैठ, अपनी नन्ही स्वामिनी को टुकुर-टुकुर देखता विदा हो गया था। आज भी बिदू, उन करुण आँखों के निरीह उपालम्भ को नहीं भूली थी। आज वही घटना जैसे इतिहास फिर दुहरा रहा था। अन्तर इतना ही था—तब विछोह पशु से था, आज स्वयं अपने हृतपिंड से! और फिर 29 अगस्त की वह मनहूस रात। लगता था असह्य दर्द उसकी रीढ़ की हड्डी को मरोड़े दे रहा है। कभी पीड़ा की लहर कमर से कौंधती उसे बिलबिला जाती, कभी पेट का दर्द उसे असह्य यन्त्रणा से तिरछी कर देता।

"रिलैक्स, रिलैक्स", डॉ. गोखले का मृदु स्वर उसे और बौखला देता। फिर जैसे सूर्य की प्रथम किरण ने खिड़की के काँच का स्पर्श किया, नवजात शिशु के क्रन्दन से कमरा गूँज उठा। कैसा अद्भुत पीड़ा-मुक्ति का था वह क्षण! क्षण-भर पूर्व की पीड़ा का कैसा आनन्ददायक अन्त था वह। क्रमशः चेतना खो रही वैदेही की आँखें स्वयं मुँदी जा रही थीं। खोलने की चेष्टा करने पर भी वह आँखें नहीं खोल पा रही थी। केवल डॉ. गोखले का अस्पष्ट स्वर ही उसके कानों में आ रहा था—"इसी से मैंने आपसे कहा था, घर पर मत रखिए, लगता है हैमरेज हो गया है।"

फिर उसे कुछ होश नहीं रहा। काश, विधाता ने उसी दिन मुक्ति दे दी होती। जब होश आया तब वह कमरे में अकेली पड़ी थी, ईथर की विचित्र गन्ध कमरे में मँडरा रही थी। कैसी अवस्था थी उस दिन, नींद नहीं आ रही थी, फिर भी आँखें मुँदी जा रही थीं। स्नायुतन्त्र ऐसा स्पर्श-कातर कि पत्ता भी विचलित होता तो वह चौंककर, इधर-उधर देखने लगती। वह कहाँ थी? उसने फिर इधर-उधर देखा, तब क्या उसने मृत शिशु को जन्म दिया था? नहीं वह क्षीण शिशु-क्रन्दन तो उसने स्वयं सुना था, फिर उसके शरीर से विलग हो रहे—उन नन्हें कलेवर के नीले कोमल स्पर्श को क्या भूल सकती थी! बड़ी देर बाद डॉ. गोखले ने आकर उसकी नब्ज थामी थी—"हाऊ आर यू फीलिंग नाऊ?"

वह कुछ भी उत्तर ने देकर, अपनी बड़ी-बड़ी सजल आँखों से उन्हें देखती रही थी। "घबराना नहीं," डॉ. गोखले ने उसका हाथ थपथपाकर कहा

था—"मैं आज जा रही हूँ, अब और नहीं रुक सकती, पर बीच-बीच में आती रहूँगी, सब कुछ ठीक-ठाक है, दवा लिख दी है, खाती रहना और कम्पलीट रेस्ट करना है कुछ दिन..."

रात, ममी उसी कमरे में सोई, पर फिर भी वह कुछ नहीं पूछ पाई। क्या हुआ था बेटा या बेटी? कहाँ है वह? कहीं कुछ हो तो नहीं गया?

तीसरे दिन ममी ने ही स्वयं कहा था—"हमने जो कुछ किया तेरी भलाई के लिए ही किया है, बिदू! तेरी पूरी ज़िन्दगी पड़ी है, एकदम उसी हरामज़ादे पर पड़ा था, लोग देखते ही पहचान लेते। एक बार हमने यह भी सोचा कि हम कह देंगे, हमने उसे किसी अनाथालय से लिया है, सभी तो जानते हैं हमारे बेटा नहीं है, कितने ही लोग तो दत्तक पुत्र लेते हैं। पर लोग जान जाते हैं कि किस अनाथालय से आया है। दत्तक पुत्र लेना ही था तो आज तक क्यों नहीं लिया? और फिर सूरत-शक्ल का वह अद्‌भुत साम्य, उसे कैसे छिपाते हम? हमने अनवर से कहा है, खूब अच्छा घर देखकर ही उसे छोड़ आए...तुम्हें अब अपने भविष्य के बारे में, गम्भीरता से सोचना होगा!"

पर विधाता ने तो उसका भविष्य, पहले ही उसके ललाट-पटल पर लिपिबद्ध कर दिया था, उस अमिट रेखा को क्या वह मेट सकती थी? पूर्वनिर्धारित घटनाएँ, स्वयं ही ऐसे घटती चली गई थीं कि वह नियति के तीव्र प्रवाह में, विवश तिनके-सी बह गयी थी। अतीत के जीवन से बँधी डोर को विधाता ने हृदयहीन निर्ममता से काट दिया था, पर क्या वह उस 29 अगस्त को आज तक भूल पाई थी? इतने वर्षों में माँ से लुका-छुपाकर, कार में बड़ा-सा केक धर वह बम्बई के किन-किन दरिद्र अर्द्धनग्न बच्चों को केक खिलाती तो अपनी सारी व्यथा भूल जाती—केकवाली बाई आई, कहकर बच्चे उसका स्वागत करते, गोरे गाँव, सायन, कुरला, वरली कहाँ-कहाँ केक नहीं बाँटे थे उसने! कहाँ होगा, उसका बेटा? वह एकान्त में घंटों काल्पनिक जाल बुनती—क्या पता, उसके सम्पन्न नवीन जनक-जननी ने उसे उच्च शिक्षा के लिए विदेश भेज दिया हो! अपने उस अदृष्ट पुत्र की प्रतिभा पर उसे अगाध विश्वास था, ऐसे प्रतिभाशाली पिता और सदा सर्वोच्च स्थान पानेवाली जननी के समृद्ध मस्तिष्क की कुछ विरासत तो उसे मिली ही होगी! अपने कभी न देखे पुत्र का नाम उसने स्वयं ही धर दिया था, 'अमोघ वर्ष'। वैसा ही प्रतापी,

असाधारण, जीनियस होगा उसका अमोघ!

किन्तु, आज एक पल में ही उसके सारे स्वप्न चूर-चूर हो गए। नहीं, सन्देह की कोई गुंजाइश हो ही नहीं सकती थी! उसकी आँखें कभी धोखा नहीं खा सकती थीं! जहाँगीर आर्ट गैलरी में कोई चित्र-प्रदर्शनी चल रही थी, ममी की दवा भी लेनी थी। वह अपनी कार में जाने ही वाली थी कि फ़ोन की घंटी बजी थी—"हम हैं इब्राहिम, मिस साहब, एक गजब की चीज़ मिली है, बस आप ही के लायक है!"

"नहीं इब्राहिम, अभी न पैसा है, न वक़्त!"

"क्या बात कर रही हैं सरकार, ऐसी चीज़ के लिए आपके पास वक़्त नहीं है, गुस्ताख़ी माफ़ हो तो कहूँगा कि आपकी क़िस्मत ही खोटी है!"

"इब्राहिम," उसने हँसकर कहा था, "महीने की आख़िरी तारीख़ है, यह नहीं जानते क्या?"

"आपसे क्या कभी हमने रुपयों की बात की है मिस साब? आप-जैसी क़द्रदाँ के लिए इब्राहिम की पूरी दुकान हमेशा खुली है—चीज़ ले जाइए, पेमेंट बाद में होता रहेगा!"

"आख़िर है क्या?"

"एक मूरत, लगता है हज़ारों बरसों से जमीन में गड़ी रही है।"

और उसी हज़ारों बरसों से जमीन में गड़ी मूर्ति को देखने वह गई तो उसी के साथ, उसके अतीत के मलबे में दबी वह दूसरी मूर्ति भी निकल गई थी!

बम्बई के चोर बाज़ार में कार पार्क करना, कोई आसान काम नहीं होता। एक सँकरे-से चौराहे पर उसने गाड़ी रोकी और बटुआ लेकर इब्राहिम की दुकान की ओर बढ़ी। वाचाल इब्राहिम, उसकी प्रतीक्षा में बाहर ही खड़ा था।

"मैं जानता था, आप ज़रूर आएँगी, बस क्या आला चीज़ मिली है, हुजूर," उसने फुसफुसाकर कहा, "किसी म्यूजियम को दिखाऊँ तो लोग टूट पड़ेंगे। पर मैंने सोचा, पहला हक़ आपका है। मैंने दुकान में ताला लगा दिया है कि कोई दूसरा ग्राहक इस सौदे के बीच न टपक पड़े। आइए-आइए हुजूर, पिछवाड़े के दरवाज़े से चलें..."

एक दुर्गन्धमय नाली को लाँघकर वह भीतर पहुँची। इब्राहिम ने एक बार फिर अपने वही नाटकीय टोने-टोटके किए, जो किसी भी मूर्ति को दिखाने से पहले वह किया करता था। लोबान का धुआँ दिखाया, आकाश की ओर हाथ उठाकर इबादत की, ओठों-ही-ओठों में न जाने क्या बुदबुदाया, आँखों की पुतलियाँ पलटीं, फिर अपना सेफ़ खोला। मलिन जीर्ण छींट के कपड़े में लिपटी मूर्ति को माथे से लगा उसने मेज़ पर धर दिया। एक पल को डॉ. वैदेही, साँस लेना भी भूल गई। ऐसी दुर्लभ मृण्मयी मूर्ति वह कहाँ से पा गया होगा? क्या अभागा, उसे नालन्दा के पाषाण चौखटों से निकाल लाया था। मनियार मठ की उस नारी-मूर्ति को पहचानने में, डॉ. वैदेही बर्वे की अनुभवी पारखी आँखें कभी भूल नहीं कर सकती थीं। नारी सौन्दर्य के आदर्श की ऐसी सफल अभिव्यक्ति और मिल ही कहाँ सकती थी? मूर्ति के पूर्ण विकसित उरोज, विस्तृत नितम्ब, प्रणयोन्मत्त मदमाती उनींदी आँखें और लास्यपूर्ण चेष्टाएँ। कहाँ से लाया था वह उसे? मथुरा, राजघाट, सारनाथ, कौशाम्बी, अहिच्छत्त या श्रावस्ती? अलकावलि, क्षौद्ध पटलाकृति, छत्राकार केश-सज्जा—निश्चय ही वह मूर्ति गुप्तकालीन थी, इसी से अमूल्य!

"क्या लोगे?" बड़ी उदासीनता से प्रश्न पूछने का अभिनय करने पर भी वैदेही का धड़कता कलेजा, उसके चेहरे पर अंकित हो गया था।

"देख लिया ना सरकार!" चतुर इब्राहिम समझ गया था कि मूर्ति अमूल्य है, "किसी म्यूज़ियम में ले जाता तो हमारे अनाड़ी सरकारी अफ़सर ऐसा मोल-तोल करते और ऐसे बेतुके दाम लगाते कि हमारा ख़ून खौल उठता। वहाँ तो मूरतों के भी टेंडर माँगे जाते हैं! इसी से हमने आपको फ़ोन किया। आप चीज़ पहचानती हैं, दो पैसे कम भी मिलें तो परवाह नहीं, इब्राहिम पैसों का भूखा नहीं है!" उसने फिर बड़े गर्व से अपनी बटेर की-सी गर्दन तान ली। मूर्ति को तिरछा कर वह फिर कहने लगा, "देखिए सरकार, ज़रा गौर से देखिए—क्या आला बनावट है, लगता है अभी ओंठ हिलने लगेंगे!"

सचमुच ही मूर्ति बेजोड़ थी।

"क्या लोगे?" बड़ी अवज्ञा से ही वैदेही ने एक बार फिर अपना प्रश्न दुहराया।

"दस हज़ार, आपसे ज्यादा नहीं लूँगा, वैसे लिकमैन साहब इसे देख लेगा तो किसी भी क़ीमत पर हथिया लेगा। मुँहमाँगे दाम देगा हुज़ूर..."

"तब लिकमैन के पास ही क्यों नहीं जाते!" डॉ. वैदेही ने बटुआ उठाया

और बड़ी बेसब्री से जाने को तत्पर हुई।

"आप नाराज़ हो गईं, सरकार!" वह हँसकर बोला, "कहाँ आप, कहाँ लिकमैन, कहाँ राजा भोज, कहाँ गंगू तेली! वह फिरंगी बन्दरजात, भला इस मूरत की क़दर क्या जाने।"

अन्त में आठ हज़ार में सौदा तय हुआ। उसी जीर्ण कपड़े में लपेट, उसे हाथ में लिए ही, वह लौटी तो कलेजा धड़क रहा था। कैसी अद्भुत संग्रहणीय मूर्ति उसके हाथ लग गई थी। उधर इब्राहिम भी उस सौदे से उतना ही प्रसन्न था।

उसका बड़ा भाई नियाज़ गन्ना बोने के लिए खेत की गुड़ाई कर रहा था, कि फावड़े में टन्न-सा लगा। खोदकर निकाला तो एक पीतल की गगरी का काला पड़ गया मुँह दिखा। डरकर उसने फिर मिट्टी से ढाँप दिया था। आधी रात को, अपने साले को लेकर वह रात-भर खोदता रहा। दोनों ने खींचकर गगरा निकाला तो ठसाठस चाँदी की मुहरों से भरा था। फिर छिप-छिपकर दोनों ने उसे गुड़ बनानेवाले विराट कढ़ाह में गलाकर चाँदी का गोला तैयार किया था। आज उसी गोले से बने भारी कमर के लचकारे को पहन, दोनों की बहुएँ इधर-उधर घूमती थीं। वज्रमूर्ख भाई से वह कहता भी क्या? इब्राहिम के हाथ वह गगरा और वे अमूल्य ऐतिहासिक मुहरें लगतीं तो घर-भर मालामाल होकर जीवन-भर ऐश करता। उन्हीं नियाज़ को यह मूरत भी मिली थी। कमबख़्त ने बच्चों को खेलने को दे दी थी और उसकी भतीजी शर्राफ़न, उसे लहँगा-दुपट्टा पहना, उसे ब्याहने जा रही थी। वह तो इब्राहिम की क़िस्मत अच्छी थी कि वह भाई से मिलने चला आया था। मूर्ति देखी तो उछल पड़ा, किसी से कुछ नहीं कहा। जानता था कि भाई उससे भी चालाक था। कहीं ज़रा भी शक हुआ तो मिट्टी की उस मूरत को छूने नहीं देगा। उसने अपनी धर्मभीरु भाभी को पटाया था—"रमजान के दिन हैं और ये हिन्दुओं की मूरत आपने बच्ची को थमा दी है, कहीं टूट-टाट गया तो आप पर आफ़त आ सकती है, लाइए मुझे दे दें, किसी मन्दिर में रख आऊँगा, ये लें दस रुपये शरफू को एक गटापारचा का बबुआ खरीद दें।" घबराकर भाभी ने उसे मूरत थमा दी थी। हल्दी लगी न फिटकरी रंग चोखा आ गया। मुफ़्त में हाथ लगा ठीकरा आठ हज़ार में बिक गया!

डॉ. वैदेही कार के पास पहुँची तो देखा चार-पाँच मर्दानी औरतें कार को घेरकर खड़ी हैं। उसके निकट आते ही उनमें से एक खुर्राट-सी चौड़े कल्लेवाली तालियाँ बजाती उसकी ओर बढ़ी, "खुदा सलामत रखे...बड़ी देर से हमने कार की चौकसी की है, अब तो पान खाने के लिए कुछ लेकर ही हम आपको कार में बैठने देंगी!"

"ये क्या बदतमीजी है," डॉ. वैदेही ने कड़ककर कहा, "कैसा इनाम! किसने कहा था तुमसे कार की चौकसी करने को, हटो यहाँ से..."

"हटाकर देख लीजिए, मेमसाहब!" उनमें से एक खूँखार जनखा, कूदकर उसकी बलैयाँ लेता, मडगार्ड पर बैठ गया। क्रोध से वैदेही का गोरा चेहरा तमतमा उठा। उसने उसे आग्नेय दृष्टि से देखा। ऊँचे जूड़े पर लगा बेले का गजरा, लाल भड़कीली साड़ी, ज़रीदार चोली से दिख रहा अनाकर्षक साँवला उदर, ज़रीदार ब्लाउज के कृत्रिम उन्नत उभार पर झूलती नकली मोतियों की माला और गहरे लाल रंग में रँगे होंठों पर विकृत अश्लील हँसी।

"निकालो इनाम मेमसाहब, तब ही हम बैठने देंगी!"

उसकी दबंग सीनाजोरी देख डा. वैदेही दंग रह गई। तब ही उसकी तीन-चार साथिनें कार का दरवाज़ा रोककर खड़ी हो गईं। अचानक उसकी दृष्टि उस पर पड़ी थी। एक पल को उसे लगा, वह चक्कर खाकर वहीं गिर पड़ेगी। वह क्या, साड़ी पहने उसका विस्मृत प्रेमी ही उसके सम्मुख खड़ा था। उन्मुक्त आकाश-सी नीली आँखें, वैसा ही शान्त स्निग्ध स्मित और तीखी नाक पर वही चिरपरिचित झुर्रियाँ।

हरी शिफोन की साड़ी का पल्ला, उसने गर्दन में लपेट रखा था, हाथ की धानी चूड़ियों को छमछमाता तालियाँ बजाता, वह कार से सटकर खड़ा हो गया और वैदेही की आश्चर्यचकित दृष्टि को, अपने चेहरे पर निबद्ध देख फिक् से हँस पड़ा। हे भगवान्, एक कोने से उठा, उसका उद्धत दाँत भी अपने बाप पर गया था। शायद उस पर निबद्ध वैदेही की दृष्टि, दल के मुखिया ने भी देख ली थी।

"क्या देख रही हो ऐसे मेमसाहब, है ना लाखों में एक! इसका बाप था निखालिस अंग्रेज़ और महतारी रही बहुत बड़े बाप की लड़ैती। दोनों में इशक हो गया था, हमारी नद्दू आपा ने, इसे उन्हीं के डराइभर से पूरे पाँच सौ में खरीदा था। हरामी चोट्टा इसे पेट में रख, वलायत भाग गया। हमारी बिरादरी में जन्मा था और लेता भी कौन? आपा ने नाम रखा था 'मोहब्बत'।